# アイルランドモノ語り

栩木 伸明

みすず書房

ホウス岬のベイリー灯台
背景にダブリンの南の山々が見える

民衆絵画の島トーリー島の〈キング〉パッツィー・ダン・ロジャーズ
ジェイムズ・ディクソン・ギャラリーにて

トーリー島の〈バロルの砦〉

トーリー島の画家たちの作品
左はアントン・ミーナン画〈聖コルム・キレの渡海〉，右はパッツィー・ダン・ロジャーズ画〈トーリーの農場〉

トーリー島の中心部・西村．奥に見えるのは６～７世紀頃に建てられたという円筒形の鐘塔

スライゴー州ギル湖に浮かぶイニスフリー島

メイヨー州の泥炭地（ボグ）

イェイツゆかりの地，スライゴーの町とベン・バルベン山

イェイツの墓
（スライゴー州ドラムクリフの教会墓地）

スライゴーの町を流れるガラヴォーグ川

ダブリンの下町〈ザ・リバティーズ〉地区にて

〈エドワード卿（ロード・エドワード）〉亭．看板にその肖像が見える

3 月 17 日は聖パトリックの祝日

泥炭地に咲くたくさんの花々

ダブリン南郊ウィックロー州ハリウッド村の
聖ケヴィン伝統文化センター．
背後の丘を見よ

# アイルランドモノ語り

## 目次

III



口絵・本文写真　栩木伸明
イラストレーション　平野恵理子

本書に登場する主な地名

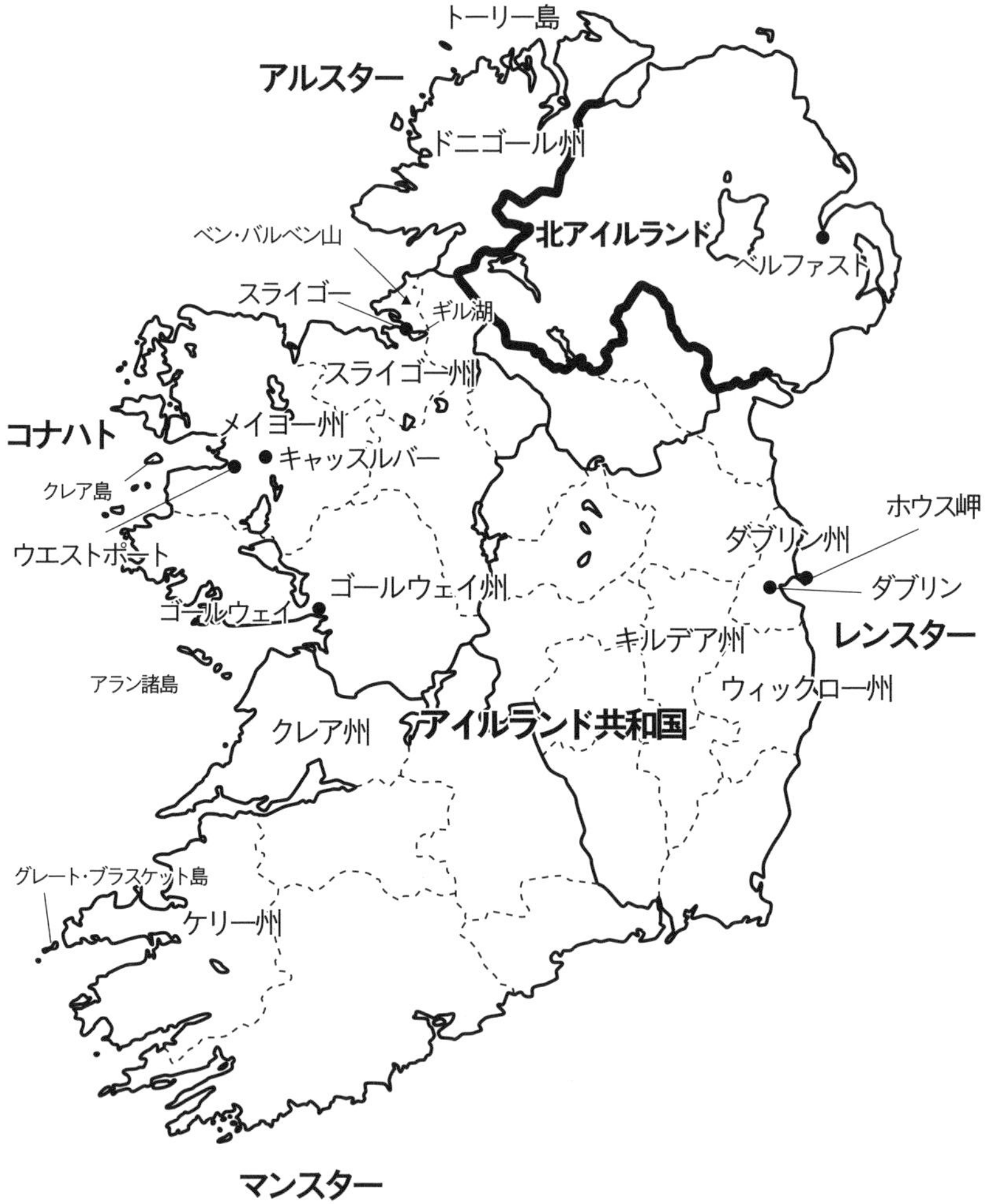

# I

# ふるさとはデンマーク

「通りすがりに捨て目を利かすと，案の定へんてこな物体が目に焼き付いた.〔中略〕わら縄で巻いたとぐろを重ねたくらいではあの造形は無理だ. フルフェイスのヘルメットの模型みたいなあの代物は，一体何だったのだろう——」

メイヨー州は、アイルランド西部の大いなる田舎である。十九世紀前半には人口稠密な農村が点在していたが、一八四〇年代後半、じゃがいも飢饉に襲われて、飢えや伝染病のためにたくさんの小作農民が命を落とした。死なずにすんだひとびとは、北アメリカやオーストラリアへ移民せざるをえなかった。踏みとどまった小作人たちは高い地代にあえぎ苦しんだ。一八八〇年には州内のある村で、地代軽減を拒否したイングランド人の土地管理人に対する、烈しい排斥運動が起こった。小作人解放を目指す〈土地同盟〉が組織した排斥をくらったあげく、日本語にまでなったその男の名前は、チャールズ・C・ボイコット大尉である。

映画『静かなる男』（ジョン・フォード監督、一九五二年公開）で、アイルランド移民のボクサーが引退して帰ってくる村も、メイヨー州という設定だった。ジョン・ウェイン扮する傷心のボクサーが、一九三〇年代のアメリカを引き払ってたどりついた生まれ故郷は、イニスフリーという名の村である。〈イン・イズ・フリー〉と読めば、いかにも居心地の良い、自由な暮らしが待ち構えていそうな響きがある。これは本来、メイヨー州の北隣りのスライゴー州にあるギル湖に浮かぶ、ちっぽけな島の名前で、英語圏のひとならたいてい、学校で習った愛誦詩を連想する地名である。「湖の島イニスフリー」（“The Lake Isle of Innisfree”）はW・B・イェイツの作で、一八八八年に書かれた。ロンドンの街角でふとホームシックに襲われた青年がアイルランドの田舎を思い出して、一人暮らしを夢想する詩である。冒頭部分はこんな調べだ——

さあ立って行こう、イニスフリーへ行こう
小さな小屋をあそこに建てよう、枝を編んで粘土で固めて
豆を植えよう、九うね植えよう、蜜蜂の巣箱も持とう
あそこで僕は一人暮らし、林の空き地は蜂の羽音。

(W. B. Yeats, *The Poems*, ed., Daniel Albright, London: Everyman's Library, 1992, p. 60)

アイルランド語で「イニッシュ・フリー」といえば、〈ヒースの島〉という意味である。実際に行ってみると、お椀を伏せたような地形の灌木に覆われた小島で、家や畑をつくる余地などない。この島は想像力だけが住まうことのできる独居空間なのだ。

他方、〈静かなる男〉が帰ってきたメイヨーの〈イニスフリー〉村は、ヤンキーとして育ったよそ者の到来によって、静けさをかき乱された。映画を見たひとならご存じのとおり、派手な口論とケンカの末に帰郷者はようやく村人たちに受け入れられ、〈イン・イズ・フリー〉の安らかな秩序が回復する。アイルランド系アメリカ人とボクシングの浅からぬ縁を描いた最近の映画『ミリオンダラー・ベイビー』(クリント・イーストウッド監督主演、脚本ポール・ハギス、二〇〇四年公開)でも、「湖の島イニスフリー」が癒しの詩として使われている。意外なストーリー展開が見せ所なので詳しい紹介は控えておくが、この作品には、心の傷を癒すためにアイルランド語の書物を読み続ける、アイルランド系でカトリック信徒のトレーナー(役名フランキー・ダン)と、アイルランド系の痕跡は名前だけになってしまった、ミズーリ州の貧困家庭出身の女性ボクサー(役名マギー・フィッツジェラルド)が登場する。映画後半のきわめて重要なシーンで、フランキー

がマギーに「湖の島イニスフリー」を読んで聞かせ、ほとんど一瞬にして消え去る夢にひたる。脚本家は『静かなる男』に静かなオマージュを捧げているに違いない。――それはさておき、今はメイヨーがいかに大いなる田舎であるかについてもう少し語ろう。

こんどは舞台上で手紙を書いている女がいる――

**ペギーン**　［ゆっくり手紙を書きながら］黄色いドレス一着分、六ヤードの生地。編み上げブーツ一足、ヒール高め、ヒモ穴は真鍮製に限ります。婚礼にふさわしい帽子ひとつ。細かい目の櫛一個。以上の品目を、次回市が立つ日に、ジミー・ファレル用の籠馬車に載ってくる予定の黒ビール三樽と一緒に届けて下さい。届け先はミスター・マイケル・ジェイムズ・ファレルです。時候のご挨拶、かくかくしかじか。マーガレット・フラハティー、かしこ。

**ショーン・キョー**　［色白で太めの若い男。ペギーンが手紙にサインしているところへ入ってくる。パブの中に彼女ひとりだと知ると、間が悪そうにあたりを見回す］マイケルはいないのかな?

**ペギーン**　［相手を見ずに］じき来るよ。［手紙を指さして］キャッスルバー、ワイン及び各種酒類販売、シェイマス・ムルロイ殿。

(John Millington Synge, *The Complete Works of J. M. Synge*, Ware, Hertfordshire: Wordsworth Editions, 2008, p. 69)

これはジョン・ミリントン・シングの『西の国のプレイボーイ』という芝居の冒頭部分。やさしいけれどマッチョな魅力に欠けるショーンとの結婚をひかえたパブの跡継ぎ娘、ペギーンが、キャッスルバーという市場町の商店にあてて、婚礼用品を注文する手紙を書き終えたところである。しばらくするとこのパブに、父親を殴り殺して逃げてきたというよそ者があらわれる。ペギーンはじめ近所の若い女たちは皆、このよそ者が放つアウトローの魅力にすっかり参ってしまい、ドタバタがはじまる。この劇のおもしろさはたぶん、人間が持つ好奇心の救いがたさと幻滅の落差を見せるところにあるのだが、一九〇七年、ダブリンで初演された夜には、第三幕のセリフに出てくる「シュミーズ《シフト》」ということばに、当時はまだ未成熟だった観衆が過剰反応して舞台下まで押し寄せ、上演を一時中断しなければならなかった。劇評もさんざんで、田舎のひとびと——とりわけ女性——を愚弄した芝居であるとこきおろされ、「前代未聞の汚い言語で語られた、不道徳で残酷な話」と難癖をつけられた。だがそれも今は昔、現在ではアイルランド現代演劇の古典的作品として、ゆるぎない評価を受けている。

　さて、メイヨーをめぐる田舎自慢を長々としたのは他でもない。じつは最近、キャッスルバーにできた〈田舎暮らし《カントリー・ライフ》〉専門の博物館を見物に行ったので、そのみやげ話をしてみたいのだ。ここは、ダブリンに〈考古学・歴史〉〈自然史〉〈装飾美術・歴史〉の三分館を持つ国立博物館の、四つ目の分館である。アイルランド国立博物館はイギリス植民地時代の一八七七年に創設されたが、近代化とともに消えていく伝統的な暮らしを記録しておく必要性が叫ばれるようになったのは、アイルランド自由国が成立した一九二二年以降である。一九三五年に国の補助を受けた〈アイルランド民間伝承委員会〉が設立されてようやく、民俗資料を収集し、後世に残す作業が本格的にはじまった。さまざまな生業に使われた民具や衣食住に関わる品物のほか、映像や録音や筆記による無形文化財の記録は五万点ほどあるらしい。ところが、ダブリンの国立博物館は手狭だったため、それらを平常展示できる空間がないまま数十年が経過していた。民俗資料が体系的に展示される〈田舎暮らし〉分館がキャッスルバーにできたという話は、何年か前から聞いていたが、ぼくにもやっと訪れる機会がやってきたのだ。

ロビーへ入るといきなり、アラン島のひとびとの伝統的な普段着を着たマネキンの四人家族が立っていたので、「なんだ、ずいぶん真新しいぞ、レプリカかな」とたかをくくって展示説明に目をやった。すると、一九三〇年代に博物館が島人に依頼し、展示用にこしらえてもらった、器用仕事で縫い上げた普段着の本物だった。この分館は一八五〇年から一九五〇年までの庶民の暮らしに的を絞っているので、たいして古い物があるはずもないのだが、数十年間お蔵入りしていた間に貴重さに磨きが掛かった品物や映像がひしめいている。タイムカプセルから出てきたようなパンプーティー（生皮でこしらえたモカシンのような履き物）やコラクル（柳の枝を編んで獣皮を貼った小舟）に見とれ、旅のブリキ職人が道端で素敵なバケツをつくりあげるまでを撮ったフィルムに釘付けになっているうちに、時間は瞬く間に過ぎた。

ここらでちょっと腹ごしらえをと思ってカフェテリアへ向かうと、途中にミュージアムショップがあった。「いやいやここは後回し」と思いつつ通りすがりに捨て目を利かすと、案の定へんてこな物体が目に焼き付いた。不思議なモノ、おもしろいモノが大好きなだけに、博物館をショップから見るのははしたない行為である、と常日頃から自分に禁じている。禁は破るまいとつぶやき、歩きながら垣間見ただけだったのだが、白い棚の一番上に鎮座した、わらで編んだような大きい卵形の物体が網膜に残った。ゆで卵を殻のまま、下の部分をつぶして立てたみたいな形で、正面に覗き穴のような口が開いているから、中は空洞に違いない。わら縄で巻いたとぐろを重ねたくらいではあの造形は無理だ。フルフェイスのヘルメットの模型みたいなあの代物は、一体何だったのだろう？

昼食後も館内をじっくり見学した。上階から下りていくよう指示された順路を一番下の階まで下りていくと、〈麦わら、干し草、そしてイグサ〉と題された展示コーナーがあり、わらやイグサ細工の日用品が所狭しと並んでいた。敷物。円座。円座をたくさん重ねただけではなく、縦横に編み合わせたように見える、見事な肘掛け椅子。大小各種の容器。おもがい、くつわ、手綱に鞍の馬具一式。かつて、田舎暮らしのひとびとの手に入る材料の種類は限られていたから、手近にあるわらやイグサをとことん利用し、工夫をこらした器用仕事で、何でもこしらえたのである。

ぼってりしたわら細工の日用品をひとつひとつ見ていくうちに、ついにあの、謎の物体の正体をつきとめた。わらで編んだヘルメットがぞろぞろ並んでいたのだ。昔のアメリカのおバカテレビ番組に出てきたコーンヘッドみたいに、覗き穴から上（おでこか？）が異様に高く聳えているのがある。穴が縦にふたつ開いているのもある。そうかと思えば大ぶりな箱形で、正面に田の字状に穴が四つ開いているのもある。ぜんぶわら細工。かなりきめ細かい手作業によって、ひとつひとつ編み上げた不思議物体が勢揃いしている。リートリム州、クレア州、スライゴー州など、西部から北部でつくられたものが多い。展示説明を見ると〈めんどりの巣《ヘンズ・ネスト》〉と書いてある。なるほど、そうか。わらでできたフルフェイスのヘルメットは、めんどりに卵を産ませる巣箱だったのだ。二つとか四つ穴が開いているタイプは、めんどりの共同住宅らしい。巣箱は床に置くのが基本だが、釣り鐘形でてっぺんにフック用の輪穴がついたタイプや、ストラップつきの魚籠《びく》みたいな形の〈巣〉は、壁に掛けたり、天井から下げる式だったらしい――

> 言い伝えによれば、鶏はデーン人によってアイルランドへもたらされました。それ以来ずっと、鶏たちは毎晩、デンマークへどうやって帰ったらいいか相談しています。ねぐらに落ち着く前、鶏たちがいつも騒がしいのは、話し合いをしているからなのです。鶏は一晩眠ると、前の晩のことをすっかり忘れてしまうので、次の晩、また一から相談をはじめます。アイルランドの主婦たちは、鶏たちがデンマークへ帰ってしまわないよう、鶏たちの面倒をよく見てやったものでした。

展示説明を読んで二度びっくりして、自分の顔に微笑みが広がるのがわかった。アイルランドの鶏のふるさとがデンマークだとは初耳だ。それに、めんどりたちにずっと一緒にいてもらいたいから、居心地のいい巣箱をあてがっていたとは、なんて心優しい話なのだろう！

閉館時間直前にショップへ駆け込んで、棚の上にあっためんどりの巣《ヘンズ・ネスト》を手に入れた。高さが三〇センチほどの、実物よりふたまわりほど小さいレプリカである。スライゴー州バリントーハーに住むわら細工名人、テッド・ケリーというひとがつくったのだという。この博物館でケリー氏がわら細工のワークショップを行ったさい、お手本に使った作品らしい。こいつはちょうど鶏くらいの大きさだなあと思いながら、わらの匂いが残るその巣箱を抱えて帰った。ホコリっぽくツンとくる匂いまで、なんだか鶏を思い出させた。

＊

子供の頃、鶏を飼っていたことがある。商店街の福引きで当たったのだ。いやむしろ、ハズレだったのじゃないだろうか。残念賞でもらったひよこだった気がする。妹とふたりでかわいい二羽のひよこを抱いて帰って、紙箱を巣にして育てた。ひよこはじきに鶏になる。本当に育つのが早い。そうなるともう座敷では飼えないから、玄関先へ下ろした。リンゴの木箱に網を張った鶏小屋を父につくってもらって、飼い続けた。毎日、夕方、鶏小屋から出してやると、逃げ回る近所の子供たちを追いかけて、かかとを狙ってつっつき回った。凶暴なかれらの好物は奇妙なことにアイスクリームで、バニラアイスを投げてやると、二羽で競ってむさぼった。あれは白色レグホンという種類だったと思う。薄汚れたバスタオルを丸めたみたいな鶏兄弟を、わが家ではけっこうかわいがっていたのだが、気が向いたときにコケコッコーと鳴いてみせるだけで、卵は決して産まなかった。二羽とも雄だったのだ。思えば福引きの景品にめんどりがもらえるはずもなかった。引っ越しのとき、近所の家に鶏小屋ごともらってもらった。かれらはあの後どうなっただろう。「きっと食べられちゃったよね」、とずいぶん年月がたってからも、家族で話し合っていたのを思い出す。

アイルランドの農家では、鶏はどんなふうに飼われていたのだろうか？『昔の暮らし』という本にこんな一節があった――

昔は、めんどり、アヒル、七面鳥、ガチョウといった家禽の世話は、どこの家でも主婦が受け持っていましたから、手塩に掛けた鳥や卵を売ったお金も主婦が管理していました。かつての品種は、近頃目にするものとはずいぶん異なり、交配種は知られていませんでした。昔のめんどりはおしなべて巣につきたがる習性が強く、今日びのものとは大違いで、卵を産み続ける期間も二、三年どころか、もっとずっと長かったのです。私の祖母は所帯を持つと同時にロードアイランド・レッドを飼いはじめました。今では古い品種とみられていますが、その時分には新しい品種だったのです。祖母はライト・サセックスとワイアンドットも飼っていました。姿が良く、巣にもよくつくめんどりたちで、正しく飼育すると、驚くほどたくさん卵を産む品種でした。卵が産めなくなっためんどりたちは、若いめんどりたちと一緒に、中庭で優雅に余生を過ごす場合もありましたし、絞められて食卓に上ることもありました。肉を柔らかくいただくために、下ゆでしてからローストしたものです。

（Olive Sharkey, *Ways of Old: Traditional Life in Ireland*, revised ed., Dublin: The O'Brien Press, 2000, pp. 158–9）

なるほど、卵を売った分、主婦はへそくりができたわけだ。しかも色とりどりの姿形をした、さまざまな品種の鶏が身近にいたのだから、薄汚れたバスタオルを丸めたようにしか見えない白色レグホンより、ペットとしても愛嬌があっただろう。

鶏は田舎ばかりでなく、町なかでも飼われていた。ダブリン市内南西の歴史ある下町〈ザ・リバティーズ〉地区で生まれ育ったトマス・キンセラ（一九二八年生まれ）は、長年にわたる文学活動によって〈ダブリン市名誉市民〉の称号を与えられた詩人である。その彼が、ギネス工場に近い裏路地のたたずまいを思い出してこんなふうに書いている――「たらい横丁《ベイスン・レーン》の奥の、静まりかえった真四角な中庭にも、他とは違う雰囲気があった。そこには、戸口の上半分を開けて半扉にした、白塗りの小家が二、三軒うずくまっていた。

ギネス工場に近い路地のたたずまい

何人かの人間と、数匹の猫と、めんどりが田舎式に暮らしていたその一角は、周囲と切り離された別世界だった」（Thomas Kinsella, *A Dublin Documentary*, Dublin: The O'Brien Press, 2006, p.13）。こう前置きしてからキンセラは、少年の頃見た光景を描いたらしい「めんどりおばさん」（"Hen Woman"）という詩を披露する。その昔、鶏の世話に慣れた主婦は、めんどりのお尻にちょいと指を突っ込んだだけで、生まれそうな卵の数を予想できたという。この詩に登場するのは、その触診をやりそこなったらしく、大慌てするおばさんである——

真昼の暑い中庭は静けさの匂い。
それに、雷が近づいてくる匂い。
排水溝をつつくめんどりが一羽
ふと止まり、うずくまり、丸くふくれて
音もなく巣につこうとしていた。

小家の扉が開け放たれて
白塗りの壁に
ぽかりとできた真っ黒な穴
まぶしくて目を細めた。
ゴーンと響いたのは闇の奥の時計。

(何がどうなるかすでにわかってる気がした。)

おばさんがスリッパはだしで
すごい剣幕で、飛び出してきた。
血相変えて、乱暴にめんどりを

ひっつかまえて、要所を手探り。
もう遅い。遅すぎた。

玉石みたいな目が僕を見据えて
（目に映るのはにじんだ波瀾か）。
真っ白な卵が括約筋からはみだして
口とくちばしが同時に開いて
時間がとまって

何一つ動かなかった。おばさんとめんどり
手探りした方もされた方も揃ってあんぐり
（おまけに僕まで口開けたまま）かたまっていた。

（Kinsella, p. 14）

この後、おばさんの指の間をすり抜けた卵が排水溝の中へ落ちていく様子が、スローモーションで描かれる。専門家に言わせればこの作品は、瞬間を極端に引き延ばして描いた、実験的で斬新な詩法が読ませどころである。だが理屈っぽいことは抜きにして、ユーモラスなライトヴァースとして読んでも十分楽しめる詩だと思う。

「めんどりおばさん」に描かれた小さな悲劇の原因は、おそらく家の中で飼っていただろう大切なめんどりを、おばさんが自分の目の届かないところへ行かせてしまったことにある。アイルランドの主婦たちが代々、人間様とひとつ屋根の下に鶏たちを住まわせ、めんどりの巣《ヘンズ・ネスト》を与えていつくしんできたのは、暖かくて薄暗い巣をあてがえば、めんどりが心安らかにふくふくと太り、卵をたくさん産むようになるからだけではない。めんどりの巣《ヘンズ・ネスト》で産卵する癖をつけさせておけば、毎朝、めんどりたちが思い思いの秘密の場所でこっそり産み落とした卵を探し求めて、中庭の片隅や納屋の奥のわらの中をかき回す手間が省けたからでもあったのだ。

ふと思い立って、アイルランドの昔の家々にどのくらい鶏がいたのか調べてみることにした。と言っても、タイムマシンを使ったわけではない。ちょうどいい本を見つけたので、その本の内側をフィールドワークしてみたのである。『美術に描かれたアイルランドの田舎の室内』(Claudia Kinmonth, *Irish Rural Interiors in Art*, New Haven and London: Yale U. P., 2006) という大判の一冊。著者は工芸・デザイン関係の収集では世界に並ぶものがない、ロンドンのヴィクトリア・アンド・アルバート博物館で研究員をしていたひとで、『アイルランドの田舎の家具——一七〇〇－一九五〇』という画期的な研究書を書くために参照した資料を集大成して、こちらの本をつくった。『美術に描かれたアイルランドの田舎の室内』には、農民や漁師の家の室内を描いた十九世紀の油絵、水彩、版画、スケッチなどの鮮明な図版が二五〇点入っている。それらの図版の内側をくまなく目で探り、鶏を数えてみた。すると、二十三点の絵の中に、ぜんぶで七十五羽の鶏がいた。

一軒の室内に八羽描かれていたのが最多記録だったが、五羽、六羽と描かれている場合も少なくなかった。天井裏の梁や棚やマントルピースの上に陣取ったおんどりがいるかと思えば、土間床で餌をついばんだり、水を飲んだりしている鶏がおり、ひよこたちをひきつれためんどりがおり、豚やアヒルや犬や猫や人間の子供たちやお母さんやお父さんやおじいさんやおばあさんとなかよく一緒にいる鶏たちがいた。ヘルメット形のめんどりの巣《ヘンズ・ネスト》こそ見つけることはできなかったが、シンプルなかご形に編んだ〈巣〉や、食器棚の最下段に木製の柵をつけ、中にわらを敷いた〈巣〉は多数目についた。子供たちのかかとを狙う腕白なおんどりがいなかった保証はないものの、鶏たちは、人間を含むほかの動物たちと一緒にひとつ屋根の下でなごやかに暮らしていたらしい。

鶏たちがあまりにもありふれた、無害な存在だったせいか、牛、馬、豚といった家畜にくらべると、鶏をめぐる民話や俗信にはさほど目立ったものがない。百年前にシングがアラン島で、ある少年から聞いて書きとめた次の話などは、鶏にまつわる代表的な俗信のひとつである——

犬が吠えるのを聞くのはみんな好きじゃない。犬が岩のいちばん高いところで天に向かって吠えていることがよくあるけど、島の人間は、あれはだいっきらいさ。それから、雄鶏とか雌鶏が家のなかのものを壊すっていうのも嫌い。だれかが去っていってしまう前兆だからね。この冬にあそこの下の家に住んでただんなさんが死ぬちょっとまえのことだったけど、そこんちのおばさんが飼ってた雄鶏がべつの雄鶏とけんかをはじめてさ。その二羽が食器棚の上まで飛びあがった拍子にランプの火屋をたたき落としたもんでね、床に落ちてこなごなに割れちまったわけ。おばさんは自分の雄鶏はすぐとっつかまえて絞めたんだけど、けんか相手のほうは隣りの家のおじさんが飼ってた雄鶏だったんで手が出せなかった。おばさんのだんなさんが病みついて死んじまったのは、それからじきのことさ。

（ジョン・ミリントン・シング『アラン島』、栩木伸明訳、みすず書房、二一六ページ）

この少年の話を読みながら考えた。鶏というものはおそらく、毎晩恒例の帰郷談合を別にすれば、ふだんはおとなしい生き物なのだろう。というのも、あまりひんぱんに〈だれかが去ってしまう前兆〉を報じすぎては、ひとびとに命がいくつあっても足りないだろうから。

さて、ここまで文章を書いてからしばらくして、思わぬところでめんどりの巣《ヘンズ・ネスト》にめぐり合った。離島の生活を描いたセミドキュメンタリー映画『アラン』（ロバート・J・フラハティ監督、一九三四年公開）を見ていたときのことである。映画の冒頭近く、夫の帰りを待つ漁師の妻がいる田舎家のシーン。炉辺で鶏とひよこたちが遊び、赤ん坊が眠っているゆりかごを母親が揺らし、黒犬と子羊が仲良く寝そべっている室内の場面で、あの見慣れた物体が天井から吊り下がっているところが三回映る。ぼくの手元にあるのとそっくりな〈巣〉の中でめんどりがくつろいでいるのが確認できたのだ。ずいぶん何度も見た映画なので、今まで気づかなかったのは不思議である。この分でいくと、アイルランドの映画や文学作品を本気で探せば、思わぬ所に紛れ込んだヘルメット形の不思議物体が、まだほかにも見つかるに違いない。

＊

ダブリンの大学図書館で鶏関係の資料を読み漁るうちに、〈ふるさとはデンマーク〉説を力強く唱える証言に行き当たった——

わしが聞いた話じゃ、大昔のアイルランドにゃめんどりはいなかったと。デーン人が押し寄せてきたときに、デンマークから連れてきたのがはじまりじゃと。アイルランド人に害を及ぼすつもりで連れてきたのだそうで。なにしろめんどりじゃから、家々の屋根に上ってはひっかいて屋根を剝がし、羽目板だってひっかいて剝がしまくって、風だの雨だのを吹き込ませるからうってつけじゃと。デーン人は、クロンターフの戦いでブライアン・ボルーに負かされるまでの年月、悪行の限りを尽くしたからのう……。

ところが、アイルランド人はやがて、デーン人が目論んだほどめんどりは悪党でないようだと気がついた。それからは皆、めんどりを飼うようになったという話じゃね。

(Joanna Bourke, *Husbandry to Housewifery: Women, Economic Change, and Housework in Ireland, 1890-1914*, Oxford: Clarendon Press, 1993, p. 169)

『農業から家政へ』と題されたお堅い研究書から孫引きしたこの証言は、カヴァン州ガルブローク村のジェイムズ・アーグェル翁（当時九十一歳）が一九五二年に語った昔語りの一節だが、出典はすでに紹介した〈アイルランド民間伝承委員会〉のアーカイブに保管されている筆記録だという。「クロンターフの戦い」というのは、一〇一四年、北ダブリンのクロンターフでおこなわれた戦闘で、南部マンスター王でありアイルランド全土を統括する上王《ハイ・キング》でもあった知将ブライアン・ボルー率いる連合軍が、ダブリンを含む東部レンスター王の軍勢と衝突し、後者を完敗させたいくさである。当時ダブリンを支配していたヴァイキング王〈絹髭のシトリック〉は、出陣直前にレンスター王と口論したのがきっかけで戦闘には参加しなかったが、敗戦後、ヴァイキング船がアイルランド各地を襲撃することはなくなったと伝えられている。

めんどりはそもそもデンマーク人が持ち込んだ生物兵器（！）だったという陰謀説は、「ウォレスとグルミット」のクレイアニメでも見るような、なんともかわいらしい物語である。こういう話を聞くとすぐ裏付けをとりたくなる性分なので資料をあたってみた。すると、イングランドのヨークと、わが町ダブリンと、デンマーク南端のヘーゼビーで発掘されたヴァイキング時代の遺跡から、鶏が見つかっているという。これはつまり、デーン人のヴァイキングが海を渡り、川を遡ってヨークやダブリンに住みついたとき、鶏を連れてきた可能性があるということである。ノルウェイやスウェーデンの遺跡からは鶏の痕跡は出ていない。スカンジナビア半島は、鶏が暮らすには北に寄り過ぎていたのかも知れない。かくして〈ふるさとはデンマーク〉説は、まんざら根拠がなくもないのであった。

ダブリンは今から千年ばかり前に、ヴァイキングたちが建てた町である。かれらは鋭利なナイフに似た細長い船を操り、北の海からスコットランド西岸伝いに南下し、アイリッシュ海を越えてきた。船がリフィー川をほんの少しだけ遡り、河口に近い南岸に乗り上げた瞬間を、詩人シェイマス・ヒーニーが、「ヴァイキング時代のダブリン――試作片」（"Viking Dublin: Trial Pieces"）という詩の中でこんなふうに表現している――

永の眠りにつこうとして
濡れた泥土の鞘にずぶりと
身をおさめる長いつるぎさながら
竜骨が川岸の斜路に

ずぶりと深く突き刺さったのは
鎧張りの船――脊柱が伸びた形といい
破裂音の響きといい、*Dublin* そのものだ。

（Seamus Heaney, *Opened Ground: Poems 1966–1996*, London: Faber, 1998, p. 103）

詩人のことばは川岸の土砂に埋もれた船体を発掘し、復元する。翻訳でどこまで伝わるか心許ないけれど、*Dublin* という文字列そっくりな形をしたヴァイキング船が、〈ドッブリンッ！〉という音を立てて泥土の川

水位が下がって黒い水たまりのようになったリフィー川

岸に到着した歴史的瞬間を、目と耳の両方に訴えるやり方で再現してみせているのだ。
ダブリンという地名はアイルランド語で「ディヴ・リン」、つまり〈黒い水たまり〉という意味である。『アルスター年代記』という古い書物によれば、八四一年にヴァイキングが、〈黒い水たまり〉の畔にロングフォート（＝船だまりのある宿営地）をつくったのが、ダブリンという都市のそもそものはじまりだった。その水たまりは、リフィー川に支流が交わる合流点近くによどみ溜まった池で、大昔に埋め立てた跡地は今でもダブリン城内に緑地公園として残っている。十世紀の頃、〈黒い水たまり〉の畔よりも地盤がよくて広々とした、リフィー川南岸の乾燥した傾斜地に、集落がつくりなおされた。木の枝を組んだ編み垣で敷地を囲い、編み垣を粘土で固めた壁をめぐらし、屋根を芝土やわらで葺いた家々が立ち並ぶ集落だった。村はじきに交易所へと成長し、やがて侵攻してくるアングロ・ノルマンの手で、城壁をめぐらした中世都市に変貌させられていく。

ダブリンに定住したヴァイキングたちは、ただのあらくれた盗賊集団ではなく、日々の暮らしを楽しむ余裕を持っていた。ヴァイキング集落の遺跡から出土した無数の日用品は、市内にある国立博物館〈考古学・歴史〉分館に展示されている。順番に展示を見ていくと、鹿角の櫛、骨細工、金工装飾品、琥珀細工、布製品、靴やかばんなどの皮革製品もつくられていたことがわかる。笛やゲーム盤も出土している。その昔ダブリンからヨーロッパ各地へ輸出されたのは、質の高い手工芸品であったという。ヒーニーはさきほど紹介した詩の別の部分で、国立博物館に展示された発掘品をためつすがめつしながら、見習いの彫り物職人が模様彫りを試作する手の動きを、ことばでなぞっている——

ここにあるのはみな試作片
骨の上にアドリブで描いた
手業の神秘。
草木群葉寓意動物各種色々

組紐模様は先祖の系図か
交易経路のネットワークみたいに
込み入っている。
拡大鏡の下に

見えてくるのは
リフィー川を
くんくん嗅ぎ回る
小鼻みたいな船のへさきで

白鳥を真似て浅瀬に上陸
したとおもうまもなく
鹿角の櫛や、骨細工のピンや
コインや、分銅や、分銅皿になりすましている。

(Heaney, pp. 102-103)

ダブリンにはもうひとつの呼び名がある。「バリャー・クリエ」というその地名は、アイルランド語でダブリンを指す正式名になっている。意味は〈編み垣の浅瀬〉。トマス・キンセラの詩の少年が「めんどりおばさん」と一緒に、口をあんぐりあけて卵が落ちるのを目撃した〈ザ・リバティーズ〉の下町から川岸へ下りたあたりが、その浅瀬があった場所だと言われている。〈編み垣の浅瀬〉が具体的にどういう内容を指しているのかは断言できないけれど、すでに紹介したように、木の枝を編んだ柵や、柵の隙間に粘土を埋めた壁が、ヴァイキング時代に広く使われていたのはわかっている。よく耳にするのは、家畜を飼っておく枝編みの柵が古くなったのを浅瀬に放り込んで、人間や家畜が徒渉しやすい場所を作ったから〈編み垣の浅瀬〉になった、という説である。

それはそうと、枝編みやら編み垣を話題にしはじめると、この話の最初の方でちょっとだけふれたイェイツの詩の文句を思い出さずにはいられない。「湖の島イニスフリー」の上に「枝を編んで粘土で固めて」こしらえた想像の家は、少年時代のイェイツがアイルランド西部で目にした農家のイメージだったと思われるが、その伝統工法はヴァイキング譲りだからである。問題の詩を、こんどは全文通して紹介してみたい――

さあ立って行こう、イニスフリーへ行こう
小さな小屋をあそこに建てよう、枝を編んで粘土で固めて
豆を植えよう、九うね植えよう、蜜蜂の巣箱も持とう
あそこで僕は一人暮らし、林の空き地は蜂の羽音。

あそこへ行けば凝りがほぐれて、平和がゆっくり滴ってくる
朝のとばりが開くときから、コオロギが歌う時間まで。
真夜中の空は微光を放ち、真昼の空は紫に燃え
夕方の空いっぱいにムネアカヒワが飛び交わす。

さあ立って行こう、夜となく昼となく
湖岸を洗うさざ波が聞こえているから。
都会の街角、灰色の舗道にたたずむ僕の
心臓の真ん中の一番奥で、その音が聞こえているから。

(Yeats, p. 60)

〈田舎暮らし〉博物館に移築された「枝を編んで粘土で固めた」古い家

若い詩人の夢想は、アメリカの思想家ヘンリー・デイヴィッド・ソローの『ウォールデン――森の生活』に強く影響されていた。だが、イェイツ生来の神秘的なロマンティシズムが加味されたせいで、ソローがおこなった自給自足生活の実験にともなうリアリズムは、きれいさっぱり消失している。都会に身を置いた人間が田舎での一人住まいを夢見たこの詩を読みながら、ぼくはぼくの夢想をめぐらせる――イェイツがもしほんのすこしだけ現実派で、女性と二人で住まう島暮らしを想像したとしたらどうだっただろう、と。その場合、書かれるのは詩ではなく、物語になっていたかも知れないけれど、「枝を編んで粘土で固めて」建てた小屋には、かいがいしく働く恋人の姿とともにめんどりもいたのではないだろうか？　空想にいっそう拍車を掛けるのは、ヴァイキング時代のダブリンの出土物の中で、唯一存在が確認されている野菜は豆であるという事実。こじつけ過ぎると叱られるのを承知の上で、「イェイツの想像力は無意識のうちに、アイルランドの伝統的生活の古層を詩の中に取り込んでいたのですね、ふふふ」、とつぶやいてみたくなる。

――とまあ、こんなぐあいに話をしめくくれれば体裁が良かったのだ。ところがそうは問屋が卸さなかった。「枝を編んで粘土で固めて」建てた農家が、地域によっては二十世紀はじめ頃までつくられていたのは事実である。しかしその起源をさかのぼると、ヴァイキングどころではなかった。石器時代から中世にいたる長い期間、アイルランドやスコットランドに数多く建てられたクラノッグがまさにこの工法だったのを思い出した。クラノッグというのは、湖や沼地にある小島や砂州に土台工事を施し、補強した地盤の上に「枝を編んで粘土で固めて」家を建てた、城砦的な機能を持つ住居島である。クレア州にある〈クラゴーノウエン――生きている過去――歴史テーマパーク〉に復元されたクラノッグを見ると、陸地から島まで、枝編みと丸太で組んだ橋を渡してある。数年前ここを訪れたとき、古代ケルト人の衣装を着け、棍棒を持ったロールプレイヤーに橋上で通せんぼをされたのをなつかしく思い出す。各地に遺跡として残るクラノッグの中には、舟で渡る以外にアクセスの方法がない小島も多かったらしい。

イェイツが建てた夢想の家は、むしろこの手の住居島に刺激されたイメージだったのかもしれない。もしそうだとすると、彼が描いた〈イニスフリー（＝居心地の良い、自由な暮らし）〉のイメージは〈ケルティック・アドベンチャー・ランド〉とでも名付けたくなる、少年好みの冒険性を帯びてくる。だが、そうであればいっそう、湖上の住居島にはめんどりの姿が欠かせなくなる。クラノッグは少なくとも十六世紀ごろまでは実際に使われていた形跡があるので、その時代ともなればめんどりたちは晴れて〈ヴァイキングの秘密兵器〉という誤解を解かれ、アイルランド各地に広く分布していたに違いないのだから。

たくさんの抜き書きを編み込んでこしらえたぼくの〈めんどりの巣《ヘンズ・ネスト》〉は、ひとまずこれでできあがりとしよう。

# スズメバチと閉所熱——トーリー島物語〈1〉

Wreck of H.M.S *Wasp* (Illustrated London News)

「1884年に起きた事件というのは，滞納された地代を徴収するために島をめざしていた船の難破事故であった．この事件がありきたりでなかったのは，沈没した地代徴収船が，〈ワスプ（スズメバチ）〉というたいそう威勢のいい名前がついた英国軍艦だった点である――」（図版は『絵入りロンドン新報』掲載の〈ワスプ号〉）

アイルランドはただでさえヨーロッパ西端の島国なのに、旅行ガイドブックを開くとたいてい、〈本物のアイルランドを経験したければ西部へ行きなさい！〉と書いてある。東岸の首都ダブリンはミニ・ロンドンみたいなものなので、〈本物の〉伝統文化に興味があるのなら、西海岸の〈文化的首都〉ゴールウェイまで足を延ばしなさいというお勧めである。

名高いゴールウェイを訪ねてみると、大学がある古い港町である。年中何かフェスティバルをやっているから活気に溢れているとはいえ、思いのほか小さい町なので驚かされる。だがもちろん、町の値打ちはサイズで決まるわけではない。ゴールウェイが特別なのは、町はずれから西側へ広がるコネマラ地方にゲールタハト――アイルランド語が日常的に使われている地域――があるのにくわえて、フェリーや小型機でじゅうぶん日帰りできる圏内に有名なアラン諸島があって、これらの島々でもアイルランド語による生活文化が保持されているからだ。アイルランド北西部や南西部のアイルランド語地域《ゲールタハト》はどこも都市から遠く離れているので、観光都市とアイルランド語文化が融合したゴールウェイという町には、他所にないおもしろさがある。じっさい、この町の音楽パブへ飛び込めば、ゲールタハトから遊びにきた若者に会える。話しかけてみなければ遠来のツーリストと区別がつかないが、この町では、パブで行われる伝統音楽の自然発生的合奏《セッション》に参加している演奏者や歌手やダンサーの中に、アイルランド語で育ったひとびとがたくさん混じっている。ゲールタハトの文化を都市文化の中に深く染みこませているところが、ゴールウェイを〈本物のアイルランド〉たらしめているゆえんなのだ。

ガイドブックが言う〈本物の〉は、この場合、〈ケルト的〉を意味する。イギリスの植民地支配によってアイルランドが英語化される以前から使われてきた土地言葉で、ケルト系言語に属するアイルランド語（＝ゲール語）で営まれる生活文化を指して、〈本物の〉といっているのである。西岸沿いの本土と島嶼地域ではかつて、アイルランド語が日常語として広く話されていた。ところが、十九世紀半ばに起きたじゃがいも大飢饉がこの地域のひとびとの暮らしに壊滅的な打撃を与えた。じゃがいもしか食べることを許されなかった小作人たちは百万単位の死者と移民を出し、村の共同体は各地でずたずたに引き裂かれた。この時期を境目にアイルランド語話者の著しい減少がはじまり、今日にいたるまでその減少傾向には歯止めが掛からない。〈本物の〉アイルランドとは、植民地支配の結果小作人となることを余儀なくされた先住民の言語によって、石だらけのやせた土地でかつかつ保持されてきた文化なのである。

ようするにアイルランド語による伝統的な生活文化は、東岸のダブリンを中心とする英語文化から見れば、同じ島の西側に存在する異文化であった。それゆえ、アイルランド語を習得して西をめざし、〈本物の〉アイルランド文化を東へ向けて紹介しようとするひとびともいた。アラン諸島の場合、大飢饉後の十九世紀後半から、言語学者をはじめとするさまざまな分野の学者や文学者、芸術家が数多く来訪しはじめ、二十世紀半ば以降は、かれらの著書や作品を通して島を知った一般の観光客が大挙して訪れるようになった。とりわけ劇作家ジョン・ミリントン・シングの紀行文『アラン島』（一九〇七年刊）と、その影響下で制作されたロバート・J・フラハティ監督のセミドキュメンタリー映画『アラン』（一九三四年公開）によって定着した、〈岩だらけの離島に住む力強いひとびと〉というイメージが文化的ツーリズムに拍車を掛けた。今日のアラン諸島は観光が主たる産業だが、島人たちは観光客を呼び込むために、そうしたクリシェをたくみに利用さえしてきた。訪問者の数が増えるにしたがって、アラン諸島ではインフラが整備され、宿泊施設やレストランや商店も増え、港が整備されたばかりでなく、滑走路もでき、小型機による定期便も運行するようになって久しい。

とはいえもちろん、島は文化遺産を食いつぶしてきただけではない。幸いなことにアラン諸島が輩出したアイルランド語詩人、小説家、歌手たちは本土で高い評価を得てきたし、島の地誌を更新すべく書き継いだティム・ロビンソンの浩瀚な『アランの石――巡礼』と『アランの石――迷路』からなる二部作は、一九八〇年代後半以降、英語圏に幅広い読者を得た。九〇年代以降も、劇作家マーティン・マクドナーが書いた島を舞台にした戯曲が玄人受けしたり、人気テレビ・コメディ『ファーザー・テッド』のおかげで離島が注目を浴びたことなどにより、アラン諸島は外部に向けて、新しい話題を発信し続けることに成功している。

だが、アイルランド語地域《ゲールタハト》の島々がすべて、アラン諸島のようなシンデレラ街道を歩んだわけではなかった。たとえば、南西部ケリー州ディングル半島の西端に浮かぶブラスケット諸島の運命と比較すれば、三島あわせて現在人口約五千人を数えるアラン諸島をとりまく環境がいかに有利だったかがわかる。ブラスケット諸島も十九世紀末以降、言語学者や民俗学者の注目を浴びたが、最大のグレート・ブラスケット島でさえアラン諸島最小の島よりも面積が狭いこの島々は、時代の荒波をくぐることができなかった。島人たちが昔ながらの暮らしを記録した回想記が各種出版され、英訳もされてよく読まれ、島独特の伝統歌謡やダンス曲なども豊かに伝承されていたにもかかわらず、小さな共同体はついに崩壊してしまった。一九五三年、グレート・ブラスケット島の住民が二十二人にまで減少した時点で全員が本土へ移住し、それ以後無人島になったからである。

グレート・ブラスケット島と大差ない面積の小島が、西北部ドニゴール州のアイルランド語地域《ゲールタハト》にある。こちらは孤島で、トーリー島と呼ばれている。人口わずか一五〇人あまりのこの島は、かつて襲った全島立ち退きの危機を乗り越えて、共同体をなんとか維持してきた。この島からはまだ有名な歌手や作家は出ていないし、島の存在を世の中に印象づけるような書物や映画もない。旅行ガイドで「トーリー島」のページを開いたときに必ず見つかる記述といえば、〈民衆絵画《フォーク・ペインティング》〉だろう。一九六〇年代以降、この島では独学の画家たちが何人か絵を描き続けてきた。画家のひとりである島の〈王《キング》〉（＝正式な称号だが、実体は村長ないし、島のスポークスマンのような存在）パッツィー・ダン・ロジャーズは、アイルランドでは知る人ぞ知るちょっとした名士である。

ぼくはこの島の画家たちが描く絵のおもしろさと、キングの気さくな人柄に惹かれて、過去十年あまりの間、ときどき島へ足を運んできた。島の旧跡をめぐり、話を聞き、絵を眺め、島から帰って本や資料を読んだりするうちに、トーリー島で一八八四年に起こり、その後語り継がれてきた、謎めいたひとつの事件が、この島の歴史や共同体の特徴について多くを物語っていると思うようになった。事件のゆくたてをこれから紹介してみたいのだが、その前に、この島が当時、外部からどんなふうに見られていたかを知っておきたい。一八四六年に出た『アイルランド地名地誌辞典』にこんな記事を見つけた――

トーリー島――アルスター地方ドニゴール州キルマクレナン郡ダンファナフィー救貧区連合タラオベグ

トーリー島の伝説を語るキング，パッツィー・ダン・ロジャーズ

リー教区に属する島なり。北西海岸の角鼻岬《ホーンヘッド》より（北西）三リーグ、血染めヶ崎《ブラディ・ファーランド・ポイント》より（北東）二リーグ、白野ヶ砦《ダンファナフィー》より（南西）十二マイルに位置せり。人口三九九人。長さ約三マイル、幅約一マイル、登録地所は七八五エーカーと四分の一あれども、耕地及び牧草地は狭小にして、大半は山地及び不毛の砂地なり。〔中略〕最北端、北緯五五度一六分十秒西経八度十五分に灯台あり。一八三二年、ダブリン港湾改善事業団により建設せられたる灯台にして、固定式強力ランタン一基、高潮時水位より一二二フィートの高所に設置され、視界良好時には十七海里遠方より視認可能なり。

（*A Topographical Dictionary of Ireland*, 2nd edition, London: S. Lewis and Co., 1846, vol. II, p. 592）

ここに出てくる灯台は、やがて事件にからんで重要な役割をはたすことになる。さてもうひとつ、たまたま同じ年に出版された『議会編纂アイルランド地名辞典』には、島と本土の関係をいきいきと物語る、こんな逸話が載っていた——

トーリー島島民が本土へ来ることきわめて稀なれども、つい先頃、島民七、八名乗せたる漁船荒天にあおられ、アーズ湾へ吹き寄せられけり。帰島せんとすれども真っ向の逆風幾日も吹き荒れ、島民一同足留めとなりにけり。アーズのスチュワート氏、大なる納屋を島民に開放し、糧食と新しき藁《わら》をふんだんに供せり。島民全員、アイルランド本土へ足踏み入れたるは初めてなりき。アーズに生えたる樹木を見るや一同仰天し、帰島のあかつきには仲間に見せたきものとつぶやきつつ、葉やら小枝を物入れ袋に拾い集めたり、と。親切なるスチュワート氏、島民の無聊を慰めんとイリアン・パイプス奏者を呼び寄せたれば、逆風おさまるまでの間、これら無心なる島民一同、踊り、歌い、食い、眠りたり——さながら、いつの世、どの風土にもあるならん、人里離れたる暮らしの絵姿なりき——、と。

(*The Parliamentary Gazetteer of Ireland*, Dublin, London, and Edinburgh: A. Fullarton and Co., 1846, vol. III, p. 380)

もうひとつ、次に引用するのはシングの『アラン島』が出たのとほぼ同時代、一九〇六年にロンドンで出版された旅行案内書の一節である——

(トーリーの)島人にはおしなべて、不可思議な物語や古風な語り伝えを大いに楽しむ気風がある。新たに施行された土地購入法により、地所の個人所有が可能となったため、今日では、地代滞納で名を馳せた汚名は返上するにいたっている。

疾風王バロルと数々の海の冒険談、美しき王女エスナの幽閉の物語などはみな、この島の伝説である。

(*Black's Guide to Ireland*, 24th ed., London: Adam and Charles Black, 1906, p. 363)

バロルやエスナが登場する昔語りは後ほどご披露するつもりである。今のところは、「地代滞納で名を馳せた汚名は返上するにいたっている」という一行に注目しよう。じつは、さきほどから紹介を先延ばしにしてきた、この島で一八八四年に起きた事件というのは、滞納された地代を徴収するために島をめざしていた船の難破事故であった。この事件がありきたりでなかったのは、沈没した地代徴収船が、〈ワスプ《スズメバチ》〉といういそう威勢のいい名前がついた英国軍艦だった点である。一九〇六年以降、この旅行案内書を読んだ読者の中に、二十年も前にアイルランド北西沖の孤島で起きた難破事故を連想したひとがどれだけいたかは知るよしもない。だがまるで、読者に目配せでもするかのように、著者が「汚名返上」を語っているところをみると(そして後ほど紹介するように事故当時のロンドンの絵入り新聞にはでかでかと報道されてもいるので)、イギリスの一般大衆にもそれなりに記憶された事件だったのかもしれない。事件の後、地代徴収船は二度と島を訪れなかった。そして皮肉にもその翌年、代々不在地主に地代を支払い続けてきたアイルランドの小作農に土地購入代金を全額貸与する「土地購入法」が施行され、島人たちにもようやく土地所有の道が開けたのである。

それではいよいよ、難破事故の一部始終を紹介したい。島のキング、パッツィー・ダン・ロジャーズが、一九九九年七月二十一日に話してくれた物語を録音したミニディスクから、書き起こすことにする――

さて今日は、英国軍艦ワスプ号の話をしよう。一八八四年九月二十二日、島の灯台の近くで沈んだ船の物語だ。船には役人と船員合わせて四十六人が乗っていた。原因は操船ミスと考えられている。荒天の夜に起きた事故だったからね。しかし、島人の間で語り伝えられているのは、あの晩、島人たちが船とその乗組員にたいして、呪いの石を廻したという話なんだよ。

この時代、アイルランドはイギリスに支配されていたから、事故の数カ月前、ダブリンの役所から四人の役人が島へやってきて、滞納していた地代を請求した。その時分、島でとれるものといえば鶏卵と牛乳、他には畑がちょっとあったくらいで、島人はなんとか生きていくことはできたけれども、現金はほとんどなかった。ダブリンからやってきたイギリス人の役人はそれを見て、「地代が支払えないのなら おまえたちを十字架にかけるぞ」と言った。島人たちは、「ごらんになればわかるでしょう。わたしたちにはお金がありません。地代は払えません。ご自分の船で明日、どうかお帰り下さいますように」と答えた。手ぶらで帰ってきた役人たちの報告を聞いたダブリンの役所は、今一度、取り立て役人を派遣することにした。そういう事情で、英国軍艦ワスプ号がメイヨー州のウエストポートを出航して、トーリー へ向かったわけだ。

それでこの呪いの石というものだが、これはとても危険で重大なものでね、一族どうしの間で深刻な対立が起きたような場合に廻した。三日間、太陽が出る前に起き出して、太陽と反対方向に石を廻しながら祈ったんだよ。

さて、この軍艦が灯台近くの岩にぶつかって沈没した夜、ひとりの島人が臨時雇いの灯台守として当直勤務していた。これは特別なことではなくて、灯台ではいつも島人が補助員として働いていた。たまたまその時、本職の主任灯台守が外を見回っていて、島人のほうが食堂兼居間《キッチン》にいた。主任は風防つきランプを持っていたんだが、あの時分のランプは性能が悪かったから何も見えなかった。ただ、カモメがやたらに鳴いている声がした。食堂兼居間《キッチン》へ戻った主任灯台守が補助員に、「今夜はカモメがばかにうるさいが、どうかしたのかねえ」と語った。それからふたりは外へ出て、風防つきランプをかざしながら耳を澄ました。島人が言った――「こりゃあカモメじゃありません。人間の叫び声ですよ！」ふたりは食堂兼居間《キッチン》へ戻ってオイルスキンのコートを着て、長い石塀にはさまれた通路伝いに、灯台の裏へ回った。そして補助員のほうが石塀に手を突いて、塀を乗り越えようとしたんだ。その瞬間、手のひらに触れたのは石塀ではなくて、人間の手だった。生存者の手だったんだよ。

　生存者は六人いた。かれらはすぐダブリンへ戻って、この惨事を報告した。事故の翌朝、八人の遺体が発見された。犠牲者の遺体は灯台の近くに埋葬した。「プロテスタント墓地」と呼び習わしているのは、死んだ船員たちがどんな宗教を持っていたかわからないから、便宜上そう呼んでいるんだよ。

　これがキング版による「ワスプ号難破事件」のてんまつである。時に磨かれてすりへったり変形している部分もあるかもしれないけれど、〈島人が石塀に手を伸ばしたら人間の手に触れた〉というくだりは、書き起こしていて思わず背筋がぞくっとした。こういう勘所は、直接体験した人間から伝わった話にしか備わり得ないディテールなのではないだろうか？　あるいはもしかしてこの部分が尾ひれだとしたら、見事な尾ひれを付け足した語り手に一杯おごりたくなる。

　事件の歴史的背景についてひとことだけ補足しておこう――一八七〇年代末、穀物価格暴落のため地代が支払えなくなった小作人が増え、追い立てがあいついだのを受けて、地主の横暴に抵抗するため、アイルランド土地同盟が結成された。八〇年には西部メイヨー州の民衆が土地管理人ボイコット大尉をボイコットする有名な事件が起こり、翌年には土地同盟が地代不払い闘争を宣言して強硬化し、〈土地戦争〉といわれる大衆運動が怒濤のように巻き起こった。八二年には、山積する滞納地代の問題を緩和するため政府が半額を補塡することになったのもつかの間、土地同盟と政府間の宥和を快く思わない過激派が、着任したばかりのアイルランド総督を暗殺する事件が起きたりもした。八四年に起きたワスプ号難破は、小作人の土地所有権確保をめざす〈土地戦争〉が立てた波頭のひとつだと考えると、事の経緯が見えやすいように思う。

＊

ぼくの手元には「ワスプ号難破事件」を描いた図版が二点、絵が一点ある。

ひとつめは、事件直後『絵入りロンドン新報《イラストレイテッド・ロンドン・ニューズ》』紙に載った鋼凹版による図版（Ian Wilson, *Donegal Shipwrecks*, Ballycastle, Co. Antrim: Impact Printing, 1998, p. 64）。海が大荒れに荒れ、傾いた甲板の上の船員たちは波にさらわれんばかりになっている。ワスプ号の舳先が岩に激突し、背景は断崖である。見てきたように描いているこの挿絵はもちろん、画家の想像力の産物である。

第二の図版は、トーリー派民衆絵画《フォーク・ペインティング》の創始者で、漁師兼農夫だったジェイムズ・ディクソンが一九六〇年代に描いた油絵の図版（Richard Ingleby, et al., *Two Painters: Works by Alfred Wallis and James Dixon*, London: Merrel Holberton, 1999, p. 91）である。ディクソンは難破事故の三年後にあたる一八八七年生まれ（死去は一九七〇年）なので、事故の生々しい証言を聞いて育った世代だ。画面左上に黄色い絵の具で「英国軍艦ワスプ号」と大書され、左下には「軍艦ワスプ号がトーリー島灯台裏にて難破、八十二人溺死、生存者六名のみ」という説明書きがある。船は中央上部に小さく描かれ、画面下半分を占める茶色い岩と船を打つ白波が、荒天と岩礁の恐ろしさを表している。説明書きにある灯台そのものは描かれていない。

三番目の絵は、現在も島で絵を描き続けている民衆画家《フォーク・ペインター》のひとり、ルアリー・L・ロジャーズから購入

トーリー島の灯台（1832 年に完成した大建築）

灯台近くにあるワスプ号乗組員の墓を指さすキング

ジェイムズ・ディクソンのワスプ号

した近作の油絵である。ぼくがこの絵を買ったのは、キングに難破の物語を聞かせてもらってから二年後の夏に、島を訪れたときのことだ。自宅の一室をギャラリーにして、観光客がやってくる夏場だけ自作を展示しているロジャーズは独立独歩で寡黙なひとだが、奇妙な静けさをたたえたこの絵を一目見て、ふるいつきたくなったのを覚えている。画面下にきちょうめんな字で、「英国軍艦ワスプ号、トーリー島にて難破、一八八四年九月二十二日」と書いてある。屏風のようにジグザグを描く断崖のすその岩礁にワスプ号が座礁しているところは、ほかの二点とほぼ同じだが、明らかな違いがある。海は波立っているのに、空には満天の星がまたたいているのだ。事故の夜は嵐ではなかったのだろうか？　くわえて、不思議なことにこの絵にも灯台が描かれていない。

　絵入り新聞の挿絵と民衆絵画《フォーク・ペインティング》が共有する特質のひとつは、イメージそのものが物語であることだろう。これらの絵においては、細部の描写や周囲の状況、そして、画面に書き込まれた解説の内容がものを言う。

21世紀にも難破事故は起きた．パッツィー・ダン・ロジャーズ画〈キャビンフィーバー一世号〉

それゆえ、難破事故を語るさいに重要な灯台がどの絵にも描かれていないことと、ロジャーズの絵があえて星空を描いていることは、単なる偶然ではすまされない。三点の絵とキングのストーリーテリングが「ワスプ号難破事件」の真実をそれぞれに語ろうとしているとすれば、これら四つの物語のヴァージョンが語らない部分、あるいは語り損ねた部分、あるいは明らかに食い違っている部分にこそ、事件の真実が宿っているのではないだろうか？

真実——それがもしあるとするなら——に少しでも近づくために、イアン・ウィルソンの『ドニゴールの難破事故』の記述（Wilson, *Donegal Shipwrecks*, pp. 57-74）からかいつまんで、難破にいたるまでの事実関係を整理しておこう。まず、ワスプ号は一八八〇年建造、四六五トン、全長一四五フィート。三本マストで四七〇馬力の水蒸気エンジンを搭載した木・鉄混製の軍艦で、トーリー島へは数回訪れたことがあった。九月二十一日朝六時にメイヨー州ウエストポートを出航したワスプ号は、同日午後八時にエンジンを切って帆走に切り替え、ほぼ満帆で北へ向かって順調に航海を続けたが、二十二日午前一時過ぎ、トーリー島の南西十五海里まで来たところで、当直だったトマス・グッピー三等航海士が進行方向を五度だけ微調整した。晴天ならば、この地点からトーリー島灯台の光は見えていたと考えられる。後の軍法会議における生存者の証言によれば、午前三時三十分、一海里離れたところに陸地が見えたというが、この情報はグッピー三等航海士に伝わらなかった。三時三十五分、グッピー三等航海士が「取り舵一杯！」と叫んだ。三時四十五分、ワスプ号、トーリー島灯台直下に座礁。死者五十名。生存者六名、ただし将校の生存者はなかった。

この航海の概略を頭に思い描くとき、まず気になるのは天候だが、「生存者が異口同音に証言したところによれば、宵の口降っていた雨は上がり、空は晴れて星が出ていた」（Wilson, *Donegal Shipwrecks*, p. 66）。この記述にしたがえば、難破を物語る四つのヴァージョンのうち、ルアリー・L・ロジャーズの絵だけが事故当時の天候を正しく伝えていることになる。しかし、もしあの晩が星月夜だったとすれば、グッピー三等航海士には、「十七海里遠方より視認可能」（『アイルランド地名地誌辞典』による）な灯台の明かりが見えていたはずで、衝突直前に「取り舵一杯！」と叫ぶような失態は未然に防げたはずである。理詰めに考えれば、事故が起こるためには、灯台が消えていなければならない。

このことについて、島の古老シェイマス・ウィリアムがアメリカ人の研究家に聞かせた話が残っている――

事故のあった晩、たまたま灯台のランタンが一時的に消えた。「船を衝突させるために島人のひとりがわざと消したんだ」と言って後から威張る連中もおったが、真相はわからんね。いずれにせよ、ランタンが消えておるのをふたりの灯台守が見つけて、すぐにまた点灯したのさ。

# 読者カード

みすず書房の本をご愛読いただき，まことにありがとうございます．

お求めいただいた書籍タイトル

ご購入書店は

・新刊をご案内する「パブリッシャーズ・レビュー　みすず書房の本棚」（年4回 3月・6月・9月・12月刊，無料）をご希望の方にお送りいたします．

（希望する／希望しない）

**★ご希望の方は下の「ご住所」欄も必ず記入してください．**

・「みすず書房図書目録」最新版をご希望の方にお送りいたします．

（希望する／希望しない）

**★ご希望の方は下の「ご住所」欄も必ず記入してください．**

・新刊・イベントなどをご案内する「みすず書房ニュースレター」（Eメール配信・月2回）をご希望の方にお送りいたします．

（配信を希望する／希望しない）

**★ご希望の方は下の「Eメール」欄も必ず記入してください．**

・よろしければご関心のジャンルをお知らせください．
（哲学・思想／宗教／心理／社会科学／社会ノンフィクション／
教育／歴史／文学／芸術／自然科学／医学）

| | |
|---|---|
| （ふりがな）<br>お名前　　　様 | 〒 |
| ご住所　都・道・府・県　市・区・郡 | |
| 電話　（　） | |
| Eメール | |

ご記入いただいた個人情報は正当な目的のためにのみ使用いたします．

ありがとうございました．みすず書房ウェブサイト http://www.msz.co.jp では刊行書の詳細な書誌とともに，新刊，近刊，復刊，イベントなどさまざまなご案内を掲載しています．ご注文・問い合わせにもぜひご利用ください．

郵便はがき

料金受取人払郵便

本郷局承認

9196

差出有効期間
平成29年12月
1日まで

113-8790

505

東京都文京区

本郷5丁目32番21号

みすず書房営業部

行

通信欄

(ご意見・ご感想などお寄せください．小社ウェブサイトでご紹介させていただく場合がございます．あらかじめご了承ください．)

(Dorothy Harrison Therman, *Stories from Tory Island*, Lanham, MD: Roberts Rinehart, 1999, p. 67)

この回顧談にたいして、「いつ来るかわからない船を衝突させるために灯台を消すなんてできるはずがない」と反論するのは簡単だが、ワスプ号の動向が電信よりもすばやく、浦伝いに口コミで伝わっていたことは十分考えられるので、一笑に付すわけにはいかない。また、「ランタンが一時的に消え」ていたとして、消灯時間がどのくらいの長さだったのかは誰にもわからない。シェイマス・ウィリアム翁の話はあなどれないのである。翁はさらに続けて、衝撃的な回顧談を披露している――

灯台が消えていたことは、生存者六人全員が知っておったが、そのうち五人は、「点灯していた」と証言することに心を決めていた。ただひとりだけは、眠っておったところへいきなり難破が起きて、岩に当たった傷から血をだらだら流しておった。この男は他の五人に反論しようとしたんだが、島駐在のオコンネル神父に、「この書類にサインしたまえ、そうすれば止血してやるから」と言われて、サインしたのさ。わかるね、つまりもし灯台の火が消えていたとわかれば、灯台で働くひとびとは皆クビになっちまうんだから……。

(Therman, *Stories from Tory Islamd*, p. 70)

証拠がない以上、本当のところは誰にもわからない。とはいうものの、できすぎた短編小説の結末のような翁の回顧談には一種の叡智が宿っている。すなわちこれは、口裏合わせによって真実を封じ込め、問題解決を不可能にし、はじめから問題などなかったかのようにしてしまう秘策である。もしこの集団偽証が実際におこなわれたとしたら、軍艦と灯台の関係者・生存者の立場を救い、誰ひとり傷つけることなく、いまいましい地代取り立て船を闇に葬ることが可能となるのだ。島の共同体を守ったという意味では、ウィリアム翁の回顧談じたいが、呪いの石にも似た特効力を持っているように思えてくる。

ところが、完璧な説明であるかに見えるウィリアム翁の回顧談も崩れ落ちる契機を内包している。というのも、生存者たちの証言が虚偽であった可能性をいったん認めてしまえば、事故の晩が星月夜だったという真実も相対的な価値しか持たなくなるからだ。そうなったとたん、キングが語ってくれた、大嵐の中を石塀までたどりついた生存者の手の感触が、再び真実味を帯びてくる。

ここでもうひとり、ドーナル・ドゥーハン翁の話にも耳を傾けてみたい。これもまた、先述の研究家が聞き書きした回顧談である。彼はキングやジェイムズ・ディクソン同様、事故の夜は荒天だったと語っているが、事故当時のワスプ号のニコルズ船長についてこうコメントしている――「動転していたんだ、とても正気じゃなかった。……ワスプ号の甲板の南側にいた船員たちは船長の命令を待っていたのさ。命令が出るまで岩の上に飛び移ってはいけなかったのでね。だのに、船長は正気じゃなかった。生き残った船員たちは、みな命令を待たずに飛び移ったんだ。船長が船を捨てろと命令を出してさえいたら、全員が助かったのにね」（Therman, *Stories from Tory Islamd*, p. 24）。ドゥーハン翁は、まるで現場にいたかのようなこの回顧談を披露した翌日、古い歌の歌詞を思い出し、アメリカ人研究家に歌って聞かせた。その歌の後半だけ引用すると――

ニコルズ船長は冷静な男
技も経験も誰にも負けぬ
ワスプ号を操りどこへでも

めざす港へ行けただろう
島人の追い立てが船長の任務
メイヨー州のウエストポートを
あの朝出たのはそのためだった

神様、死者にお恵みを
みな勇敢なアイルランド人
神様がみなの魂とともにありますように
安らかにお眠り下さい。アーメン

（Therman, *Stories from Tory Islamd*, p. 25）

船長を「正気じゃなかった」と批判した翌日、同じ人物を「冷静な男」と称える歌を歌う島人の感覚を、無節操だと責めるべきだろうか？　それとも、歌詞に込められた船長への賛美は、「死者に鞭打たず」の畏敬表現と解釈すべきなのだろうか？

ひとつだけはっきり言えるのは、物語というものは語り継がれれば継がれるほど、真実を開く鍵が次々に隠されていくようにできているらしい、という皮肉な現実である。

＊

例の呪いの石について、もうすこしだけ話をつけくわえておこう。イアン・ウィルソンによれば（Wilson,

*Donegal Shipwrecks*, pp. 66–67)、トーリーの呪いの石は、六世紀にこの島に修道院を建てた聖コルム・キレゆかりの石で、元来島を一巡して祈る巡礼の最後に廻したものだった。ところが一五九五年、英国軍によって修道院が破壊された後に巡礼の作法が変容し、ひとびとは反時計回りに島を一周し、最後に敵への呪いを込めてこの石を裏返すようになったのだという。

この石はかつて灯台の近くにあったといわれ、呪いの石の台石だったという舟形の大石は灯台のそばに今でも残っている。しかし、ワスプ号が難破した夜、呪いの石が本当に使われたのかどうかについては諸説紛々で、証拠がないため結論が出せない。ただし、呪いの石についてひとつだけ明らかな事実がある。それは、あの事件の直後、石が行方不明になったということだ。波にさらわれたというひとがあり、海に沈めたというひとがあり、どこかに隠したというひとがあり、キングによれば、石のありかを知る最後の人物は彼の伯母であったという。その女性は口を噤んだまま死んでいったそうだ。石をめぐる話もまた、読者を煙に巻く小説みたいな結末なのである。

＊

「ノビ、トーリーでいちばん最近起きた難破事故のことは知っているかね？　二〇〇三年六月十三日の金曜日に起きた事故なんだが」

「いや、それは初耳ですね、キング。どんな話？」

「あとで、港の舟揚げ斜路《スリップ》へ行って見てみるといい。長い木のマストがころがしてあるから。あれは難破した船の一部で、残骸はほかにもたくさん揚がってるがね、全長九十フィート、二本マストのスクーナー船だったんだ。そこに掛けてあるのが、わたしが最近描いた絵だよ。後ろにトーリー島が見えているだろ、これはそのスクーナーが島を訪れようとしている場面だ。事故は船がこの島に泊まった翌日の午後、出航した船の動きをみんなが見守っている目の前で起きた。村から灯台へ向かう道の左に湖があるのは知ってるね。〈ああ、近づきすぎてるぞ、大丈夫か?〉と思って見ていると、案の定、あの湖のすぐ沖の岩場にぶつかって船は大破した。幸い、十一人の乗組員は全員助かったからよかったがね」

「この絵には〈キャビンフィーバー一世号〉って書いてありますね。これはそのスクーナーの名前? でも、キャビンフィーバーって、密室に隔離されたときに起きるイライラのことでしょう? 〈閉所熱〉ってやつ。船名としては皮肉がきつすぎると思うけど」

「そのとおり。このスクーナーの乗組員たちは、国営放送《アール・ティー・イー》で放映するリアリティー番組に参加していたんだ。ヨット経験のない十人の挑戦者を乗せた船にプロの乗組員がふたり付き添って、アイルランド沿岸を実際に航海しながら挑戦者たちに帆走技術を競わせて、視聴者の投票によって毎週ひとりずつ下船させる企画でね。それで、十週目まで残った挑戦者には十万ユーロの賞金が与えられるという番組だった。船がトーリーへ来たのは二週間目だったので、挑戦者は九人に減っていた。くわえて船長とプロの船員が乗っていたから、乗組員は全部で十一人。この船に不運を呼び込んだジンクスはふたつあった。ひとつは、当日が十三日の金曜日だったこと。もうひとつは、このスクーナーの船名は一九四七年に建造されてからずっと〈キャリー〉だったのに、番組のために改装して、名前を〈閉所熱《キャビンフィーバー》〉と改めたこと。船名を変えるのはよくないんだ。それにあの船長——あまりいい船長じゃなかった。島に泊まった晩、宴会をやっていた挑戦者たちに〈さあそろそろお開きにしよう〉って言ったのが、あの船長がした最善のおこないだったと思うよ」

「なるほど、人命が失われなかったのが不幸中の幸いだったわけですね。あらためて見ると、キング、この絵はますますおもしろくなってくるなあ」

「気に入ったかね？」

「うん、とても」

「キャビンフィーバー一世号」の絵を買って帰ってから、事故についての報道記事をネットで探していたら、BreakingNews.ieというサイトに、「キャビンフィーバー沈没の原因は夜更かしとの調査報告」という記事を見つけた。事故から二年後の二〇〇五年三月二十四日付である。かいつまんで読んでみると――

> 海難事故調査委員会の報告によれば、危険なことで知られるアイルランド沿岸を航海するために雇われた二名の乗組員は、監視・警戒義務を怠っていた模様。事故調査委員会はこの二名に対し、常時甲板上に最低一名の熟練船員を配置する義務を怠ったことを批判した。さらに報告書は、事故の前夜、挑戦者及び上記二名がトーリー島で「特別な宴会」をおこなったのを指摘した。だが報告書は、挑戦者九人全員が午前零時半には本船へ戻り、翌日の航海に至るまでの間、当直を怠らなかったとしている。事故当時、本船が座礁した岩上でヘリによる救出を待たずに、自力で岸まで泳ぎ渡った唯一の挑戦者リー・グーチは、宴会は確かにおこなわれたと認めている。「うまいものを腹一杯食べましたよ」と彼は語る。「食事の量はふんだんでしたが、ワインは九人で三本しか開けなかったので、ひとり分はグラス二杯くらいでした。ただ、あの前二、三週間はみんな一滴も飲んでなかったから、少しの酒でも酔いが回ったのかもわかりません」〔中略〕事故調査委員会は、正確な船の針路が記録されていたはずのGPS（全地球測位システム）が、船主・船長のロジャー・バートンによって取り外され、委員会の調査がはじまる以前に紛失していたことを指摘している。

他方、欧州議会議員パット・〈ザ・コープ〉・ギャラハー氏のサイトには、トーリー島民一同に海事省から贈られた感謝状の記録があった。この記事も走り読みしてみよう――

沿岸警備隊員シェイマス・ドゥーハンとリアム・ロジャーズ、および島民のピーター・ロジャーズはウェットスーツに着替え、海中を潜って船体に綱を繋いだことにより、七名の救出作業に貢献した。島ではパッツィー・ダン・ロジャーズ、エドワード・ドゥーハンはじめ有志が受入所を設置し、被災者を介護した。〔中略〕空軍ヘリが二名を救出して陸へ運び、残る二名はウエットスーツの三名の補助を受けて泳いで陸へたどりついた。二名のうち一名のライフジャケットがずり上がり、本人の呼吸を妨げた。シェイマス・ドゥーハンとリアム・ロジャーズが海中から補助し、その一名を上陸させた。当地の沿岸警備隊員とトーリー島民の一致団結した協力により、被災した乗組員は全員無事救出された。

この記事を読むと、ワスプ号難破について回顧談を語ったひとの子孫と思われるひとが、キャビンフィーバー号の被災者救助に一役買ったのがわかる。キングも後方支援担当として活躍したらしい。島ではこうして、古い伝説が語り継がれるのと同時に、新しい伝説もつくられていく。それもこれも、ちっぽけな共同体ながら、トーリー島にひとびとが住み続けていればこその話である。この前訪ねたばかりなのに、キングの顔がまた見たくなった。

# 絵語りの島——トーリー島物語〈2〉

「ぼくがトーリーをはじめて訪れたのは 1997 年の真冬である．旅行ガイドの本で，この島に民衆絵画（フォーク・ペインティング）の伝統があるという紹介記事を読んで，興味を持ったのだ――」
（絵はパッツィー・ダン・ロジャーズ画「大西洋上のトーリー」）

「この船で来るかと思って迎えに出たんだが、十時着の一番船でもう来ていたんだね。ようこそ、トーリーへ」

　桟橋から戻ってきたキングと鉢合わせしたぼくは、二時間あまり前に島へ上陸し、船酔いでよたよたする足でホステルにチェックインし、くらくらする頭がようやく鎮まったので、村へ出てみたところだった。

「車をもらったんだよ。あると便利だね」

　キングの車は、窓ガラスを下ろして外側のドアノブに手を掛けないとドアが開かないほどのポンコツだが、ちっぽけなこの島を走るには十分だろう。前と後ろに、アイルランド語と英語でそれぞれ「トーリー島の王」と書いたナンバープレートをつけている。廃車を活用しているらしい。

「ツーリストが来る季節はもう終わったから、カフェもクラフトショップも閉店してしまった。食料は店《ザ・ショップ》で買うといいよ。十二時半にいったん閉まるが、二時にまた開くから」

　キングの後について入った店《ザ・ショップ》は、まだ新しい建物である。前回訪れたときまでは、今クラフトショップになっている家が島唯一の商店で、店舗専用に建てられたこの店よりもずっと狭かった。郵便局でたまった郵便物をひとかかえ受け取ってきたキングは、運転席で全部開封する。クリスマスの図柄がついた通販のカタログや電気代の請求書に混じって、絵の代金の小切手が入った封書や、放送局から届いた番組制作の提案書もある。ふむふむと声を出していちいち読み上げた後、キングが口を開いた――

「この夏は天気がずっと悪かったから、ツーリストが少なかった。多い年は復活祭《イースター》から九月までの間に二万人の来島者があるんだが、今年は一万四千人に届かなかった。残念だ。だがわたしは元気だよ。去年、絵を描きはじめて四十年になったのを記念して、ちょうど今頃の季節にダブリンで大きな個展ができたのはうれしかった。最近は、本土の何カ所かのギャラリーで作品を展示してもらっているんだ」

トーリー島はアイルランド西北端、ドニゴール州のゲールタハト――日常語としてアイルランド語が話されている地域――に属し、本土から十四キロ離れた大西洋の沖合いに浮かぶ孤島である。細長い形をした島は、長さが約五キロ、幅が約一キロある。年間を通じて、よほどの荒天でなければ毎日少なくとも二便の船便があり、本土の二カ所の港と島を結んで、沿岸クルーザーが運行している。近い方の港からなら一時間たらず、遠い方からでも九十分船に揺られていれば島へたどりつけるから、決死の覚悟で臨むほどの船旅ではない。とはいえ、本土と島を隔てるトーリーの瀬戸はうねりが高くなることで有名だから、多少の船酔いだけは覚悟しておく必要がある。今回ぼくが訪れた二〇〇九年十月現在、島には一五二人のひとびとが暮らしている。大多数のひとは英語の日常会話もできるので、アイルランド語ができないぼくには英語で話しかけてくれるけれど、自分たちどうしはアイルランド語でしゃべっている。キングの名前は英語ではパッツィー・ダン・ロジャーズ、アイルランド語ではパッツィー・ダン・マック・ルアリーである。

さきほどから何度もキングということばを使っているのは、冗談や冷やかしからではない。パッツィー・ダンは本当にこの島の王様なのだ。ケルトの伝説や神話の本を読んで、物語に出てくる〈王〉（＝アイルランド語で「リー」、英語で「キング」）が率いる共同体が意外に小さいなと感じたことはないだろうか？　大昔のケルト社会における〈王〉は、親子にくわえて直系家族と婚姻血族を含む拡大家族の代表者、すなわち

〈族長《チーフテン》〉であったと考えると、すんなり納得がいく場合が多い。複数の系統に分かれてはいても、構成員どうしが何らかの親戚関係によって結ばれている血縁的・地縁的共同体を束ねる者が、かつてはしばしば〈王〉と呼ばれたのである。

古代ケルト社会とは区別して理解しなければならないが、アイルランド沿岸の島々には十九世紀頃まで、〈王〉と呼ばれる共同体のリーダー（＝村長）が存在した。現在その呼称が残っているのはトーリー島だけである。〈王〉は世襲ではなく、島人たちの多数決によって決められる。島の伝統や慣習が維持されるよう促し、もめごとを仲裁し、島のスポークスマンとして発言し、いざというときには外部との交渉に当たるのが〈王〉の重要な任務なので、〈王〉たる者は人柄と判断力がひとびとから信頼され、読み書きができる人物でなければならない。とはいうものの、「トーリー島の王」という呼び名は現在全くの名誉称号で、〈王〉が実際的な権力を握っているわけではない。一九九三年、島の〈王〉に選ばれたパッツィー・ダンは、一九四五年トーリーに生まれ、ここで育った。伝統音楽のアコーデオン奏者であり、伝承歌謡の歌い手であり、ストーリーテラーであり、島の歴史や風物を描く画家としても活躍している。

ぼくがトーリーをはじめて訪れたのは一九九七年の真冬である。旅行ガイドの本で、この島に民衆絵画《フォーク・ペインティング》の伝統があるという紹介記事を読んで、興味を持ったのだ。あの冬以来、ぼくは二、三年に一度くらいのペースでトーリーに渡っては数日間滞在し、ぶらぶら散歩したり、昔話を聞かせてもらったり、島唯一のパブ〈トーリー・ソーシャル・クラブ〉でおこなわれるダンスや伝統音楽のセッションを楽しませてもらったりしてきた。行くたびに買い集めた小さな絵が何点か手元にあるので、それらの絵を眺めながら、島をめぐるよもやま話をしてみたいと思う。

＊

まず、ぼくが最初に手に入れた絵をご覧いただきながら……。Ａ５判ほどの小さな画面の下に、「大西洋上のトーリー」というタイトルと「パッツィー・ダン」というサインがあり、洋上に浮かぶ島の全景がていねいに描き込まれた油絵。サイズはちっぽけだけれど、トーリーの目鼻立ちを写した〈肖像画〉、あるいは島のミニ・ガイドマップとでも言えそうな作品である。絵の中へ入りこんで、ちょっと散策してみよう。

水平線のすぐ下、島の一番奥――北西端――に灯台が見える。一八三二年に完成したこの大建築は今に至るまで、トーリーで一番のランドマークである。二十世紀末まで島には街灯がなかったので、日没後外出するときには、灯台の明かりが回ってくるのをたよりにして、暗い夜道をたどったのを思い出す。巨大なひとつ目の怪物は、たのもしい味方でもある。その灯台から黄色い道が弓なりに伸びて、海岸の集落にいたっている。

画面左（南）からＶ字に切れ込んだ入り江が船着き場で、その周辺に描かれた集落が西村《ウエスト・ビレッジ》である。店《ザ・ショップ》も郵便局も学校もパブもこの集落にある。画面に目を凝らすと、右端のいちばん立派な建物の切妻に、十字架が上がっている。聖コルム・キレ礼拝堂。この教会は一八六一年に完成し、二十世紀になってから少しずつステンドグラスが設置された。キングの絵には描かれていないけれど、港の周辺を歩くと、六世紀にこの島をキリスト教に改宗させた聖コルム・キレが建てたといわれる、修道院の名残があちこちに見つかる。石積みで十三メートルの高さがあり、六世紀から七世紀に建てられたという円筒形の鐘塔《ラウンドタワー》がほぼ原形を保ってそびえ立ち、Ｔ字型の石板でできた十字架が港を見守っている。古い礼拝堂の遺跡と墓所が散在するこの

船着き場を見守るＴ型十字架

界隈が、昔も今も島の共同体の中心である。

集落には〈ジェイムズ・ディクソン・ギャラリー〉と呼ばれる絵画ギャラリーもある。観光客がやって来る夏場には毎日開館して、島の画家たちの絵を展示即売している。愛好家の間では名が通っているパッツィー・ダンの他に、ふだんこのギャラリーを管理しているアントン・ミーナンとルアリー・L・ロジャーズも長年油絵を描き続けており、キングのふたりの娘も、島の風物や伝説を題材にして近頃絵を描きはじめた。キングを筆頭に、島の画家のほとんどは専門的な絵画教育を受けていないので、かれらの作品は「トーリー派の素朴絵画《プリミティブ・ペインティング》」とか、「トーリー島の民衆絵画《フォーク・ペインティング》」などと呼ばれている。だが、キングが描いた島の〈肖像画〉をいくらていねいに見ても、ギャラリーらしい建物は見あたらない。このギャラリーは、この島の民衆絵画《フォーク・ペインティング》の創始者で、漁師兼農夫だったジェイムズ・ディクソンが暮らした小さな民家を、そのまま使っているのである。

〈肖像画〉の画面をさらに見ていくと、一軒だけとても目立つ家が描かれているのに気づく。絵の中央右端、崖の上に黄色い小鳥が止まっているように見える小屋がそれだ。その昔、貨物船の安全運行を監視する信号所として建てられたが、イギリス人の風景画家デレク・ヒルが気に入り、アトリエとして使った建物である。ヒルは一九五六年頃から頻繁に島を訪れ、島人たちと親密に交流しながら、雄大なトーリーの自然を描いた油絵を多数残し、二〇〇〇年に世を去った。

絵に関して全くの素人だったディクソンは、ヒルが絵を描いている現場をたまたま見かけたのをきっかけに、自分も試してみるようになった。パッツィー・ダンの記憶によれば、ある日曜の朝、教会でミサが終わった直後、好奇心の強いディクソンが港の風景を描いている画家の姿を目撃したのが、すべてのはじまりであった――

デレク・ヒルは、島人のひとりが、自分のしごとを興味ありげに見つめているのに気づいた。それで振り向いて、「おはよう」と声を掛けたんだ。島人も「おはよう」とあいさつを返した。そうして、「私の絵をどう思うかね？」とヒルが尋ねると、島人――これがそのジェイムズ・ディクソンだったわけだが――その島人は、パイプにタバコを詰めながら、こう返したんだ。「そうさな」とデレク・ヒルのほうへ向き直って、「わしのほうが上手くやれるかもしれんぜ」と。

これが素朴《プリミティブ》絵画――トーリー派の素朴《プリミティブ》絵画――のはじまりだよ。そういうわけで、デレク・ヒルはいったん自分の小屋へ戻ってから、あらためてジェイムズ・ディクソンのところへやってきたんだ。そしてこう言ったと。「どうだい、もし君にこの筆やら絵の具やら道具一式を進呈したら、絵をはじめる気になるかね？」

「そうさな」とジェイムズ・ディクソンはつぶやいて、「やってみたいね」と答えた。「でも、絵の具のチューブを二、三本もらえれば十分足りるよ」とつけくわえた。

「どうしてだね」とデレク・ヒルが聞き返した。「筆なんかはいらんのかね」と。

「いらん」、と相手はあくまで言い張る。「筆なら自分でつくれる。あっちの牧草地に馬を飼ってて、あいつには長い尻尾があるから、尻尾の毛で筆をこしらえるよ」と。

　言った言葉に嘘はなかった。ジェイムズ・ディクソンは来る日も来る日も絵筆をふるって、自己流で絵を描きはじめた。日がたち、週が過ぎた。自分の絵が語る声が遠い彼方まで届くなんて、本人は考えもしなかったけど、やがてそれが現実になったわけだよ。


(Therman, *Stories from Tory Island*, p. 167)


ディクソンの最初の個展は一九六六年、ベルファストとロンドンの画廊でおこなわれ、六八年には、ベルファストのザ・ニュー・ギャラリーで島の画家四人展がおこなわれた。彼以外の三人も、見よう見まねで油絵を描きはじめた自己流の素人画家だった。中でも最年少の、当時二十三歳で展覧会に初出品した青年こそ、〈画業四十周年〉を祝うまでになった島のキング、パッツィー・ダンの若き日の姿である。

　ディクソンが板や紙に馬毛の筆で描いた油絵は、今ではその多くが美術館に収蔵されている。一九九九年秋には、ディクソンの画業と、イングランドの港町セント・アイヴズの船具店主で、六十代になってから絵画にめざめた素朴画家アルフレッド・ウォリスの画業をあわせて回顧する大規模な二人展が、ダブリンのアイルランド現代美術館でおこなわれた。ディクソンはついに、二十世紀アイルランド美術史上特異な位置を占める画家として認められたのである。

*

今一度、キングが描いた島の〈肖像〉に戻ろう。船着き場のある西村《ウエスト・ビレッジ》から東——画面の下方——へ向かって歩くと、V字形の入り江から続く一筋の道沿いにもうひとつの集落——東村《イースト・ビレッジ》——が見える。歩いていて気づくのは、左側（南岸）の海岸は低く、右側（北岸）が高い地形。島全体の平地が左から右（北から南）へ、ゆるやかな上り坂になっているのだ。場所によっては高度差が五十メートル以上あるので、かなりの急斜面もある。その結果、東西に長いこの島の北岸は切り立った断崖の連続となっている。

絵の一番下の右端——島の北東端——には、荒天の日には足を踏み入れることさえできない岩山の半島が迫り出している。〈バロルの砦〉と呼ばれるその半島は、高さ九十メートルの断崖に囲まれた細長い傾斜地で、両側が切れ落ちた隘路で島と繋がっている。半島の突端にそびえる岩山は「大塔岩《トール・モール》」と呼ばれている。トーリー島の語源には「塔の島」、「王（＝バロル）の塔（＝岩）」、「トール（＝北欧神話の雷神）の目」、「海賊島」などの説があるが、その多くは、本土から遠望したときひときわ目立つこの〈バロルの砦〉と結びついている。

だしぬけに響くかもしれないけれど、あしべゆうほ作『クリスタル☆ドラゴン』（秋田書店、一九八二〜）というコミックに聞き覚えはないだろうか？　ローマ時代のエリン（アイルランド）を舞台にした壮大な未完のファンタジーで、刊行がはじまって三十年が過ぎた今でも人気がある。この物語は、「邪眼のバラー」が率いる略奪者集団「深淵の谷の一族」をめぐって展開する。「バラー」はトーリーの「バロル」と同一人物である。しばらくぶりに第一巻を取り出して読み直していくと、中程のところに、魔法使い《ドルイド》見習いの娘ア

〈バロルの砦〉の突端にそびえ立つ大塔岩（トール・モール）

リアンロッドがローマ人に変装して、バラーが住む「魔の谷《アルハ・ガワン》」へ単身小舟で潜入していくシーンが見つかった。狭い水路の両脇にそびえたつ岩山は「バロルの砦」にとてもよく似ている。綿密なリサーチで知られるあしべがトーリー島を意識していたかどうかはわからないけれど、島を知る眼で「魔の谷《アルハ・ガワン》」の描写を見ると、このコミックにたいする思い入れがいっそう深くなる。

　トーリーに伝わるバロルの伝説をひとつ、ご披露しよう。聞き覚えたり読んだりした物語を総合して、ストーリーテラーのまねごとをしてみるとこんな感じになる――

　邪眼のバロルといえばフォモール族の頭目、言わずと知れた海賊の親分であります。バロルは魔法使い《ドルイド》から、自分の孫に殺されるという予言を受けておりましたので、娘のエスナを十二人の侍女に守らせて、〈大塔岩《トール・モール》〉の岩屋に幽閉しておったと。さて同じ頃、本土にひとりの鍛治屋がおりまして、〈灰緑のがにまた〉《ア・グラース・ガウリャン》という名前の、たいそうよく乳が出る雌牛を飼っておったと申します。バロルはこの雌牛が欲しくてたまらなかったそうであります。

ある日のこと、鍛冶屋の店先に、ドゥー、ドン、フィン・マッキャン・フォールの三兄弟があらわれまして、剣をこしらえておくれよ鍛冶屋、と頼みました。鍛冶屋が剣をこしらえる間、三兄弟がかわりばんこに〈灰緑のがにまた〉《ア・グラース・ガウリャン》を見張ることにしましたが、フィンが番をしているところへ赤毛の少年がやってきまして、あっちのふたりのあんちゃんたちが特別にいい剣をこしらえてもらおうとしてるぜ、行って確かめたほうがいいぞ、と陰口を言いました。じつはこの少年、バロルが化けておったのです。まんまと雌牛を盗んだバロルは、トーリー島へ帰る途中、船をひとつの小島に寄せて、島の泉で〈灰緑のがにまた〉《ア・グラース・ガウリャン》に水を飲ませました。それが由来で、この小島は〈べっぴん雌牛ヶ島〉となり、泉は〈灰緑ヶ井戸〉となり、雌牛が着いたトーリーの入り江は〈灰緑ヶ浦〉と呼ばれるようになったと申します。

雌牛がいなくなったのに気づいた鍛冶屋はフィンに向かって、三日以内に牛を取り返して来なかったらおまえさんの首をはねてやる、と言いました。フィンは危険を冒してトーリーへ渡り、女装してエスナに近づきます。ふたりは出会ったとたんに恋に落ち、雌牛を取り返したフィンは本土へとんぼ返りいたしました。さて一年後、エスナは三人の赤ん坊を産みましたが、怒り狂ったバロルは三人の孫を布にくるみ、それぞれ針で端を留めて連れ去ります。そうして、ひとりずつ崖の上から放ったのですが、長男をくるんでいた布の釘だけがぽきりと折れて、赤ん坊は地面に落ちて命拾いをしたという話。この場所は〈針ヶ浦〉と呼ばれるようになりました。生き延びた男の子こそルーであります。ルーとは〈光の子〉、輝かしい太陽の申し子。アイルランドでは八月を〈ルーの月〉《ルーナサ》と呼んでおります。ルーがバロルと一騎打ちするお話はまた時を改めて……。

この話に出てきた地名はすべて実在するので、長い年月を掛けて物語と風景がしっくりなじんできたことがわかる。

とはいえ口伝えの物語が運ぶ歴史感覚は時として、教科書的な年表を尺度とすることに慣れきったぼくたちを、不可思議な錯誤の世界に陥れる。バロルは、一八九八年生まれの島人ドーナル・ドゥーハン翁の手に掛かると、歴史を超越した悪漢として描かれる――

そう、その砦がバロルの住まいだった。バロルって男。悪人。あいつは海賊だった。ここに船を持っていて、この島に住んでいたんだ。

金の延べ棒を持ったイギリス帆船がアメリカからやってくるね。そうすっとあいつが出てって盗むわけさ。金の延べ棒を自分の船に入れちまう。そうして島へ持ち帰って、ここの砦に埋めたんだよ。〔中略〕ああそうとも、あの連中が悪の権化の猟犬を飼っていた。その猟犬がじいっとおまえさんを見るだろ、そしたらおまえさんは死んじまうのさ。

そう、あの連中は悪い猟犬を飼っていた。だから、コルム・キレがやってきてそいつらを追っ払ったのさ。それから後、ここは聖なる島になった。聖人があそこに塔を建てて、悪い連中が入ってこられないようにしたわけだね。

(Therman, *Stories from Tory Island*, p. 28)

この島へ聖コルム・キレがやってきてキリスト教を伝えたとされるのは六世紀なので、イギリス船が新大陸から金を持ち帰ったという時代とはぜんぜん合わない。バロルの邪眼と猟犬の邪眼が混同されているところも荒唐無稽と言うほかない。にもかかわらず、語り手が確信に満ちているせいだろう、この物語には奇妙に充実したリアル感がある。近所のうわさ話を披露するかのような口ぶりで、島を支配した古い秩序から外来の新秩序への交代劇を見てきたように語ってみせる古老のレトリックには、ずぶとい説得力が宿っている。

＊

コルム・キレはアイルランドとスコットランドで篤く崇敬されている伝道者で、その名前は「教会の鳩」を意味している。五二一年、トーリー島からほど近い本土のガルタンに生まれ、鳩さながらに各地をまわって修道院をつくった後、スコットランド西方のアイオナ島に修道院を営み、五九七年、アイオナで死んだ。やがて八世紀末には、このアイオナ修道院でケルト装飾写本の最高傑作『ケルズの書』が制作されることになる。

トーリーで買ってきた二点の小さな絵とともに、島にゆかりの聖人伝を紹介しよう。どちらも、キングより十五歳ほど若いアントン・ミーナンが描いた油絵の小品である。「聖コルム・キレの渡海」（口絵参照）と「毒犬を追い出す聖コルム・キレ」というタイトルが画面下端に書かれたこれら二点は、船着き場に近い聖コルム・キレ礼拝堂のステンドグラスを思わせるタッチで描かれている。

コルム・キレがトーリーへ渡って修道院を建てることになったのは、仲間の修道士ふたりとともに、本土から島へ向けて牧杖の投げ比べをしたのがきっかけだった。沖合いにかすむトーリーまで届けとばかりに杖を投げたとき、ほかのふたりは「我が力と神のお助けにより」と祈ったのだが、コルム・キレだけは「神のお助けと我が力により」と祈った。謙虚な祈りの甲斐あって、彼が投げた牧杖だけがトーリー島へ到達したのだという。ミーナンの「聖コルム・キレの渡海」は、帆を張った大型の島カヌー《カラッハ》に乗り込んで、弟子たちとともに荒海を越えていくコルム・キレの姿である。

ここから先は、もっと上手な語り手に話してもらおう。次に書き写す物語は、一九九九年七月二十日にキングが英語で話してくれたヴァージョンである。この日の数日前、たまたまぼくは島へ渡ったのだが、ひどい嵐が襲ってきたため散歩もできず、定期船も欠航が続いていた。ところが荒天はおもわぬ余得を与えてくれた。コルム・キレの島カヌー《カラッハ》を思わせる、復元した古式帆船で航海中のフランス人クルーが風待ちをしているところに、居合わせることができたからだ。かれらはブルターニュを出航してスコットランドへ向かっているという。ケルト文化が残る土地をつなぐ、ヨーロッパ西端の海上の道をたどっているのである。大嵐のせいで缶詰になった三日間、島唯一のパブ〈トーリー・ソーシャル・クラブ〉には島人たちも詰めかけ、歌とダンスとストーリーテリングが満載のにぎやかなお祭りになった。

風雨をよそに、居心地のよいソファに身を預けた一同を前にして、キングはこんなふうに語り出した――

その頃、トーリーのひとびとは異教徒で、島に住むある家族が毒の炎を吐く猟犬を飼っていた。ディクソン・ギャラリーのちょうど正面にあたる魚の入り江《スコルド・ラッサ》に船が着いて、コルム・キレが島に足を下ろそうとしたそのとき、異教徒が聖人に向けて毒犬を放ったんだ。猟犬はコルム・キレにとびかかろうとした。ところがコルム・キレは聖人の例に漏れず、聖十字架を持っていたから、火を吹く毒犬に向かってその十字架を掲げた。犬はあわてて飛び退いた拍子に、毒の尻尾で石をまっぷたつにかち割った。犬の足跡がついた石が、今もすぐそこに残っているよ。毒犬はあおむけにぶったおれ、コルム・キレは無事で、空には聖人を歓迎する雲があらわれた。コルム・キレが口を開いて、「あなたがたのなかで、私のマントをここへ広げるのを許可してくださる方はありませんか」と言った。少しして、ひとりの男が前に進み出て、「俺が許可します」と答えた。ダッガン家の男だった。聖人がマントを地面に広げると、そのマントがみるみる島を覆い尽くした。コルム・キレはダッガン家の男に向かって言った――「今日私はおまえに贈り物をあげよう。今日より以降、この村の奥に修道院ができるであろう。教会の左には従者の墓があり、その墓からとれる聖なる土にはネズミを追い払う力がある。今日以降、この島を訪れ、その土が欲しいと望む者には誰でも、おまえが短い祈りをとなえた後で土を取り、与えるがよい」、と。

アントン・ミーナンの「毒犬を追い出す聖コルム・キレ」を絵語りしてみせるようなキングの話を聞いていると、体ごとどこか別の時代へ飛んでしまったみたいに感じる。「従者の墓」は別伝によれば、コルム・キレの徳を慕ってはるばるインドからやってきた――と聞くと「金の延べ棒」の話同様、大英帝国の残り香がする――七人の航海者の一員であった聖女の墓であるという。さらに他の説によれば、オランダ王族の貴婦人の墓だとも伝えられる。村はずれにひっそりとうずくまるこの墓の土を少量授かり、船の舳先にひそませておくと、海難除けにもなると伝えられている。

翌七月二十一日、ほんのしばらく風が凪いだ村を歩いていたら、見知らぬおばあさんが窓から顔を出して、「ついさっき、ジョン・F・ケネディ・Jrが見つかったよ」と教えてくれた。五日前に小型飛行機で消息を絶ったケネディ家の御曹司の遺体が、マサチューセッツ州ケープコッドの沖合いに浮かぶ、マーサズ・ヴィニヤード島付近の海から上がった、という速報がラジオで報じられたのだ。自家用機を操縦して、島にある別荘へ向かう途中で墜落したのだった。彼は第三十五代アメリカ合衆国大統領ジョン・F・ケネディとジャクリーン夫人の間に生まれた長男である。ケネディ家はカトリック信徒のアイルランド系なので、アイルランド人の多くは遠い親戚を見るかのような親近感を抱いている。将来アメリカ大統領候補になったかも知れないプリンスの死は、他人事では片付けられない事件だったのだろう。キングはあの日、ダッガン家の長老の許可を得て、古式島カヌー《カラッハ》でブルターニュからやってきたボートチームに、海難除けの聖土を進呈したに違いない。

＊

そろそろ話をしめくくる方向へ持っていきたいのだが、その前にけじめをつけておきたい一件がある。邪眼のバロルの娘エスナと一夜の契りを交わした、フィンのことはまだ覚えておられるだろうか？〈光の申し子〉ルーの父親になる運命を背負った若者は、雌牛の〈灰緑のがにまた《ア・グラース・ガウリャン》〉を鍛冶屋に返すため、本土へとんぼ返りしたのだった。バロルもエスナもルーもフィンも、アイルランド伝説では重要な人物たちなので、さまざまな物語の中に見せ場や出番があるからいいのだけれど、たいそうよく乳が出るというあの雌牛のその後だけが、ぼくはちょっと気がかりだった。鍛冶屋のもとへ返された愛らしい名前の雌牛は余生を幸せに暮らしただろうか？　脇役とはいえ、乳の重みで〈がにまた〉になった健気な雌牛の後ろ姿が、ずっと気になっていたのだ。

失せ物というのは、あきらめずに気に掛けていれば、やがて出てくるものらしい。数年前に亡くなったベルファストの歌手・伝統歌謡収集家デヴィッド・ハモンドが録音した古いＣＤを聞いていたら、〈灰緑のがにまた《ア・グラース・ガウリャン》〉の幽霊にばったり出くわした。雌牛はなんと、古い伝統歌謡の中で暮らしていたのだ。

その歌の歌詞はベルファストの遊び歌を集めた本に収録されているので、拾い出してみよう。子供達が輪になって歌った遊び歌だという。文句が少々謎めいている――

緑の砂利っ子、緑の砂利っ子、おまえの草はとっても緑
おまえはこの世で前代未聞、ィの一番のべっぴん乙女

洗ってあげて、べべ着せたげて、シルクのおべべでくるんであげて
ガラスのペンとインクでもって、あの娘の名前を書いてあげたよ

（アニーちゃん）、（アニーちゃん）、おまえのあの娘はもう死んだから
お手紙送るよ、あっち向いてごらん

(Maurice Leyden, *Boys and Girls Come Out to Play: A Collection of Irish Singing Games*, Belfast: Appletree Press, 1993, p. 40)

みんなで手をつなぎ、輪になってこの歌を歌いながら、歌の最後に名指しされた子（歌詞では「アニーちゃん」となっている）が順に輪の外を向いていき、全員が外向きになったらお終いという遊びらしい。「あっち向いて」というのがお悔やみのジェスチャーで、「緑の砂利っ子《グリーン・グラヴェル》」は、本来は「掘りたてのお墓《グリーン・グレイヴ》」だったのだという。

この解説を読んだだけだと雌牛の幽霊は現れずに終わってしまうのだが、ハモンドが書いたCDのライナーノーツにはこんな文章があった――

緑の砂利っ子《グリーン・グラヴェル》——この歌は一般にイングランドから伝わった子供の遊び歌だと考えられている。だがアイルランド人は、この不思議な名前は、乳が決して枯れなかったという伝説の雌牛「灰緑のがにまた《ア・グラース・ガウリャン》」のことであると解釈するのを好む。

(David Hammond, *I am the Wee Falorie Man: Folk Songs of Ireland*, Rykodisc, 1997)

鍛冶屋の雌牛の消息がやっとつかめた。彼女の評判はドニゴールからはるか東方へ鳴り響いて、ベルファストまでたどりついていた。そして、天寿を全うした「灰緑のがにまた《ア・グラース・ガウリャン》」はなんと、青々とした草が茂るお墓に姿を変えて、ベルファスト育ちの町っ子たちに代々親しまれていたのである。

＊

やせた土壌のトーリーには樹木が一本もない。アイルランド西部の離島として有名なアラン諸島で見かける石垣すら、この島には見あたらない。かつては暖炉で燃やせる泥炭《ターフ》がとれる泥炭地《ボグ》があったが、ずいぶん前に掘り尽くしてしまったので、燃料も島の外から買い入れるほかにない。キングが描いた島の〈肖像画〉をもういちど見ていただこう。集落の周辺に黒く太い横棒のようなものが散在している。何を隠そう、あれは耕地である。土質がまちまちな細長い耕地を島人たちの間で定期的に再分配して、不公平にならないよう工夫したものだという。これはランデール制度というやり方で、一八四〇年代後半にアイルランドを襲ったじゃがいも飢饉以前の時代には、北部・西部・南西部で広く実施されていた。今では歴史の本の中にしか出てこないこの制度が、離島であったためじゃがいも飢饉を経験せずにすんだトーリー島では、二十世紀半ば頃まで実際に運用されていた。共同体維持のためのそうした制度をとりしきるのは、かつては島の王の役割であった。キングが島の〈肖像画〉に黒々と描き込んだ十六本の黒い棒は、古き良き時代に向けたノスタルジアの表現なのだ。

トーリー島の現状はきびしい。一九七四年冬、悪天候のため船便が途絶え、島が四週間孤立したことがあり、その後の時期に州当局の方針で、本土への移住が奨励された。病人や高齢者を抱えた家族などは本土に用意された公共住宅へ移住せざるをえなかったが、断固島に踏みとどまることを選んだひとびとも多く、小さな共同体は混乱をきわめた。遅かれ早かれ無人島になるであろう島のインフラ整備に予算を費やす代わりに、十分な代替住居を本土に用意しようというのが当局の言い分だった。島人の約三分の一がその提案に賛同したため、一時は島全体が廃村になりかねない危機を経験した。資料によれば、一九七一年に二七三人だった人口は、九一年には一二〇人まで落ち込んだ。キングは、自分が王に選ばれて以来、島の人口がしだいに増えてきたのを誇りにしている。先述の通り、現在、人口は一五二人にまで回復した。

キングは七〇年代後半から八〇年代を振り返って、〈戦争の時代〉だったと語る――「ふたつの戦争が同時におこなわれたんだ。ひとつは島人と政府との戦い。もうひとつは本土へ渡る決意をしたひとと残りたいひとの戦い。一家族の中で二手に分かれた場合がいちばんこじれたね。家や土地を放棄して本土へ渡った人間が、近頃になって、島の不動産を再請求しようとするケースもある。厄介な法律問題を抱えている家族もいくつかあるんだよ」

以前なにかの記事で、「ドニゴール州がシンデレラだとしたら、トーリー島は捨て子だ」という文句を読んだ覚えがある。「シンデレラ」というのは、たとえば、歌手のエンヤやそのきょうだいのロックバンド

〈クラナド〉や、伝統音楽バンドの〈アルタン〉の成功を思い浮かべればいいだろう。かれらは、みずからのルーツの地であるドニゴール州に伝わるたぐいまれな音楽／文化資産にたくみなアレンジを施して現代化し、〈グローカル〉な作品として発信することにより、国際的なマーケットで大成功をおさめた。

他方、トーリー島には、二十五年前から急務だと騒がれ続けている小型機用滑走路もなければ、電気を安定供給するための海底ケーブルもまだ敷かれていない。たしかに桟橋は整備され、中等学校が完成し、ディーゼル発電機のおかげで電気にも一応不自由しなくはなったけれど、島中に増えた野ウサギに新芽を食い尽くされてわずかな畑は荒れ果ててしまい、最新設備を持つ他国の漁船に太刀打ちできない島の漁船は、ロブスター漁を止めざるを得なかった。トーリーに向かって本土のひとびとが言う決まり文句は、「島の連中はちょっとおおげさだからね」と「もっとちゃんと働く意志を見せなくちゃいかん！」である。島人が返す決まり文句は、「何言ってるんだ、これで精一杯なんだよ！」である。トーリーはたしかに〈捨て子〉かもしれない。

キングが昔から繰り返している言い分はこうだ――「どんな場所であろうと、人間っていうのは生まれ育った場所を愛するものだよ。わたしたちはここにとどまる権利がある。わたしたちはここに住み続けたいんだ」

最後にもう一点、キングが描いた絵を眺めてみたい。裏面に「トーリーの農場」というタイトルと「二〇〇九年九月十八日」という日付が書かれたこの油絵（口絵参照）は、絵の具が乾いたばかりである。灰色の空をバックに、柵で土地が二分されている。右側には、強風に飛ばされぬよう、わらぶきの丸屋根を網と錘で押さえた伝統的な家。左側には、三角屋根をスレートでふき、壁際にブタンガスのボンベを装備した新しい家。古い家の農場には穀物を収穫した後のつみわらが八つ。新しい家の農場には、そのつみわらを食べて生きる羊の群れとロバがいる。

この風景はノスタルジックに見えるけれど、過去ではなく未来の風景である。絵の中で、古いもの（伝統工法の家、老人、歴史、文化遺産）と新しいもの（現代工法の家、若い家族、伝統の継承）の調和が試みられているからだ。島の羊は、一九五九年には三十一頭だったのが九五年には五十頭に増え、現在では二農場あわせて百頭を超している。近頃めっきり見かけなくなったロバと、しばらく前に姿を消した牛や馬が戻ってさえくれれば、自給自足率の高い生活を再建できる見込みが十分ある。その決め手は、絵の真ん中にそびえている風車である。将来はディーゼル発電機に頼らず、海底ケーブル敷設の陳情も止め、風力発電が可能になれば望ましいというキングのヴィジョンが、ここに描かれているのだ。トーリー島は、常時強風が吹くことではヨーロッパでも指折りの地点なので、この未来像には現実味がある。

もちろんキングは政治家や実務家ではなく、画家でありアコーデオン弾きであり歌手だから、このちっぽけな油絵はユートピア的なヴィジョンのささやかな提示にすぎない。だがアイルランドには、「小声で語られることばにひとは聞き耳を立てる」ということわざもある。ジェイムズ・ディクソンが島で絵を描きはじめた頃、「トーリーは五十年後には無人島になるだろうから、彼の絵が島の最後の時代の記録になるだろう」と言ったひとがいたそうだ。その予言は見事に外れた。トーリーに暮らし、トーリーを語り、トーリーを描くひとの数はゆっくり、確実に増えはじめている。

# 遠足は馬車に乗って

「ダブリンの中心街を散歩していたとき，馬車を拾ってしまった．〔中略〕ショウウィンドウの片隅にちんまりと納まっていた，ちっぽけな木彫りの馬車の御者に声を掛けられたような気がして，つい衝動買いをしてしまったのである――」

アイルランドの交通標識にはいまだに馬車の時代の名残がある。近頃はずいぶん減ったけれど、一九九〇年代後半頃までは、田舎道を自動車で走っていて交差点にさしかかると、行き先を示す標識が、少し手前にではなく交差点そのものの道端に突っ立ったポールにとりつけられた、矢印形の板に書いてあるのが普通だった。地名が書かれた何枚もの矢印板は、分岐した道の行き先を思い思いに指している。運転免許を持たないぼくに一人称で語る資格はないが、運転手の身になって考えると、あれはとても不便らしい。交差点で瞬時に地名を読み取りそこなった場合、バックするか、さもなくば車から降りて、いちいち標識を確かめに戻らなくてはならないからだ。

それにくわえて、矢印板が指している方向がしばしば微妙なので、十字路や五叉路では、該当しそうな二本のうちどちらの道を選ぶかが大きな賭けになる。間違った道へ入り込んだ場合、矢印板つきのポールが立っている次の交差点まではけっこう遠いから、間違いに気がつくまで時間がかかる。矢印の角度の微妙さに力負けして、二つ目の交差点でも道を間違えたらもう何が何だかわからなくなってしまう。助手席に乗ったぼくは、西部コネマラ地方の美しい石垣に囲まれた迷路街道で、この畏怖すべき循環にはまりこんだ経験がある。十五キロほど手前の道で追い抜いたはずの羊飼いのおじいさんに後ろから接近し、てくてく歩いている彼を再び追い抜いたときには、運転席の妻と顔を見合わせて言葉が出なかった。こうなったら上着を裏返しに着直して――これが妖精のいたずら除けのおまじないである――自分の理力《フォース》を信じる以外に、窮地を抜け出す方法はない。馬車ならきっと、交差点で一時停止した御者が、行き先の地名と矢印の角度をじっくり吟味して、行きたい場所へ確実に行けたに違いないとおもう。

夏休み、ダブリンに住むぼくを東京から訪ねてくれた友人と一緒に、レンタカーでドライブ旅行をした。「なるほどわかった。この国のドライバーは無理矢理百キロ出さなきゃいけないとは思ってない。だから事故が起きない。「この田舎道、制限時速が百キロだぞ!」と驚いていた友人はしばらく走った後、口を開いた。「なるほどわ事故が起きないから、一見無茶に思える制限速度をそのままにしているんだろう。ドライバーがマナーがいい証拠だよ。交通法規が人間中心にできてるんだ!」ちょっと意外な結論に聞こえたけれど、言われてみればその通りであるような気もしてきた。

アイルランドではどういうわけか、歩行者用信号の青の時間がとても短い。横断歩道で待ち構えていると、自動車用信号が赤になっているのに、歩行者用信号もいつまでも赤のままで、ようやく青になったかと思うと、次の瞬間もう黄色になっている。その代わりと言っていいのかどうかわからないが、歩行者用信号がある路面には必ず、車が走ってくる方向を指す矢印とともに「右を見ろ」または「左を見ろ」という白文字が書かれている。思うにこれは、〈信号は目安に過ぎないので、道を渡るときには自分で左右をよく確認して、自己責任において渡りなさい〉と教えているのに違いない。赤信号でも大胆に横断する歩行者にたいして、迫ってくる自動車はやんわりとスピードを落としてくれる。だからめったに事故は起こらない。さきほどの友人に言わせれば、これも人間(=歩行者)優先の交通法規ということになるだろう。ぼくとしては、これも馬車時代の名残だと主張してみたくなる……。

そんなことをつらつら考えながらダブリンの中心街を散歩していたとき、馬車を拾ってしまった。と言っても、街角でよく見かける観光馬車に乗ってみたわけではない。ショウウィンドウの片隅にちんまりと納まっていた、ちっぽけな木彫りの馬車の御者に声を掛けられたような気がして、つい衝動買いをしてしまったのである。

「おたくは銀細工や銀器が専門なのに、どうしてこんな古い木彫りのオモチャがあるのかな？」

「兄がどこかから仕入れてきたんですよ」

「タグに一九二〇年代って書いてあるけど、どうして年代を特定できるんです？　産地はどこかな？」

「さあ、わたしにはわからないわ」

閉店間際の時間だった。何も知らなそうな店番の女性を質問攻めにしてもしかたがないので、きらびやかな銀器に混じって所在なさげにしていたその御者を馬車ごと包んでもらって店を出た。

帰宅して、広げた手の上にちょうど載る大きさの馬車を眺めながら、おそらくはこれは観光みやげとしてつくられたのだろうと思った。二十世紀はじめまでアイルランドの名産品だった埋もれ木細工《ボッグオーク》に似せて、全体を真っ黒に塗ってあるが、こいつはどうやらただの木彫りである。とは言うものの山高帽子をかぶった御者といい、辛抱強そうな引き馬といい、木製部品に針金を組み合わせた馬車本体といい、なかなかどうして雰囲気のある模型だ。最初、牛乳運搬馬車《ミルクカート》かなと思ったが違っていた。ミルクカートというのは、テレビの時代劇に出てくる大八車みたいな平たい荷車を馬に引かせるタイプで、目の前の模型とは似ても似つかない形をしている。山高帽子で正装した御者に笑われるところだった。

ネットで図像検索をしてみたら、じきにこの馬車の正体が判明した。御者の背後の左右に各々二人掛けの座席を背中合わせにしつらえ、足置きを車輪の上にぶらさげるように下ろした――使わないときには実物同様跳ね上げて収納できるようになっている――構造の、この小型軽装・屋根なしの二輪馬車は、アイルランド独特の乗り物である。その名も楽しい〈遠足馬車《ジョーンティング・カー》〉。「ジョーント」とは英語で「遠足にいく」、「(行楽の) 小旅行をする」という意味だから、文字通り現代のタクシーに相当する存在だった。十八世紀後半から二十世紀前半まで、「遠足馬車《ジョーンティング・カー》」はもっとも簡便かつ身近な乗り物だった。ダブリンやコークやベルファストのような都会でタクシーとして使われたほか、市民や旅行者が行楽地へ遠出するさいの〈足〉としても親しまれたのが、このタイプの馬車だったのだ。

昔の評判記に耳を傾けてみたらどうだろう。『ダブリン・ペニー雑誌』の一八三二年七月十四日号に載った記事に、こんなことが書いてある——

これぞまさしくアイルランド特有の乗り物。我らが島以外で遠足馬車《ジョーンティング・カー》にお目に掛かるのはまず不可能、と申しておこう。スコットランドまたはイングランドから船に乗り、ダブリンまたはキングズタウンにてはじめて下船する者はおしなべてその奇観に目を見張るが、ほどなくして、爽快かつ便利なこの馬車を好むようになる。無論最初は尻込みするのが必定である。とにかく馬みすぼらしく、御者むさくるしく、安値を競いあって互いに怒号を浴びせあうかと見る間に発進、猛り狂ったかのごとく街路を突き抜けてゆくダブリンの御者連中は、常に無知と不慣れにつけこむ隙を狙っているのであるから、万事相手の言いなりにて何処《いずこ》かへ運ばれてゆく不都合を旅の喜びと感じて微笑む奇特な御仁を除けば、(まず一般には) 耐え難きこと甚《はなは》だしい。だがしかし、である。この愉快なる遠足馬車《ジョーンティング・カー》の乗り心地を一度知った諸賢ならば、我らがこの自由自在なる馬車を〈爽快かつ便利な〉と評したとて、よもや反論はなさらぬであろう。

(http://www.booksulter.com/library/articles/jauntingcar/index.php)

話を聞いているだけで、なんだか身体がむずむずしてくる。乗ってみたいなあと思いつつ先へ進むと、ペニー雑誌の記者は、ジョン・ブッシュという著者が一七六九年に書いた『愛蘭珍奇考《ヒベルニア・キュリオサ》』という書物から、初期の遠足馬車《ジョーンティング・カー》についての記述を引いてきて読ませてくれる。これもちょっぴりお裾分けしよう――

ここに、コックリ《ノディー》と呼ばるる奇妙な乗り物あり。旧式の一頭立て二輪軽装馬車または椅子かごに似たる代物にて、御者台は客席のすぐ前方、ながえの上に腰掛けが据え付けてあるゆえ、御者は引き馬のほぼ真上から鞭をふるうと思えばよろし。定額運賃にて町のあちこちへゆく運行を「着き下ろし《セットダウン》」と呼びならわす。かくは申せども、大過なく目的地に着き下りられたならば、おなぐさみと申すべきもの。ときに側溝へ突き落とさるることとあり。車輪大破し、転覆ぶち落としとなることなどもあり。乗客が間近に見るものと申せば、コックリ《ノディー》、コックリ《ノディー》、コックリ《ノディー》とうなずきゆく、御者の背中ばかり。ながえの上に御者台があるゆえのコックリ動作、これまさしく馬車の名の由来なり、と愚生愚考する次第。

(http://www.booksulter.com/library/articles/jauntingcar/index.php)

そうだ。思い出した！ ぼくもこれに似た馬車に乗ったことがある。アラン島――イニシュモア――だ。「遠足馬車《ジョーンティング・カー》」と呼ばれていたのも間違いない。だがぼくが乗ったのは、客同士が背中合わせに乗るスタイルではなく、後ろにハッチがついた大きな風呂桶みたいな形の馬車だった。けっこう速いスピードで走ったのを覚えているが、スリルは感じなかった。あの風呂桶馬車は、にわか馬車博士になった今日振り返ってみれば、軽二輪馬車《ガヴァネス・カート》と呼ばれるタイプだった。安全第一で、小回りが利く上に転覆しにくいので、その昔、屋敷に住み込みで雇われた女家庭教師《ガヴァネス》が子供たちを乗せるのに使った乗り物である。

念のために、二十一世紀の今日でも遠足馬車《ジョーンティング・カー》に乗れるのが観光の目玉になっている、アイルランド南部の美しい町キラーニーでの馬車事情を調べてみた。するとどうやら、本物の遠足馬車《ジョーンティング・カー》に混じって、客席が進行方向片側のみに向いたタイプや、安全な軽二輪馬車《ガヴァネス・カート》や、普通の四輪馬車も使われているようだ。近いうちに本物に乗りに行ってみなくてはいけない。とはいえ、この文章を書いている現在のダブリンは冬至を過ぎたばかりの冬の底で、雨風の強い日が多く、日没もやけに早いから、遠出をする気になれない。この季節では、たとえはるばる出かけてみても、雨除けのない馬車は、折りたたみ式の足置きを跳ね上げて休業しているだろう。御者はお気に入りのパブの暖炉のそばで一杯やっているに違いない……。その姿を頭に思い描いたら、御者がかぶっている山高帽に見覚えがあるのに気づいた。彼を見かけたのは、ジョン・ウェインがアメリカ帰りのアイルランド系ボクサー、ショーニーンを演じた名画――偉大なる田舎メイヨー州の話にも登場してもらったあの映画――の中である。山高帽の御者ミケリーンは酒好きで抜け目がなく、ハートが暖かい老爺として描かれていた。いつも機嫌良く酔っぱらっているミケリーンがはじめて登場するシーンはなかなかかっこよかった。

ある晴れた日、蒸気機関車が「いつものように三時間遅れで」、片田舎のキャッスルタウン駅に到着する。降り立つ一人旅のアメリカ人。イニスフリー村へはどう行ったらいいのか尋ねるその背の高いヤンキー、ショーニーンの周りに、居合わせたひとびとが集まってくる。「そうさな、四マイル半ほどの道のりだがね、あそこに道が一本見えるだろ、あの道は違うんだよ」、といきなりへんてこな切り出し方をした駅員を同僚がさえぎったかと思うと、その男は村への道順を教えるのに、アイルランドの歴史から説き起こそうとする。第二の駅員をさえぎるのは、このヤンキーは釣りをしに来たのだと独り合点した機関士で、話はいつのまにか自分の釣果自慢になっている。「私の姉妹の三女があの村に住んでますのでね」と老婦人が語り出したのを聞いたショーニーンが、今度こそはと期待して身を乗り出すと、「もしあの娘が今ここにいさえすれば喜んでご案内するんですが」、と関節はずしを食わされる。ショーニーンは、田舎道の交差点に突っ立ったポールから、勝手放題の方向を指した矢印板が無数に突き出しているのに出くわして絶句したような状態になっている。その彼を救うのが他でもない、山高帽の御者ミケリーンである。

どこからともなくあらわれた御者は、ショーニーンの荷物を両手に提げて、「イニスフリーならこちらへどうぞ」と言いながら、駅の外へずんずん歩いていく。ミケリーンの背中についていくと、駅前に素敵な遠足馬車《ジョーンティング・カー》が駐まっている。御者とアメリカ帰りのボクサーが馬車の上で最初に交わすのは、「六フィート六インチもあるかね」と尋ねる御者に「四歳半のときだよ」と返す印象深い会話だが、このセリフの意味を解説するのはまた別の機会にしよう。

映画『静かなる男』（ジョン・フォード監督、一九五二年公開）の冒頭から登場して、まるでひとりの登場人物みたいにふんだんな見せ場を持っているミケリーンの遠足馬車《ジョーンティング・カー》は、キラーニーの町が冬の底にまどろんでいる季節には、とりわけ一見の価値がある。この映画の後半で、ショーニーンが結婚記念のプレゼントとして、新妻に安全第一の軽二輪馬車《ガヴァネス・カート》を買い与えることの意味についても、いろいろ詮索のしがいがありそうだけれど、今はとりあえず、その矢印板とは違う方向へ話を進めることにしよう。

＊

ダブリンの町で遠足馬車《ジョーンティング・カー》が拾えることにいっぺん気がついたら、他にも何台も目につくようになった。『静かなる男』に登場しただけでなく、山高帽の御者はダブリンのいたるところでぼくを待ち構えていたのである。とはいってもサイコスリラーではない。絵はがきの話だ。ガラクタものを扱う店が密集したアーケードや、週末のフリーマーケットをのぞきに行くと、あっちに一枚、こっちに三枚と、遠足馬車《ジョーンティング・カー》の絵はがきを拾えるようになったのだ。しばらくしたら手元に二十枚ほど集まったので、その中から何枚かご披露しよう。

まず一枚目は、アーマー州、ブルーン屋敷マッキンストリー殿宛てに投函されたはがき（八十三頁右上）。「お誕生日おめでとうございます。〇三年九月二十二日」という通信文が読み取れる。表にはダブリンの町を舞台にした、セリフつきの滑稽画が描かれている。遠足馬車《ジョーンティング・カー》の御者が、向こうを行く路面電車を指さしながら、自分の客に話しかけている場面だ。わざと下町言葉で表記された文面を吹き替えてみるとこんな感じだろうか――「古式ゆかしきアイルランド――旦那様、奥様、ようがすか、わっちらが馬車こそ古式を守ってるんですぜ。みやびでケッコウでがしょ。あっちに見えてる舶来仕掛けなんざあ人間が乗るもんじゃねえんで。見てるとこう、むかっ腹が立ってきますな。わっちらの牝馬一馬力であんな電車、飛び越してみせまさあ。ちょいと今からやってみせやしょう！」それを聞いたカップルは目を丸くして凍りつき、男の方がいやいやと力なく手を振っている。

二枚目の絵はがきは、「一九〇六年十月二十八日午前五時半ダブリン」という消印がはっきり読み取れる（八十三頁下）。このはがきは、サセックス州ヘースティングズのミセス・クレーマーに宛てられたものだ。山高帽の御者がパイプをくわえ、背筋を伸ばしてポーズをとった写真の余白にびっしり書き込まれた通信文もちゃんと読める。この書き手が出会った御者は猪突猛進型ではなかったようだ――「私達まだこの遠足馬車《ジョーンティング・カー》から落ちていないので、〈冒険〉って言えるほどの話の種はありません。でもこれに乗ってずいぶん何マイルも走りましたよ。教えていただいたシャンドンの鐘の音を聞きましたって、先生によろしく伝

VISITORS IMPRESSIONS OF THE
IRISH JAUNTING CAR —
GOING ROUND A CORNER.
DRIVE SLOWLY

Lawrence, Publisher, Dublin.
THE OULD STYLE FOR IRELAND.
I see yer Honor and Herself have a lanin' for the orld style; Shure it's illigant and dacent; not like that baste of a furrin conthrivance beyant. Begorra Sir, I could lep over the likes of it with this little mare, an may be I'd thry.!!

Lawrence, Publisher, Dublin.
IRISH CAR AND COTTAGE

遠足馬車の絵はがき

えて。こっちはみんな元気で、お天気も意地悪じゃありません。ベルファストまで行ってみるつもり。帰ったら遊びに来て下さいね。かしこ。ダブリンにて。十月二十七日。M・J・C」。「シャンドン」というのは南部のコーク市にある鐘塔だから、書き手の一行は南部からダブリンを経由し、北東のベルファストをめざして大旅行をしているらしい。

三枚目はそのベルファストからの便り。「〇五年一月四日午後十時十五分ラーガン」の消印つき。ベルファストに近い小さな町ラーガンで投函されたようだ。ワイト島のミス・バーニックルに宛てた、ドニゴール・プレイスのにぎやかな街並みの着色写真はがきの裏に、こう書いてある――「ベルファストの通りです。左にアイルランド特有の遠足馬車《ジョーンティング・カー》が見えるでしょ。M氏はなんて言うかしら。彼にも絵はがき送りました。……J・E・B」

最後にもう一枚。ダブリンから投函されたこの絵はがきは、ずっと時代が下って一九二一年に書かれたもの（八十三頁左上）。アイルランド中部ティッペラリー州のミス・シスリー・ウォーラー宛てで、通信文は、「金曜朝　きのうはらくちんの汽車ぽっぽでここへやってきて、今日はこれからお買い物　乳母より」と読める。携帯メールみたいな文面である。シスリーちゃん（何歳だろう？）を喜ばせるために、休暇でダブリンへ出た乳母は、曲がり角を猛スピードで駆け抜けていく馬車から振り落とされそうになっているツーリストを描いた、カラーマンガの絵はがきを選んだのだ。猛進タイプの御者はきっとたくさんいたに違いない。馬車の後ろを必死に追いかけていくブチ犬がかわいい。

この絵はがきを眺めていたら、よく似た小説の一場面を思い出した。こちらの話では、乗客は不慣れなツーリストではないので、シートにちゃんと納まっているけれど、馬車が猛スピードで角を曲がって逃げていくところはそっくりである。大のユダヤ人嫌いで愛国主義者の酔っぱらいを向こうに回し、パブで口論をしたユダヤ人のダブリン市民が、相手に捨てゼリフを食らわせ、遠足馬車《ジョーンティング・カー》を拾って逃げ去っていく場面(「第十一挿話　セイレン」)。べらんめえな語り手は、口論の一部始終を見ていた男である。こっちに出てくる犬は、絵はがきのブチ犬よりもはるかに凶暴だ——

最後に俺らが見たのは、べらぼうな馬車が角を曲がっていくとこで、馬車の上で例の羊づらが身振り手振りでしゃべくってたんだが、そいつをべらぼうな雑種犬が八つ裂きにしてやろうってわけで、耳を後ろへ寝かせて、べらぼうな勢いで追っかけてた。

(James Joyce, *Ulysses: Annotated Student Edition*, London: Penguin Books, 2011, p. 448)

絵はがきを投函すれば、「一九〇四年六月十六日ダブリン」の消印が押されて届く日のできごとである。ときあたかも遠足馬車《ジョーンティング・カー》と絵はがき文化の黄金時代であった。

街角をさまよう小市民的オデュッセウス、レオポルド・ブルームの冒険を中心に据えて、ダブリンの夏の一日を描いたジェイムズ・ジョイスの小説『ユリシーズ』には、遠足馬車《ジョーンティング・カー》が何台も出てくる。パブで口論に巻き込まれる数時間前(「第五挿話　食蓮人たち」)、ブルームは街角で知り合いの男と出会って立ち話をする。その背景にも一台、二輪馬車がさりげなく登場している。相手の男が、死んだばかりの共通の知人パディ・ディグナムの葬式の話をしているのに、ブルームの受け答えはうわのそらである。それというのも、通りの向こう側のホテルの玄関先で遠足馬車《ジョーンティング・カー》の座席によじ登ろうとしている若妻らしき女性が、気になって仕方がないからだ。「あいつは行っちまった。月曜に死んだ、かわいそうな奴」と語る相手の話を片耳で聞きながら、ブルームは、「見てろよ！　見てろ！　シルクのすべすべの上等なストッキングだぞ、真っ白の。今だ！」（Joyce, *Ulysses*, p. 90）と心中でつぶやいている。ところが決定的な瞬間にブルームの目の前を路面電車が横切ってしまい、助平男の欲望は肩すかしをくうはめになる。

ところで、ブルームの妻モリーは歌手で、他人もうらやむほど女性的な魅力にあふれている。ある冬の日、ブルーム夫妻が友人たちと連れだって、ダブリン郊外の山中にある少年救護院で開かれた大宴会に出かけた帰り道も、やはり遠足馬車《ジョーンティング・カー》だった。競馬の予想屋で口達者なレネハンという男が、道中を思い出してこう語る――

――まず俺の話を聞けよ、と彼が言った。大宴会が終わった後に夜食まで食べて、外へ出たときにゃ空が青くなりかけてた。一晩が過ぎ去って翌朝が近づく頃合い。帰り道のフェザーベッド山の上に、見事な冬の夜空が掛かっていたよ。ブルームとクリス・キャリナンが馬車の片側に並んで、俺とあいつのかみさんが反対側に並んで腰掛けてたと思え。合唱やら二重唱やらを、みんなで歌いはじめたんだ。〈見よ、朝明けの日の光を……〉なんてな。かみさんは腹帯の下にデラハントのポートワインをしこたま流し込んで陶然としていた。ぼろい馬車ががたぴし揺れるたんびに、ゆさゆさこっちにぶつかってくる。まさに極楽だよ。なにしろ見事なおっぱいなんだ。こんなだぜ。

彼はしかめっつらをして、くぼめた両手を身体から一腕尺《キュービット》ほど離してみせた。

――俺は道中ずっと、あいつのかみさんの尻の下へ膝掛けをたくしこんでやったり、毛皮の襟巻きをなおしてやったりし続けたわけさ。わかるだろ、この意味？〔中略〕

――とにかくムスコが気をつけして立ち上がっちまってね、と彼はためいきまじりに言った。あのかみさんはとびっきりの牝馬だよ、間違いない。

（Joyce, *Ulysses*, pp. 300–301）

一九〇四年六月十六日午後、モリーは夫のブルームが仕事で留守なのをいいことに、浮気相手の来訪を待っている。通称「セイレン」と呼ばれる『ユリシーズ』の第十一挿話は、音楽的な文体と音楽にまつわるモチーフが散りばめられていることで知られるが、この挿話全体を通じて遠く近く響いてくるのは、遠足馬車《ジョーンティング・カー》が鳴らすジングルの音である。二十世紀初頭、遠足馬車《ジョーンティング・カー》は音もなく滑らかに走るゴムタイヤを履くようになったので、歩行者の安全を確保するため、鈴をジングルジングル鳴らしながら走るよう義務づけられていた。馬車には伊達男ブレイゼズ・ボイランが乗っている。モリーが待つブルームの留守宅へ向かっているのだ。妻の浮気を感づいてやきもきするブルームを尻目に、ボイランの馬車は街を走り回る。ブルームは、あまりにたびたびボイランの馬車を見かけるので、ついに追いかけてみようと思い立つ——

彼が目を向けるとはるか彼方、エセックス橋の上に、遠足馬車《ジョーンティング・カー》に乗っている派手な帽子が見えた。あいつだ。三度目だ。なんたる偶然。

軽快なゴムタイヤの車輪をつけた馬車は、橋からオーモンド河岸へジングルジングルしていった。尾行するぞ。いちかばちかやってみよう。急げ。四時。もうすぐだ。店を出よう。(Joyce, *Ulysses*, p. 339)

これから後、ブレイゼズ・ボイランの馬車とそのジングル音は、遠くなったり近づいたりしながら、「セイレン」を読む読者の耳と目をひんぱんに刺激する。まるで映画の隅っこにちらちら割り込んでくる気がかりな端役のように——「ジングルが走ってきて歩道の縁石で止まった」(Joyce, *Ulysses*, p. 340)——「ブルームはジングと鳴るかすかな音を聞いた。あいつは行った。ブルームの、すすり泣きに似た軽い吐息が青い花にかかった。ジングルジングルして。あいつは行った。ジングル。まだ聞こえる」(Joyce, *Ulysses*, p. 345) ――「ジングルが河岸に沿って走った。上下に弾むタイヤの上で、ブレイゼズはだらしなく手足を伸ばしていた」(Joyce, *Ulysses*, p. 346) ――「ジッギディー、ジングル、ジョーンティー、ジョーンティー」(Joyce, *Ulysses*, p. 349)。小説本文の隙間を縫うようにして遠足馬車《ジョーンティング・カー》が、モリーが待つリフィー川北岸エクルズ通り七番地の家をめざして近づいていくくだりは、何度読んでもはらはらさせられる。馬車は目的地の間近まできている――

ブレイゼズ・ボイランのしゃれた黄褐色《タン》の靴がバーの床できゅっと鳴ったのは、すでに述べたとおり。ジングルが記念碑のそばを通り過ぎた。ジョン・グレイ卿、ホレイショー・〈片方の柄つき〉・ネルソン提督、シオボルド・マシュー神父。たった今述べたとおり。速歩で、熱く、座席が熱くなって。〈鐘《クロシュ》を。打ち鳴らせ《ソンネ・ラ》。鐘《クロシュ》を。打ち鳴らせ《ソンネ・ラ》〉。丘を登っていくにつれて牝馬の走りは遅くなった。円形産科病院《ロトンダ》。ラットランド・スクエア。ボイランには遅すぎるスピード。燃えてる《ブレイゼズ》ボイラン。じりじりボイラン。牝馬は走る。がたごと揺れて。(Joyce, *Ulysses*, p. 356)

ボイランはじきにエクルズ通り七番地に到着し、扉をノックするだろう。だがぼくたちは情事の現場へは踏み込まずに、ボイランを下ろして帰っていく御者の口元にズームインしてみよう。

ぼくがもし『ユリシーズ』をミュージカル映画に脚色するとしたら、御者にぜひ歌わせてみたい歌がある。あるQ&Aサイトで見つけた「アイルランドの遠足馬車《ジョーンティング・カー》」という歌。ダブリン生まれのヴァレンタイン・ヴーズデンなる人物が一八五〇年代につくった歌で、アメリカの軽演劇の舞台で大いに流行ったのだぞうだ。歌詞をちょっと吹き替えてみよう――

呼ばれて名乗ればラリー・ドゥーハン、土地っ子だい
一日の行楽をお望みならば、盛大にひとつご案内
赤と緑に塗り分けて星を描いたこの馬車で
アイルランドの遠足馬車《ジョーンティング・カー》はダブリンの誇りだよ

（コーラス）
あっしをご指名いただくにゃあ、ミッキー・マーのパブへ来て
ラリー・ドゥーハンの遠足馬車《ジョーンティング・カー》と言っておくれよ

ヴィクトリア女王様にはご静養、アイルランドをご訪問
ダブリンの総督閣下に遠乗りを、ご所望されたはご存じか
お乗りになってまもなくの、かたじけなくもうれしきお言葉――
アイルランドの遠足馬車《ジョーンティング・カー》を、わたくしたいそう気に入りました

酔っぱらい、絶対禁酒者、ご常連、いろんなお方に雇われるけど
こう見えて御者の稼業はてんてこまい、休んでる暇なぞありゃしない
夜昼働き雨でも晴れでも、近所へ行ったり遠出をしたり

毎晩夜更けにゃ売り上げ計算。アイルランドの遠足馬車《ジョーンティング・カー》だよ〔以下略〕
(http://uk.answers.yahoo.com/question/index?qid=20081008082130AAZEAAF)

御者の多忙な毎日を描いた歌詞はジョイスの時代のダブリンにもよく似合う。ものの本によれば、ジョイスはこの歌を天下の奇書『フィネガンズ・ウェイク』に取り込んでいるのだそうで、さもありなんとも思うけれど、あいにくぼくにはまだ、あの難解な書物を論じるだけの準備ができていない。

＊

遠足馬車《ジョーンティング・カー》の時代にもやがて終わりがやってくる。ダブリンの歴史の本を読むと、第二次世界大戦の影響で石油の供給が不足した一九四〇年代までは馬車がよく見られたという。だがそれ以後、急速に普及した自動車の波に呑まれて、馬車の群れは町から姿を消した。一九〇四年のレオポルド・ブルームは馬車に乗り込もうとする女の脚に気を取られたが、五〇年代のダブリン男たちには、もはやそんな機会は与えられなかった。アイルランドが文化的に停滞したこの時代、農村からダブリンへ出て、独立独歩の詩を書いていたパトリック・カヴァナーは、次のような恨み節を残している――

ああ、無慈悲なるかな、美しきダブリンの女たち。
車の窓から笑みを投げては、あっという間に走り去る。
つきあってみれば艶っぽく、気立てもよくて

もみがらの山に埋もれているときでさえ、ピンクの紙吹雪を
浴びているかのごとくほがらかに、笑う女たちなのに。

(Patrick Kavanagh, *Selected Poems*, London: Penguin Classics, 2005, p. 105)

一九五二年に書かれた「ひとつのバラッド」という詩の、最初の連だけ引いてみた。女たちが乗っている「車」はもはや馬車ではなく、自動車である。女たちは映画の中のヒロインのように、タクシーの窓から一瞬顔を見せたかと思う間もなく消え去っていく。アイルランドはこの時期ようやく近代化を迎えようとしていた。きつい時代を乗り切ってきた女性たちの、ほがらかな力強さにたいする愛慕を描いたこの一節からは、せつなく無骨な男心が伝わってくるようだ。この作品を書いたとき、四十八歳の詩人はまだ独身だった。

カヴァナーの時代、カトリック教会の厳格な倫理観が政策に大きな影響を及ぼしていたアイルランドでは、映画や書物を対象とする検閲制度が過酷に運用され、カポーティー、ヘミングウェイ、アンドレ・ジッド、オーウェルなどのほか、ベケット、オケーシー、ショーといった二十世紀アイルランド文学を代表する作家たちの作品までもが発禁処分になっていた。ところが奇妙なことに、ジョイスはついに検閲にひっかからずじまいだった。アイルランドにおいて『ユリシーズ』は、文学通がこっそり読む隠れたベストセラーだったと伝えられるが、カヴァナーもこの本を愛読書だと公言し、ことあるごとに「何度も何度も読んだ」と吹聴していた。他方、カヴァナーが通ったことがない大学という別世界では、ジョイスははやくも、文学産業を発展させるうってつけの資源と化していた。右に引用した恨み節を書く前の年、カヴァナーはマザーグースの童謡をもじって、「誰がジョイスを殺したの?」という詩を書いた——

誰がジョイスを殺したの?
ぼくだ、と注釈者が言った。
ぼくがジョイスを殺したよ
卒業証書が欲しかったから。

でもユリシーズは手強いでしょう
どんな武器を使ったの?
ハーバードの論文
一本でイチコロさ。

〔中略〕

ジョイスの知識をためこんで
それでいくらか儲かったの?
ああもちろんさ、奨学金で
トリニティカレッジへ留学したよ。

ブルームズデーの暑い日に
マーテロ塔から御者溜まりまで
ブルームさんの足取り真似て

巡礼をしたんだよ。

（Kavanagh, *Selected Poems*, pp. 96-97）

不思議な縁とでもいうべきだろうか、この詩が書かれた三年後の一九五四年は、『ユリシーズ』に描かれた「ブルーム氏の日《ブルームズデー》」（一九〇四年六月十四日）から数えて五十周年の節目に当たっていた。この年の「ブルームズデー」当日、たった今引用した詩の最後の連で皮肉っぽく茶化してみせた「巡礼」を、他でもないカヴァナー自身が実行するめぐりあわせになったのである。

『ユリシーズ』にオマージュを捧げるこの「巡礼」を企画したのはふたりの人物である。ダブリン有数の富豪で、飲食店経営などを手がけるかたわら、画家であり文学雑誌『エンヴォイ』の編集人でもあったジョン・ライアンと、小説家のフラン・オブライエン。当時、オブライエンはまだ代表作を書く以前だったので、世間にはもっぱら、マイルス・ナ・ゴパリーンの筆名で『アイリッシュ・タイムズ』にコラム記事を連載中の物書きとして知られていた。趣旨に賛同して集まったのはカヴァナーの他、詩人・小説家のアンソニー・クローニン、トリニティ・カレッジの講師で演劇評論家のコン・リーベンソール、それから、ジョイスのいとこの歯科医で『ユリシーズ』を一行も読んだことがないと公言していたトム・ジョイスだった。

一九五四年六月十四日の午前。一行は、『ユリシーズ』冒頭に登場する、ダブリン湾を望むサンディコーヴのマーテロ塔のすぐ隣りにあった、建築家マイケル・スコット宅で待ち合わせた。スコットは全員に出発祝いの酒をふるまったという。一行は古風な馬車二台を借り切って出発した。写真で見る限り、四輪屋根付きの立派な辻馬車《キャブ》で、遠足馬車《ジョーンティング・カー》ではなかったようだ。フラン・オブライエンの伝記（Peter Costello and Peter Van Der Kamp, *Flann O'Brien, An Illustrated Biography*, London: Bloomsbury, 1987, pp. 15-24）によれば、わざわざ馬車を仕立てたのは、『ユリシーズ』の一場面――パディ・ディグナムの葬式のために皆で墓地へ行くところ――

ブルームズデー 50 周年の当日，酒豪集団が乗ったのはこのタイプの馬車

を再演しようというごっこ遊びで、それぞれ役どころが割り振られていた。クローニンが若きスティーヴン・ディーダラス、オブライエンがその父のサイモン・ディーダラス、ライアンがジャーナリストのマーティン・カニンガム、そしてユダヤ人のリーベンソールがレオポルド・ブルームの役だったという（が、本人はそのことは気づいていなかったとも伝えられる）。この「ごっこ遊び」が定着し、今では毎年夏の「ブルームズデー」に、馬車行列をはじめとする盛大な記念行事がダブリン市内でおこなわれている。

五四年の第一回「ブルームズデー」はこぢんまりした仲間内の遠乗りだった。先述のオブライエン伝によれば、昼前に待ち合わせ場所へやってきたオブライエンはすでに酔っており、互いにライバルとして意識しあっていたカヴァナーとケンカ寸前のつばぜりあいがあったものの、仲間たちの仲裁を得て無事出発した。だがいずれおとらぬ酒豪揃いの一行は、道々大量のアルコールを消費したため、ダブリンの町へ入る手前のサンディマウント海岸で小休止しなければならなかった。トム・ジョイスとアンソニー・クローニンは、ジョイスが好きだったセンチメンタルな歌をいくつか歌ってみせたという。ふたたび出発した一行は、競馬の賭け店に立ち寄ってアスコット・ゴールド・カップのラジオ中継を聴いた後、ようやくダブリンの中心街へ乗り込んだ。

一行は当初、『ユリシーズ』のさまざまな挿話に出てくる場所をひとつひとつ「巡礼」してまわる予定だったらしいが、酒豪集団の「巡礼」は途中からきままな遠足になってしまい、本来の目的地のずいぶん手前で沈没した。沈没地点はデューク通りのザ・ベイリーというパブである。レオポルド・ブルームが小説内で、ゴルゴンゾーラチーズのサンドイッチとブルゴーニュワインの昼食をとったデイヴィー・バーンズのはす向かいにあるこの店は、当時ジョン・ライアンが経営しており、『エンヴォイ』グループの面々にとってはなじみのたまり場だったのである。

『ユリシーズ』ごっこを試みた酒豪一行は、ジョイスを研究し尽くして「殺して」しまう代わりに、ジョイスのダブリンを自分たちの世界へ引きずり込み、ブルームを生きてみるほうを選んだ。カヴァナーが『ユリシーズ』を「何度も何度も読んだ」と吹聴したとき、そのことばは眉唾だと考えたひとびとが少なくなかったと伝えられる。カヴァナーはたぶん、ジョイスの小説をくまなく読解したなどと言い張るつもりはなかっただろう。馬車の時代に遅れたとはいえ、ブルームとよく似た遊歩者の生を生きたカヴァナーは、『ユリシーズ』の核心をあらかじめ熟知していたのだから。

# II

# シャムロックの溺れさせかた

「ぼくの手の平に真っ黒い円筒形の小箱が載っている．黒光りする素材は石にしか見えないけれど，じつは木である．日本のこけしや木椀と同じようにろくろで挽いて，蓋付きの箱をこしらえ，その表面にくまなく，切り子ガラスを思わせる技法で文様を彫りつけてある——」

アイルランド人は今でも、オリバー・クロムウェルを憎んでいる。ピューリタン革命においてイギリス王チャールズ一世を処刑し、共和制を樹立したクロムウェルは、一六四九年八月、議会軍をひきいてダブリンへ上陸した。この島に勢力を張る王党派とアイルランド・カトリック同盟を打ち倒すのが目的だった。蓋を開けてみればアイルランド側の組織的抵抗などものの数ではなかったが、クロムウェル軍は有無を言わせぬ攻撃を開始、ドロハダの町の包囲戦で兵士のみならず市民やカトリック司祭を含む三千五百人を虐殺、ウェックスフォードでも同規模の虐殺をおこない、町を焼き払った。それ以後、翌年五月にイングランドへ撤退するまでの九カ月間、クロムウェルは各地で虐殺をおこなったうえにアイルランド側の軍勢を攪乱し、一部を寝返らせることにも成功した。クロムウェルがアイルランドに駐留させた将軍たちもひきつづき町々に火を放ち、カトリック司祭を処刑し、つかまえた市民たちを西インド諸島へ年期契約労働者として強制移住させるなどして、この島におけるカトリック勢力を宗教的・社会的・政治的に叩きつぶした。

「地獄へ行くか、それともコナハトか」という有名な文句は、こうした逆境を生き延びたカトリック系土地所有者たちが最後につきつけられた、究極の選択肢である。〈一六五四年五月一日以降、シャノン川より東に留まることまかりならぬ。そむけば死罪と心せよ〉と申し渡されたカトリック信徒たちは、冬のうちに着の身着のまま、アイルランド中央を南北に流れる大河シャノンの西をめざして移動していった、と伝えられる。クロムウェルのもくろみは、シャノン以西のコハナト地方へカトリック信徒を追いやったうえで、地味の豊かな南部マンスター、東部レンスター、北部アルスターを、議会軍のアイルランド侵略に協力したイングランド系入植者たちに分配することだった。

カトリック信徒をシャノン川以西に封じ込める計画は、そもそもクロムウェルの後継者としてアイルランドを預かった将軍のひとりで、クロムウェルの娘ブリジットの婿でもあったヘンリー・アイアトンが、アイルランド西岸クレア州に広がる不毛地帯〈バレン〉の存在を知ったのがきっかけである。石灰岩がむき出しで樹木が生えないカルスト台地〈バレン〉――アイルランド語で「石で覆われた土地」を意味する――について、アイアトンは愛妻の父にこう書き送ったと伝えられる――「かの地には首を吊ろうにも樹木がなく、溺死できるほどの水もなければ、埋葬に必要な土さえありませぬ。あなたさまがお探しの土地にどんぴしゃりでございます」

バレンは確かに不毛な台地だが、コナハトではそれ以外の地域もおおむね地味がやせている。アイルランドの風景や地理について少しでも知っているひとなら、シャノン川流域と西部――西南部と西北部を含む――沿岸に泥炭地《ボグ》が広がっているのを思い出すだろう。やかましいことを言うと、シャノン川流域のボグは〈隆起湿原《レイズド・ボグ》〉で、西部沿岸のボグは〈ブランケット型泥炭地《ブランケット・ボグ》〉というタイプだから、異なるプロセスで成立した二種類の地形なのだが、どちらも似たような景観で、ゆるやかに起伏する丘のところどころに池や隠れた沼があり、水底には何千年も掛かって堆積した植物の死骸――泥炭層――が埋もれている。たまり水が酸性を帯びている上に土壌が貧困だから、泥炭地では、湿地を好む特別な草や灌木しか育たない。泥炭を掘り出して乾かせば、よく燃える燃料になるのが取り柄ではある。とはいえ牧草地にも畑にもなりにくい土地だから、利用価値は無に等しい。アイルランドの地質地図を広げてみると、国土の六分の一を占める泥炭地《ボグ》の大きな区域が、コナハト地方のほぼ全域を覆っていることがわかる。クロムウェルのもくろみは怖いくらい的を射ていた。彼はアイルランドに対して、数百年間憎まれ続けても至極当然な仕打ちをおこなったのである。

＊

一九二五年。バレンの荒蕪地にほど近い、牧草地と泥炭地《ボグ》が入り交じった土地に立つノルマン時代の古塔を修復し、サマーハウスにふさわしい調度をしつらえて、そこに暮らした詩人がいた。W・B・イェイツである。二年前にノーベル文学賞を受賞して世界的な名声を確立した彼は、齢六十を迎え、衰えゆく身体とますます奔放になる想像力との間で拡大していくばかりのギャップをもてあましていた。老詩人はこの年に書いた「塔」という詩に、自分そっくりの語り手を登場させる。彼は夕闇迫る古塔の屋上にたたずみ、下界に向けて想像力を解き放ち、美しい娘を称えた歌に魅了された男たちの軽挙妄動に思いをめぐらせる——

それからまた、歌の力に惑わされたか
娘に捧げた乾杯の数が多すぎたのかはわからぬものの
娘の美貌がどれほどか見極めるため
これから拝みに行こうじゃないか、と男たちが席を立つ。
ところがこの連中ときたら、月が放つ輝きを
平凡な昼間の光と勘違いしたものだから——

すでに音楽で正気を失っていたせいもあり――
クルーンの大泥炭地《グレート・ボグ》に踏み込んで、ひとりが溺れて命を落とした。

(Yeats, *The Poems*, p. 241)

じっさいときどき、泥炭地から死体が上がる。昨日や今日沼にはまったのではなく、千年も二千年も前に水底に沈んだ遺体が発掘されるのだ。酸性のたまり水と酸素から遮断された泥炭層による防腐作用のおかげで、茶色に染まった遺体はしばしば髪の毛や爪や皮膚がほぼ完璧に残っている。事故による溺死のケースもあるが、大多数はなんらかの生け贄ないし処刑の意味で殺された人間である。ダブリンの国立博物館には国内各地の泥炭地《ボグ》から出土した遺体が展示されている。アイルランドばかりでなく、ブリテンやデンマークなどでも、泥炭地《ボグ》から古い遺体がたくさん発掘されてきた。地元のひとが燃料にする泥炭を切り出しているときに見つかるケースがほとんどだという。発見者が肝を潰す様子を想像しただけでこちらの背筋まで凍りつく。

まるでタールを掛けられた
かのように、泥炭を枕に
寝そべったその男は、
自分自身を黒い川みたいに

じくじく染み出させている。
両手首の粒々模様は
埋もれ木のオークそのもの

まん丸な踵《かかと》は
玄武岩の卵そっくりだ。

(Heaney, *Opened Ground: Poems 1966–1996*, p. 115)

ここに描かれているのはデンマークで発掘された「グラウバレの男」で、喉に掻き切られた傷がある。三世紀になんらかの理由で殺されて沼地へ沈められたらしい。この詩の作者シェイマス・ヒーニーは、イェイツが死んだ一九三九年に北アイルランドで生まれ、長じて詩人になった。彼は一九七〇年代半ば、北アイルランド紛争が激化した時期にこの作品を書いた。感情を極端にそぎ落とした比喩を用いて、大昔の他殺体を描写することにより、詩人は、繰り返される暴力の犠牲となった現代の死者たちにも無言の哀悼を捧げている。

泥炭地《ボグ》はしかし、陰惨な歴史や不気味な死体を秘めているだけではない。泥炭を切り出すひとびとはときによって、絶滅したヘラジカの巨大な角や、ケルト模様で飾られた金細工のブローチや、同種の模様が施された修道士用の革製肩掛けカバンや、保蔵のため埋められたきり忘れられたバターの大塊や、細工するのにちょうどいいオークや松の埋もれ木を掘り出すこともある。パトリック・カヴァナーが泥炭地《ボグ》を描いた「唯一なるもの」という十四行詩《ソネット》を読むと、素敵な小物を掘り当てたような気分になる。カヴァナーは、イェイツとヒーニーをつなぐ世代の書き手で、イェイツが死んだ一九三九年に東北部の農村からダブリンへ出て、文筆で身を立てようと志した詩人である。愛らしい詩の発掘品を日本語に吹き替えて、お裾分けさせていただこう——

みどり、あお、きいろ、あか——

湿地や沼地に神が下りてきている。
百花繚乱の四月、信じがたいほど
わたしたちの心がまっさらにきよめられる。
世に知られたお歴々の目には触れたことがない
遅れた土地の、とるにたらぬ眺めとはいえ
最も深い精神をもつ人間たちをいつも挫折させてきた
唯一にして終わりなきたましいの顔《かんばせ》を見上げて
花々が大騒ぎしている場面。サクラソウ、スミレ
野育ちで乱暴なアヤメ、それ以外はみな無名の役者ばかり。
一同打ち揃い、特別な日の美神もかくやと思わせるあらたまった化粧で
地元の農夫たちに告げ知らせようと待ち構えている——
掘り尽くして役立たずになった泥炭地《ボグ》をごらんなさい
ういういしく、目もあやな、輝くばかりの神様の愛が見えるでしょう、と。

(Kavanagh, *Selected Poems*, p. 131)

「役立たず」の荒れ地を賛美して、これほどやさしい気持ちにさせてくれる詩を、ぼくは他に知らない。野花たちの声を人間のことばに翻訳することを通じて、カヴァナーはつかのま、彼が名前をもらったアイルランドの守護聖人聖パトリックの役を演じ、造物主と人間の間を仲立ちしてみせているかのようだ。

＊

ぼくの手の平に真っ黒い円筒形の小箱が載っている。黒光りする素材は石にしか見えないけれど、じつは木である。日本のこけしや木椀と同じようにろくろで挽いて、蓋付きの箱をこしらえ、その表面にくまなく、切り子ガラスを思わせる技法で文様を彫りつけてある。蓋にはシャムロック――三つ葉のクローバー――の葉が一面に散りばめられ、合間には四枚の花弁を持つ小花が三輪ずつ咲いている。蓋には小さな穴が九つ開いているので、この小箱がポプリ入れだとわかる。シャムロックの花畑の真ん中には、小さなアイリッシュハープがくっきり彫り込まれている。埋もれ木を細工してこしらえた古いみやげものだ。

泥炭地《ボグ》に倒れ込んだ松やオークやイチイが漆黒の一人前な埋もれ木――ようするに石炭になる手前の第一段階――へと変成するまでに、少なくとも千年はかかるらしい。その昔、細工物に使う埋もれ木を見つけようとする職人たちは、朝早く起きて材料を探したという。早起きして泥炭地《ボグ》を見晴らせる場所へ行き、朝露や霜が一番早く融ける地点を見極める。その場所を覚えておいて掘り下げていくと、古代の倒木がきっと見つかったのだそうだ。掘り出した倒木は必ず水に浸けたままにしておかなければならない。埋もれ木はいったん乾くと鉄のように堅くなり、細工ができなくなるので、ふやけた状態のうちに鋭利な彫刻刀で彫り物を施したのである。

埋もれ木細工は十九世紀後半、ヴィクトリア朝時代にさかんにつくられた。南部ケリー州の名勝地キラーニーや、名城で知られるコーク州のブラーニーが近代的観光地として人気を集めるにつれて、それらの土地で、埋もれ木細工のさまざまなみやげ品が大量に売られた。だがやがて二十世紀を迎え、第二次世界大戦がはじまる頃には観光全体が下火になり、それと同時に手仕事の伝統も消えてしまった。ぼくの手元にあるポプリ入れは、北アイルランドのベルファストの町の古道具屋で買い求めた。シャムロックの花畑の真ん中にハープをあしらった図柄は、ヴィクトリア朝時代に最も好まれた――つまり一番ありふれた――デザインである。同種の小物は、アイルランド各地の古物商の店先でひんぱんに目にすることができる。手の平に載せた蓋を眺めていると、カヴァナーのソネットの「無名の役者」たちが花を咲かせているように見えて気持ちが和むけれど、シャムロックが繁茂するこの意匠にテーマソングをあてがうとしたら、毎年三月十七日、聖パトリックの祝日に、「泥炭地《ボグ》に、やぶに、ぬかるみに生える草／やあ、かわいい小さなシャムロックよ、と彼が呼びかけた草」と歌われる、「かわいい小さなシャムロック」の歌詞がいちばんふさわしいだろう。「彼」とはもちろん、聖パトリックそのひとのことだ。

シャムロックといえば、五世紀後半（または半ば頃）、キリスト教を伝道するためにアイルランドへやってきた聖パトリックが異教徒に三位一体の教義を説明するために用いた、というエピソードがたいそうよく知られている。この挿話は、妖精レプラコーンが虹の下に金貨を隠しているという話や、キスすると雄弁になれるというブラーニー城の石の伝説以上に、〈不思議の国アイルランド〉を形作る最も重要なアイテムである。だがしかし、聖パトリックの祝日におこなわれるパレードやアトラクションの現場に氾濫する緑の三つ葉マークは、宗教性が脱落したお約束《クリシェ》に過ぎない。この日一日、緑に染めたビールを楽しく痛飲するために不可欠な、〈アイリッシュ〉の民族的独自性にお墨付きを保証する標章なのだ。

実を言うとシャムロックと三位一体のエピソードは、聖パトリック本人の事績とは関係がない。それゆえ、聖パトリックとその時代を扱った研究書の中にシャムロックの話は決して登場しない。この挿話の起源は十八世紀までしか遡ることができないからである。聖パトリックにまつわる数多い伝説の中で、この話は新しい部類に属するものなのだ。シャムロックについて、小粒だが辛みの利いた入門書を書いたボブ・カランは、三つ葉の図像がまとう意味について、宗教性よりもむしろ政治性を強調している（Bob Curran, *The Wolfhound Guide to the Shamrock*, Dublin: Wolfhound Press, 1999, pp. 56-67）。その解説の要点をまとめてみよう――まず、十六世紀頃アイルランド人はシャムロックを食用に供していた。そのせいで当時アイルランドを植民地支配していたイングランド人の目には、この草が「反逆者の食物」と映るようになった。そればかりか、アイルランド語でクローバーを意味する「シャムローグ」が、かれらの英語耳には「まやかしの《シャム》」＋「悪党《ローグ》」と聞こえるようにさえなった。アイルランド人はこれを逆手にとり、支配者への反逆心の象徴としてシャムロックの葉を身につけたり、三つ葉印を標章に使ったりしはじめた。聖パトリックの祝日にシャムロックの葉をつける習慣に言及した最古の記録は、一六八九年にロンドンで印刷された作者不明の詩の中にあるが、その詩を書いたであろうイングランド人の目には、アイルランド流の祝日の過ごし方は、暴飲暴食のどんちゃん騒ぎにしか見えなかったようである。

このことを頭に置いて、歴史の本に入っている図版を眺めてみるとおもしろいことがわかってくる。アイルランドを示すエンブレムとして最も古く、かつ格式が高いのはハープで、そのよりどころはトリニティ・カレッジ・ダブリンの大図書館に展示されている〈ブライアン・ボルーのハープ〉と呼ばれるケルティック・ハープである。十四世紀につくられたといわれるこの楽器を模した――あるいは楽器の形にアイルランドの擬人像〈エリンの乙女〉を重ねた――ハープの図像は、この国でナショナリズムが高揚するときに必ず出現する。その図像が最もドラマチックに存在感を主張したのは、十八世紀末、フランス革命の影響を受けたアイルランドの共和主義者グループ、ユナイテッドアイリッシュメンが、アイルランドを象徴するハープのエンブレムが必ず冠していた〈王冠〉――イギリス国王による植民地支配の象徴――を、共和制を象徴する〈自由の帽子《リバティーキャップ》〉にすりかえたときである。かれらはこのすり替えによって、まだ見ぬ共和制国家アイルランドのエンブレムをいちはやくこしらえたのだ。

だがユナイテッドアイリッシュメンの時代には、ごく少数の例外を除いて、シャムロックの図像はまだ登場しない。ハープとともに、またはハープの代わりに、三つ葉の図像が世の中のあちこちにあらわれて、アイルランドのナショナリズムを鼓舞するようになるのは、十九世紀もようやく四分の一が過ぎた頃からである。最初のクライマックスは、カトリック信徒が受けていた社会的・政治的差別の撤廃運動を進めていた弁護士ダニエル・オコンネルによってもたらされた。一八二八年、カトリック信徒であるため公職就任権がないにもかかわらず、あの不毛な〈バレン〉の台地が広がるクレア州でおこなわれた補欠選挙にオコンネルが出馬し、英国下院議員に当選したのは、大きな一歩であった。翌年制定されたカトリック教徒解放法によってオコンネルは議席を確保し、カトリック信徒の地位向上のために大きく貢献することになる。彼の選挙当選記念ハンカチというのが残っている。図版(Michael Kenny, *The Fenians: Photographs and Memorabilia from the National Museum of Ireland*, Dublin: The National Museum of Ireland in association with County House, Dublin, 1994, p. 17)によれば、そのハンカチは、旗が翻るシャムロックの花畑の真ん中に本人の肖像が描かれた図柄である。旗には、「ひとそれぞれに長所はあれど、オコンネルの卓越したるは、難事解決を買って出るにあり」という文句が刷り込まれており、ハンカチの四隅にはハープが配されてアクセントを添えている。

ダブリン一の目抜き通り、オコンネル大通りにはブロンズの群像からなるオコンネル記念碑がそびえ立っている。細部に目をこらすと、アイルランドのひとびとを導いて先頭に立つ〈エリンの乙女〉像の髪がシャムロックの葉で飾られている。シャムロックの髪飾り——またはシャムロックを編んだ冠——をつけた〈エリンの乙女〉の図像は、オコンネル大通り北端に記念碑が立つもうひとりの指導者、チャールズ・スチュワート・パーネルとも深い関わりがある。パーネルがアイルランドの自治拡大を要求する政治運動を展開し、プロテスタントの大地主が独占していた土地所有をカトリックの小作農に開放することを目的として〈土地同盟〉を組織した一八八〇年代には、渇望し、落胆し、囚われ、誘惑される〈エリンの乙女〉の姿が、各種の絵入り新聞をにぎわせたのだ。

それらの風刺画を集めた本（L. Perry Curtis Jr., *Images of Erin in the Age of Parnell*, Dublin: National Library of Ireland, 2000）が、ぼくの机の上にある。著者はかつて、ヴィクトリア朝時代のアイルランド人が当時のメディアにおいて〈猿〉の姿で表象されたことの意味を分析して、新境地をひらいた研究者である。エリンの乙女を扱ったこの本もすこぶるおもしろい。とりわけ当時、アイルランド自治の要求に応えるために力を尽くしたイギリス自由党政権のグラッドストン首相——その人物像は〈お坊ちゃん育ちの楽天的理想主義者〉とでもまとめておこうか——を槍玉に挙げた風刺画には傑作が多い。彼の姿がシャムロック模様をひけらかすベストを着た老紳士やシャムロック模様のパンツをはいたキューピッドとして描かれて、〈乙女〉の気を必死に引こうとしている風刺画のあれこれ（pp. 43–48）を見ると、苦笑せずにはいられない。アイルランド共和国の正式な紋章であるとともに、貨幣のデ

オコンネル記念碑の〈エリンの乙女〉

ザインなどにも広く用いられてきた〈ハープ〉のイメージには、よそゆきであらたまった感じがある。それとは対照的に、〈シャムロック〉にはどこか下世話で猥雑なところがあるようだ。

*

ぼくは埋もれ木のポプリ入れを手の平に載せて、シャムロックとハープが出会う漆黒の花畑へ分け入るための、さらに異なる道筋はないかと思いをめぐらす。エリカのドライフラワーを入れた小箱を鼻に近づけると、春の泥炭地《ボグ》の香りがする。小花が咲く湿地の散歩を嗅覚で楽しみながら、やはりあそこへ行ってみようと腰を上げた。

ダブリンの聖パトリック大聖堂。高々と尖塔を掲げたアイルランド最大のこの教会は、中世のダブリン市を取り囲む城壁の外側、元来エリカやシャムロックが繁茂していたに違いない低湿地を埋め立てた場所に立っている。五世紀の昔、聖パトリックが異教徒を改宗させ、洗礼を授けた泉のほとりに、木造の礼拝堂が建てられたのがはじまりだという。現在の建物は十二世紀に建てられたゴシック教会である。聖パトリック大聖堂から真北へ向かう坂を上っていくと、五百メートルも離れていない丘のてっぺんにもうひとつの大聖堂クライストチャーチがあって、こちらは城壁内におさまっている。十二世紀、ダブリンを支配していたヴァイキング王〈絹髭のシトリック〉が創建したのがこの教会である。かくして城壁の内と外、甲乙付けがたい由緒を誇るふたつの大聖堂は中世以来、主導権を競い合う間柄となったが、クライストチャーチは都市ダブリンの大聖堂として、聖パトリックはアイルランド全島を統括する大聖堂としての地位が確定して以降、両者は仲良く共存するようになった。

なお、十六世紀にイギリス王ヘンリー八世による宗教改革がおこなわれた結果、ふたつの大聖堂はプロテスタント——アイルランド国教会《チャーチ・オブ・アイルランド》——の教会となって現在に至っている。が、念のためにつけくわえておくと、一八七一年に発効した「アイルランド国教会廃止法」により、チャーチ・オブ・アイルランドの立場はカトリックその他の教派と法的に同等になった。それゆえ、国教会廃止後の時代における同教会の訳語としては、「アイルランド聖公会《チャーチ・オブ・アイルランド》」とするほうがふさわしい。

ところで、聖パトリック大聖堂の堂内をいくらていねいに見学しても、二十世紀に制作された祭壇の正面掛け布などを除けば、シャムロックの意匠を見つけるのはむずかしい。ただ、野生のシャムロックなら、大聖堂の脇に広がる緑地公園にいくらでも生えている。歴史や宗教の重荷から逃れてのびのびと枝葉を広げているみたいだ。大聖堂内部を見ていくうちに目につくのは、むしろハープのイメージのほうである。聖堂に入ってすぐ右手の窓に、ハープを抱えた王のような人物のステンドグラスが目立つ。これならすぐわかる。ダビデだ。すぐ近くのステンドグラスでは、ブライアン・ボルーのハープを携えた緑衣の女性が、男の横顔が浮き彫りされた記念碑に月桂冠を捧げようとしている。女性の胸元に目をこらすと、シャムロックのブローチをつけている。緑衣にシャムロックと

ハープを抱えたダビデのステンドグラス

音楽家に月桂冠を捧げる〈エリンの乙女〉

くれば、彼女は〈エリンの乙女〉に違いない。少し調べてみたら、このステンドグラスは、十九世紀のダブリンに生まれ、ヨーロッパ各地で活躍した歌手で作曲家の、マイケル・ウィリアム・バルフを記念したものだとわかった。バルフはロッシーニが歌劇『セビリアの理髪師』を初演したときにフィガロを演じ、作曲家としてはオペレッタ『ボヘミアン・ガール』で知られているのだという。どこかで聞いた名前だと思ったのは、ナショナル・ギャラリーでこのひとの肖像画を見たことがあったからだ。

薄暗い壁面をたどっていくと、こんどはアイリッシュハープを演奏する人物が白い大理石に浮き彫りされた記念碑を見つけた。銘文は、「モーガン夫人シドニーの願いにより、アイルランド最後の吟唱詩人キャロランを偲んで建立される――一七三八年、享年六十八歳」とある。どちらもかねがね気になっていた名前だが、ふたりがこんなところでつながっていたとは知らなかった。

記念碑の発願者モーガン夫人は一七八三年頃、ダブリンに生まれた。娘時代はシドニー・オーエンソンという名前だった。生まれ年に頃とわざわざ断ったのは、本人が生涯生年を明かすことを拒否し続けたからである。彼女は父親が劇場主兼俳優をしていた関係で、派手だが少々柄が悪い演劇界の空気を吸って育った。

一家の家計がかつかつだったので住み込み家庭教師として働いた後、二十歳そこそこで原稿料目当ての小説を書きはじめたところ、一八〇六年に出た第二作『アイルランドのじゃじゃ馬娘』がロンドンとダブリンで大当たりした。

イングランドへ渡った彼女は、当時力添えを受けていた侯爵家のお抱え内科医チャールズ・モーガンと婚約し、モーガン卿へと出世した夫の玉の輿に乗って故郷のダブリンへ凱旋する。故郷に錦を飾った後は一等地キルデア通りの屋敷で文学サロンを主催して、社交界の花となった。だがもちろん、体制に迎合する質ではなかった。『アイルランドのじゃじゃ馬娘』が出たときすでに、小説にこめられた強烈なナショナリズムのせいで彼女の挙動はダブリン総督府の監視下にあったと伝えられるが、彼女はその気骨を失わなかった。

吟唱詩人オキャロランの像

キルデア通りのサロンにはカトリック解放論者や自由主義を報じるひとびとが集まったという。モーガン夫人は、いわば〈シャムロック〉的な反逆の人生を生きたのだ。長らく忘れられていたこの小説家に近年再評価の兆しがあるのは喜ばしい。放っておくにはもったいない女傑である。

さて、モーガン夫人が記念碑を献じた「アイルランド最後の吟唱詩人キャロラン」のフルネームは、アイルランド語でトゥールロホ・オー・カローラン。英語読みにすると、ターロック・オキャロラン。十七世紀末から十八世紀にかけて名を馳せたハープ奏者である。クロムウェルによるアイルランド侵攻以後の時代、貴族社会がかつての安定と平穏を喪失したせいで、ハープ奏者たちは拠るべき宮廷を失い、おりおりの後援者を求めて転々と旅するほかなかった。かれらは比較的小型で運搬が容易なハープ一台を馬かろばの背に乗せて各地を巡歴し、自らが作詞・作曲した曲を演奏して歩いた。十八歳のとき天然痘にかかって失明したオキャロランは、そのような旅暮らしの生涯を運命づけられた最後のハープ奏者だ。モーガン夫人はハープの演奏が趣味だった。彼女が小説を書く前、最初に世に問うた本は、伝統曲に合わせて歌うために編纂した歌詞集である。聖パトリック大聖堂の薄暗い壁面に輝く、白大理石のオキャロラン像は、キルデア通りの〈シャムロック〉モーガン夫人がすでに消え去った弾き語り〈ハープ〉の伝統に捧げた、敬慕の記念碑なのである。

オキャロランの歌のいくつかは今でも歌われている。アイルランド語で歌われた「ウイスキー賛歌」を日本語に吹き替えてみよう――

ああ、ウイスキー、わがいとしきおまえ!
おまえにやられてまたイチコロだ
前後不覚、ここがどこかもわかりゃしない
だから言わないこっちゃないと言いたいんだろ
外套はかぎ裂きだらけで
首巻きのスカーフは無くしちまった
みんなおまえのせいだけど

許してやるから、明日また会っとくれ！

(http://english.glendale.cc.ca.us/carolan.html)

よく知られているように、英語の「ウイスキー」の語源はアイルランド語の「生命の水《イシケ・バーハ》」である。生命の水に歌いかけるオキャロランの切ないラブソング——こういう歌は決して古びない——を聞いていると、もうひとりの酒豪詩人を思い出す。今回の長話の後半は、聖パトリックならぬパトリック・カヴァナーをめぐるうわさ話におつきあいいただこう。

＊

カヴァナーがこんな詩を書いている——

ああ、おれの記念碑を建てるなら水辺にしてくれ。
夏の盛りにしんと静まり、緑が
うっそうとかぶさる運河のそばなら申し分ない。弟よ
閘門《こうもん》からナイアガラの滝みたいに
どうどうと水が落ちる七月半ば
あのやかましい静けさのなかに腰を下ろすひとびとのために
おれのベンチをこしらえてくれ。〔以下略〕

(Kavanagh, *Selected Poems*, p. 129)

「ダブリンのグランド運河沿いのベンチに書いた詩」と題された十四行詩《ソネット》から、前半部分だけ引用した。詩人五十四歳のときの作である。すでに肺がんと診断されているので、死を意識した作品に間違いはないけれど、カヴァナーはこの後六十三歳まで余命を授かっている。最初に紹介した「唯一なるもの」もこの時期の作で、荒れ地に咲くちっぽけな花々と霊魂のレベルで結ばれることをめざす、控えめでみずみずしい詩行には、この詩同様後期のカヴァナーの最もいい部分があらわれているとおもう。

「ベンチ」の詩にあきらかな、身近な自然と交わろうとする市井人の腹構えは、彼にとって生涯近寄りがたく、目障りな存在だった先輩詩人イェイツに対する反逆だったのかもしれない。イェイツが自分自身のために書いた墓碑銘「冷ややかな目を投げかけよ／人生に、そして死に。／止まらず過ぎゆけ、馬上の君よ！」が奏でる、調子が高くてよそゆきな――どこかハープの音色に似た――音楽に対抗して、カヴァナーはシャムロックの花畑と地続きであるかのような、普段着の詩をぶつけてみせた。アイルランド英語で「ボグ・マン」といえば、泥炭地《ボグ》だらけの田舎から出てきた人間をさす侮蔑表現である。カヴァナーはイェイツの洗練と完成度を後追いせず、あえて田舎者を演じることによって、偉大すぎる先輩とは異なる詩の〈基準・格調《メジャー》〉を獲得したのだ。イェイツの辞世は遺言により彼の墓石に刻まれたが、カヴァナーのソネットも本人の死後、友人たちの尽力によってグランド運河沿いにオーク材と花崗岩でつくられた、特製ベンチの側面に刻まれている。ダブリンの中心街を南に下り、水辺の木陰道を散歩して彼のベンチに腰掛ければ、目の前の閘門《こうもん》を流れ落ちる小ナイアガラの、「やかましい静けさ」を満喫することができる。さらにそのすぐ近くには、ベンチに腰掛けた姿のカヴァナーを表現したブロンズ彫刻も設置されて、市井に生きた詩人を偲ぶ恰好の場所となっている。

カヴァナーには、洗練した恋愛など「ボグ・マン」にはできないのだと開き直るかのような、壮絶な片思

グランド運河を見つめるカヴァナーのブロンズ像

いの逸話がある。彼の伝記（Antoinette Quinn, *Patrick Kavanagh: A Biography*, revised and expanded ed., Dublin: Gill & Macmillan, 2003, pp. 223-238）からかいつまんで受け売りしてみよう——一九四四年秋の物語です。その時分、グランド運河から目と鼻の先の、ラグランロード十九番地の下宿屋に間借りしておりました、四十歳独身のパトリック・カヴァナーは、ほぼ一方的に恋に落ちました。片思いの相手は当時二十二歳の医学生ヒルダ・モリアーティー。その美しさはダブリン中の大学生に鳴り響いておりました。スティーブンズ・グリーン公園の門から出てくるところを待ち伏せしたり、彼女の行きつけのカフェの離れたテーブルからじっと見つめたりする四十歳独身男のつきまといかたは、無骨きわまりなかったと申します。

ところが、もともと文学かジャーナリズム方面に進みたい希望を持っておりましたヒルダは、じきにカヴァナーの才能に気づき、交際をはじめます。この年のクリスマス、カヴァナーは老いた母が待つ実家へはじめて帰省せず、ヒルダについて、彼女の実家がある南部ケリー州ディングルの町までまいりました。ところが裕福な医師でありましたヒルダの父親は、娘が連れてきた失業中のむさくるしい男を、屋敷に泊めることを許しません。カヴァナーは近所の民宿に宿泊した後、すごすごとダブリンへ引き上げるほかありませんでした。

この事件の後、ヒルダはあたかも『マイフェアレディ』のヒギンズ教授のように、カヴァナーに洗練教育を施そうと試みます。ところがその努力は実を結びませんでした。ヒルダに代理的な母の像を求めてつきまとうカヴァナーから、彼女はしだいに離れていきます。そしてついにヒルダは、将来有望な若者ドナー・オマーリーと結婚してしまいました。オマーリーはやがて国会議員に選出され、教育省大臣などの要職を歴任することになる人物です……。

これから日本語に吹き替えてみたいと思うのは、カヴァナーが自分自身の失恋を書いた詩である。既存の節に合わせて歌えるようにこしらえてある。一九四六年、新聞に載ったときのタイトルは、「黒髪のミリアムが走り去った」となっていた。照れ隠しに弟の恋人の名前を使ったのだが、後に題を改め、当時下宿していた通りの名前をタイトルにつけた。

ラグランロードで
（「夜が明ける」の節で）

ラグランロードで秋のある日に、はじめてあの娘に出会ったとき
あの黒髪は罠になる、そのうちおれは悔やむとわかった。

行けば危険とわかっていたのに、魔法にかかった道を進んだ。
悲しみなんか落ち葉になって、夜が明けるときに散るがいい。

十一月のグラフトン通り、肩を並べてうきうき歩いた。
岩沿いの道、下は峡谷、恋の覚悟がためされる崖。
ハートのクイーン、タルトを焼いた。風来坊のごくつぶしがおれ。
恋のしすぎは骨折り損か、幸せはどこかへ吹き飛んでいった。

おれはあの娘にプレゼントした。音楽、彫刻、文学、絵画
本物の美を知っている、技を凝らした秘密の合図を。
あの娘にあげた詩を読めば、あの娘の名前が見つかるし
五月の野原にかかる雲そっくりの黒髪も、見つかるように書いておいた。

過ぎし日の亡霊たちが行き交う通りを、あの娘が歩いているのが見える。
あわてたような背中を見れば、おれにもすぐにピンとくる。
この恋は、初手から踏み込むべからずの道。天使とひととの恋は禁じ手。
生身の女を愛した天使は、夜が明けるときに翼がもげる。

(Kavanagh, *Selected Poems*, pp. 83–84)

カヴァナーは死の直前に、長いこと世話になっていた女性と結婚した。一方、ヒルダはカヴァナーの葬式に、

Hをかたどった赤いバラの献花を送ったと伝えられる。

「ラグランロードで」は、現代アイルランドの歌の中でも一、二を争う人気曲である。さまざまな歌手がとりあげており、録音も数多い中で、たいていのひとが一番にあげるのは、ザ・ダブリナーズのリードボーカルとして名を上げたルーク・ケリーによる歌唱である。彼の「ラグランロードで」が重んじられる理由は、歌い廻しそのものの魅力に加えて、彼がカヴァナー本人から歌を授かったという来歴によるところも大きい。口承伝統が根強いアイルランドでは、曲や歌を誰からもらったのかという継承の筋・系統が、音楽それ自体と切り離せない重要性を持つからだ。

一九六七年頃の話として、ケリー本人があるインタビューで語っているのは、カヴァナーが常連だったザ・ベイリーというパブ——「遠足は馬車に乗って」に登場した例の店である——で、最晩年の詩人と同席したときの逸話である。店にいた客たちから求められてカヴァナーが詩をひとつ朗読し、当時まだ若かったケリーも歌をひとつ歌った。カヴァナーはケリーの歌唱に感銘を受けたらしく、ケリーのほうへ身を乗り出して、「低いこもった声でつぶやいた」のだという——「もうずいぶんのお歳だったから、声を絞り出すのがやっとという感じでね……亡くなる前の年のことだよ——〈君、おれの歌を歌えよ〉って言ってくれた。〈今なんておっしゃいましたか、カヴァナーさん?〉って聞き返すと、〈ラグランロードで〉と答えた。カヴァナーが許可してくれた。俺は詩人そのひとから、許可をもらったんだよ」(Des Geraghty, *Luke Kelly: A Memoir*, Dublin: Basement Press, 1994, p. 39)

*

三月半ば、ダブリンの日差しがなごむ季節になった。ついこの前まで毎日、夕方というには早すぎる時間にそそくさと家路を急いでいた太陽が、空に長居をするようになり、スティーブンズ・グリーン公園の木陰のスイセンが花開く気配を見せはじめた。もうじき聖パトリックの祝日がやってくる。パトリック・カヴァナーが行きつけだったザ・ベイリーは音楽パブではないけれど、ザ・ダブリナーズが旗揚げしたオドノヒューズではあいかわらず毎日音楽が聞ける。聖パトリックの祝日にはあの店でルーク・ケリーを偲んでから、カヴァナーのお気に入りだった、グラフトン通り界隈のマクデイッズとグローガンズへはしごするのがいいかもしれない。

聖パトリックの祝日に痛飲したしめくくりには、「シャムロックを溺れさせる《ドラウニング・ザ・シャムロック》」のが正しい流儀なのだと教えてくれたひとがいた――「最後の一杯はウイスキーを飲む。襟につけてたシャムロックの葉をとって、ウイスキーに沈めてぐっと飲み干すんだよ」、と。泥炭地《ボグ》の水そっくりな色をしたウイスキーに溺れさせられたシャムロックの葉は、故郷の泥土をなつかしむだろうか？　ちょっと危なそうな儀式だけれど、今度の聖パトリックの祝日にぜひ試してみようとおもった。

ところが別のひとにこの話をしたら、こんなコメントが返ってきた。

「そういう飲み方をするひともいるかも知らんが、わたしはやったことがないね。〈シャムロックを溺れさせる《ドラウニング・ザ・シャムロック》〉という口語表現は、〈聖パトリックの祝日に心ゆくまで酒を飲む〉という意味だとわたしは理解している。三月十七日は毎年、四旬節《レント》の真っ最中だ。この時期は復活祭《イースター》に備えて身を慎む期間にあたっている。敬虔なクリスチャンなら、大人は飲酒をしないとか、子供は甘いお菓子を控えるとか、ささやかでも犠牲的行為《サクリファイス》を試みる時期だよ。アイルランドでは四旬節《レント》直前にカーニバルをする習慣がないから、その代わりに、昔のひとが四旬節《レント》の最中に一日だけ例外日を設けたんじゃないか、と思うんだがね」

なるほど、そういうことか。じつは念のためアイルランド人の友人何人かに同じことを尋ねてみたところ、ほとんどのひとが二番目のような理解をしていることがわかった。だが結論を急ぐのは禁物だ。この問題に関しては、もうじきやってくる聖パトリックの祝日当日にも、観察と聞き込みを続けてみることにしよう。

とはいえ、一番目の解釈のように文字通りシャムロックを溺れさせるにせよ、二番目のように比喩的に溺れさせるにせよ、〈シャムロックを溺れさせた〉後は、自分自身が沼地にはまらないよう気をつけて、家路をたどることにしようと思っている。

# 歌のごほうび

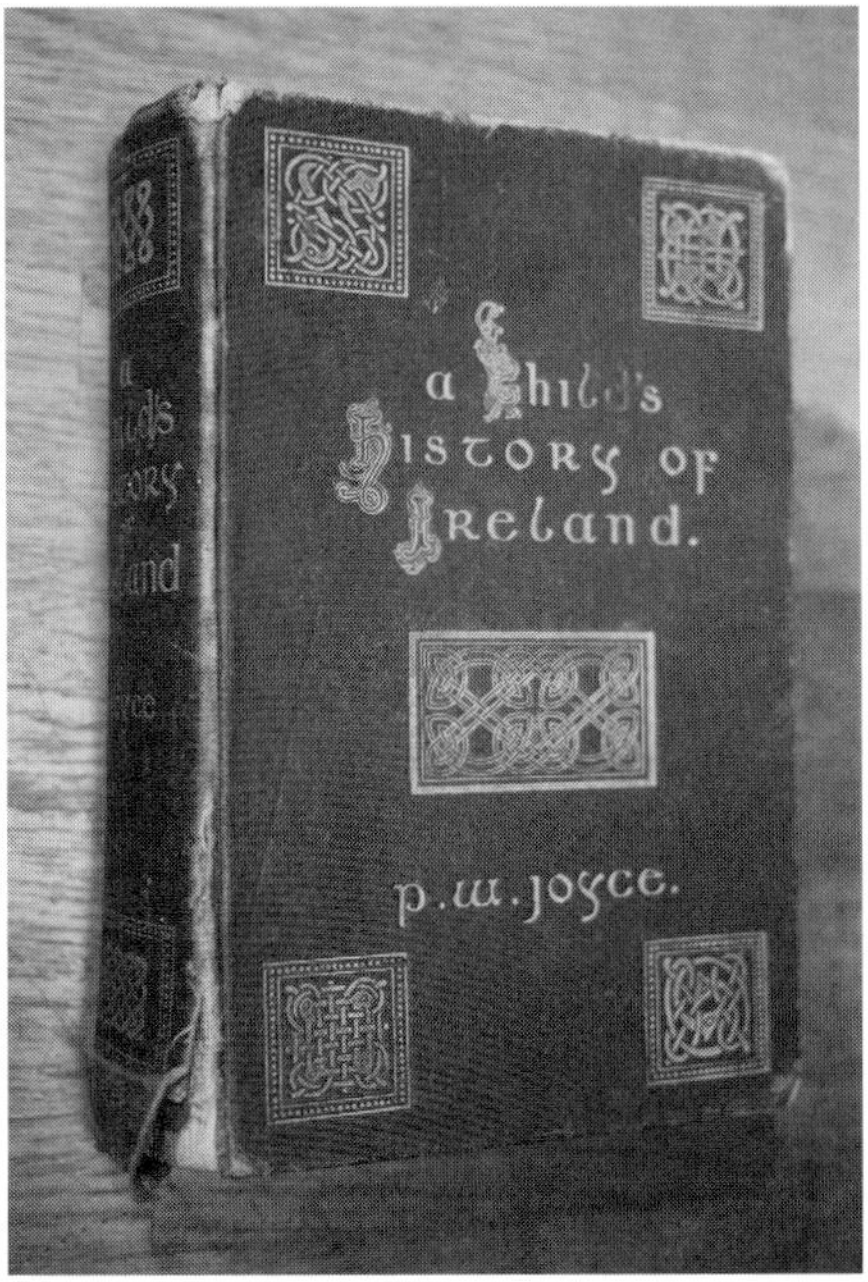


「店主は，鼻眼鏡を掛けたサンタクロースみたいな顔をぼくのほうへ向け，眼鏡の位置を直しながら口を開いた．「ほう，これこれ．この本は，この背のクロスの状態が完璧なら，300 ユーロの値打ちがありますぞ」──」

スライゴーはアイルランド北西部の小さな港町である。その昔、醸造業やロープ製造や海運で栄えたが、ここ百年ばかりはうとうとまどろみ続けている。東海岸のダブリンから汽車に三時間揺られた後、町を見下ろす高台にある終着駅のホームに降り立つと、決まって小糠雨が降っていて肌寒い。いやもちろん、晴れの日だってあったに違いないが、この町はいつも霧にけぶっているような気がするのだ。今回もそうだった。雨雲の下にうずくまる家々の屋根の間に、見覚えのある教会の塔がいくつか突き出していた。

〈スライゴー〉の語源は、アイルランド語で〈貝がざくざくしたところ〉という意味である。町は東にギル湖を背負い、アイルランド一短いガラヴォーグ川を真ん中に流し、西のスライゴー湾に向かって港を開いている。潮の差す河口には貝類が豊富で、周辺からは石器時代の貝塚が多数見つかっている。町の南西にせり出した半島にはノックナレイ山——王の丘、処刑の丘、または月の丘——がそびえ立ち、平らな山頂に石灰岩の岩屑をうずたかく積み上げたケルンがはっきり見える。太古からあるこの真っ白な石塚は、コナハト国に君臨した猛々しい伝説の女王、メーヴの墓だと伝えられる。町の真北にはもうひとつの山、ベン・バルベン——グルバンヶ岳、または顎ヶ岳——がそびえている。こちらも伝説には事欠かない山で、その昔、剛勇フィン・マックールを頭目とするフィアナ戦士団が住んだ場所だと言われている。

これらの山と湖に囲まれた地域は元来、口承文学が豊かな土地だった。だが、語り手たちから直接聞き書きした民話や伝承歌を語り直したり、自作の詩や物語にとりいれたりして、〈スライゴー〉の名を英語圏津々浦々の文学読者に知らしめたのは、W・B・イェイツの大手柄である。ダブリン生まれの彼は幼い頃から青年期にかけて、母親の実家があり、親戚も多く住むスライゴーへしばしばやってきては長期滞在した。実家のポレックスフェン一族は、裕福な汽船会社をいとなんでいた。イェイツは元来都会っ子だったが、ポレックスフェン家に雇われていた地元のひとや、近郊の農夫から、妖精物語やバラッドを聞かせてもらうのが好きだった。スライゴーのひとびとが語るアイルランド語は理解できなかったものの、歌や物語を英訳してもらいながら聞き耳を立てている間に、口承文学のとりこになったのである。スライゴーを原点として、ダブリンとロンドンを行き来しながら、イェイツは世紀末詩人として名を揚げるとともに、アイルランド文芸復興運動の立役者として活躍することになる。

イェイツには六つ年下の弟、ジャック・B・イェイツがいる。後に画家として成功するこの弟も、兄に劣らずスライゴーが好きだった。壮年期以降のジャックは色と形が狂奔する表現主義的な画風を展開し、二十世紀アイルランドを代表する画家として認められているが、初期にはスライゴーをはじめとする西部地方の風俗や行事を描き、どれもこれも手元に置きたくなるような水彩、油絵、版画の小品を無数に残している。やがて詩人になる兄と、やがて画家になる弟にとって、スライゴーは創造の出発点だったのだ。

ぼくはイェイツ兄弟のファンなので、彼らが残した想像力の磁場に惹かれて、この町をときどき訪れる。近頃はガラスと鉄骨でこしらえた突飛なデザインのビルも建つようになったけれど、街並みのほとんどはイェイツの時代と変わっていない。駅から下り坂になった本通りを避けて脇道へ入ると、家々の暖炉の煙突から泥炭《ターフ》がくすぶる匂いが漏れてくる。小糠雨の重たい湿り気を肩に受けながら、古い二階家がどこまでも続く弓なりの坂伝いに町へ下りていくと、ジャック・B・イェイツの絵の中をとぼとぼさ迷う旅商人か、バラ

イェイツの母の実家が所有した汽船会社．望楼がそびえている

ッド売りにでもなったような錯覚に陥る。

スライゴーという町は十七世紀、ピューリタン革命の時にクロムウェルの手下による焼き討ちに遭い、十九世紀にはコレラ禍に見舞われたけれど、みずからの意志で大掃除や模様替えをしたことがない。それゆえ、瓦礫が放置された路地の奥や、幾度ペンキを塗り重ねたか知れない扉の向こうから、何が飛び出すかはかりしれないところがある。もちろんその不可思議な奥深さを言い出したら、父祖伝来の暮らしにこだわり、〈近代〉化する機会にそっぽを向き続けた田舎町や村は、どこも同じように懐が深い。精神も家屋敷もタンスの引き出しも、ホコリまみれの片隅をわざと残しながら、手入れや修繕を繰り返してきたのである。

ひとつ例を出そう。今回のスライゴー滞在中、イェイツが若い頃しばしばお茶に招かれたゴア＝ブース准男爵家の田園屋敷、リサデル館をしばらくぶりに見学していたら、ガイドのひとがこう語った――「駐車場の向こうに柵で囲った四角い二階家が一軒あるでしょう。あの家は従来この屋敷の財産リストに載っていなかった物件です。長年灌木といばらに覆われていたので、当主が家の存在に気づかなかったのですね。ところが近年、敷地内を根本的に整備しなおし、樹木の刈り払いをおこなった結果、この二階家の存在が明るみに出ました。かつて庭師を家族ぐるみ住まわせていた、古い家が出てきたわけです」。いばら姫の館みたいに〈発見〉された家を目の当たりにして、この国のひとびとがふだんは隠している、ホコリまみれの心の片隅をちらりと垣間見た思いがした。ぼくたちが一見おんぼろなアイルランドに惹かれる理由のひとつを、このいばら姫の二階家が体現していたのだ。

＊

スライゴーの町はちっぽけだが、数軒の新古書店と、本屋での収穫をぱらぱらめくりながら気兼ねなく午後のギネスを楽しめるパブと、木彫りで神話・伝説の登場人物たちの像をこしらえるのが得意なおじいさんがいる店と、つい足が向いてしまう古い修道院の遺跡と、夜な夜なほれぼれする伝統音楽を聞かせるパブが何軒かあるので、二、三日泊まっても案外退屈しない。町でいちばん老舗の新古書店を冷やかしていたら、いばら姫の館ほどではないけれど、ぼくもちょっとした〈発見〉をした。

「二十五ユーロで売っていいんですか？」

レジ係の若い女性にそう問いかけられた店主は、鼻眼鏡を掛けたサンタクロースみたいな顔をぼくのほうへ向け、眼鏡の位置を直しながら口を開いた。

「ほう、これこれ。この本は、この背のクロスの状態が完璧なら、三百ユーロの値打ちがありますぞ」

イェイツの時代だったらきっとモノクルをして、チョッキのポケットからは金時計の鎖がのぞいていたであろう、堂々たる恰幅の老店主が語ったことばを、額面通り受け取る必要はない。このセリフは一種のご祝儀、「おもしろい本をお選びになりましたな、大切にお読みなさい」というあいさつなのだ。

P・W・ジョイス著『子供のためのアイルランド歴史』、ロンドン、ロングマンズ・グリーン社刊、一九〇九年（P. W. Joyce, *A Child's History of Ireland*, London: Longmans, Green, and Co., 1909）。日本の文庫本の判型を縦だけ二割ほど伸ばして、ハードカヴァーをまとわせたコンパクトなサイズの本だが、五百ページ以上あるのでけっこう分厚い。深緑のクロスでくるんだ表紙と背の要所に金箔押しのケルト模様をあしらい、タイトルと著者名も装飾写本の書体を模した金文字で書いてある。金文字の色が褪せ、製本はかなりゆるみ、背のクロスが派手に破れ、隅折れになったページも多いけれど、カラー口絵と折り込み地図と百六十点の白黒図版には欠損がないので、中身を読む分にはじゅうぶん用が足りる。

著者のパトリック・ウェストン・ジョイスはアイルランド語を母語として生まれ、正式の高等教育は受けなかったものの、イギリス植民地時代の最後の時期、アイルランドの教育界で活躍した重要人物である。晩年には王立アイルランド古事古物研究協会の会長にまで上りつめた。歴史、アイルランド語、アイルランド英語、民俗学、伝統音楽などについて著書が多く、彼が編集・執筆した地名小辞典や伝説物語集などは現在でも版を重ねている。ぼくが手に入れた子供向けの歴史本は、巻末の広告によれば、初版が一八九七年に出て以来十二年ほどの間に八万部を売り上げ、「本国内における圧倒的ご支持の光栄に加え、オーストラリア地区カトリック教会様ご指定により、オーストラリア、ニュージーランドの全カトリック学校にてご採用。また、ニューヨーク地区カトリック学校評議会様ご指定図書の栄にも浴す」と手前味噌を並べている。

事実、『子供のためのアイルランド歴史』の記述は、植民地アイルランドで決定的優位を保ってきたプロテスタントにおもねることなく、支配される側に甘んじてきたカトリックの立場にも正当な配慮をしたところに、優れた特徴があった。その上で、ヨーロッパ史においてアイルランド人がなしえた寄与を、まるで現場を見てきたかのような生き生きした文章で褒め称えて、若い読者の心に文化的ナショナリズムを芽生えさせた。たとえば中世前期、アイルランドが聖人と学者の島と呼ばれていた時代に、ケルト教会が輩出した修道士たちの事績はこう賞賛されている——

志に燃え、学問を積んだアイルランドの修道士達は大挙して大陸へ赴き、アイルランドおよびブリテンの人々と比ぶれば十倍方無学野蛮であった大陸の民に、キリスト教および知識一般を広めたのであります。九世紀フランスの名高き著者エリックいわく、「アイルランドについて愚生が申すべきことと言わば、かの国は大海の危険を嘲り、かの国が擁する知者達のほぼすべてを、われらが岸辺へ向けて渡海せしめたるということ」。アイルランド人の学者と教師はかくのごとき高い評価を受けておりましたので、ブリテンや大陸各地の学校や大学のほとんどにおいて職を得ました。文学と哲学の専門家が引く手あまたであったことはすでに述べましたが、アイルランド人の音楽教師もその卓越した技量ゆえに、争って求められたのであります。西暦八〇〇年、西ローマ皇帝の帝冠を授けられましたシャルルマーニュは、アイルランドの知者を大いに厚遇し、しばしば宴席に招きました。その半世紀後、当代一の学者ヨハンネス・スコトゥス・エリウゲナ——すなわちアイルランド系スコットランド人のジョン——は、フランスのシャルル禿頭王と昵懇の間柄であったと伝えられております。

(Joyce, *A Child's History of Ireland*, pp. 93–94)

『子供のためのアイルランド歴史』はこんな調子で延々と語り続ける。高揚感を盛り上げていくレトリックが巧みで、読者を飽きさせない文体はさすがに手練れである。

しかし、この本をささやかな〈発見〉と呼びたくなったゆえんは、本文のスタイルや内容のためではない。じつはぼくが手にしたぼろぼろの一冊には、三カ所に書き込みがあった。スライゴーからダブリンへこの本を持ち帰って、それらの書き込みをつらつら眺めていたら、いばらの茂みの間に百年前のアイルランドが垣間見え、その光景がみるみる広がっていくような気がしたからなのだ。書き込みをひとつずつ読みほどき、かさばるいばらをだましだましかきわけて、向こう側のアイルランドを覗いてみたいと思う。

まず第一の書き込みから。深緑のクロスがへたった表紙を開くと、見返しに一枚の紙片が貼りつけてある。その紙には流麗なペン文字で、「フェシュ・リギー、〇九／ノラ・ハラン／ゲーリック・リーグ／一等賞《ザ・ファースト・プライズ》」という四行の献辞が記されている。アイルランド語と英語が混在するこの献辞の内容を書き下せば、「ゲーリック・リーグが主催した、一九〇九年のスライゴー・フェスティバル《フェシュ・リギー》で一等賞を取ったノラ・ハランに献呈する」という意味である。ぼくの机の上にある一九〇九年版の『子供のためのアイルランド歴史』は出版直後、ひとりの少女に賞品として与えられた一冊だったのだ。ならば、ゲーリック・リーグとはどんな結社か？　ノラ・ハランはいったい何のコンテストで一等賞を取ったのか？　これらふたつの疑問について考えることからはじめよう。

ゲーリック・リーグというのは、「アイルランドにおいてアイルランド語が話し続けられるように」することを目標に掲げて、一八九三年にダブリンで結成された団体である。一九〇九年頃には全国に約六百の支部を持ち、日常語として英語が話されている諸地域でアイルランド語講座を運営し、アイルランド語の新聞や書籍を刊行し、伝統音楽やダンスの会を後援して地域文化の振興をはかった。そのような文化活動を通して、植民者の言語である英語に押されて使用者の数が急激に減りつつあったアイルランド語の活力を、取り戻そうとしたのである。各地の支部が主催する〈フェシュ〉は年一回催され、その一環として各種のコンテストが盛大におこなわれた。研究書（Timothy G. McMahon, *Grand Opportunity: the Gaelic Revival and Irish Society, 1893–1910*, Syracuse, NY: Syracuse UP, 2008, pp. 167, 173–74, 181–82）によれば、コンテストは、（アイルランド語の文学作品について質問に答える）文学、ストーリーテリング、（詩または散文の）暗唱、課題作文、（アイルランド語の地名を集めたり、地域のアイルランド語話者から物語を聞き書きして集める）収集、（独唱または合唱による）歌唱、（フィドル、ティン・ホイッスル、またはバグパイプによる）演奏、（個人またはグループによる）ダンスの計八部門に分かれていた。

これらに加えて、英語の短編小説をアイルランド語に翻訳したり、アイルランド語で歌や詩をつくったり、アイルランド語で一幕ものの芝居をつくって上演するなどのコンテストが開かれることも多かった。さらに、フェスティバルには大がかりなコンサートがつきもので、プロの演奏者やダンサーに混じって、コンテストの受賞者たちも晴れの舞台で日頃磨いた技を披露したという。一九〇〇年代に各地で開かれた〈フェシュ〉には、アイルランド語を母語とするひとが多いカトリック信徒ばかりでなく、アイルランド語を習得したプロテスタントのひとびとも積極的に参加し、プロテスタントの地主階級による資金援助などもおこなわれた。どうやらこの時期のゲーリック・リーグは、宗派と階級を越えた文化的ナショナリズムの理想郷めいた状況を呈していたらしい。

ぼくがスライゴーの古老から直接聞いた話では、当時スライゴーの〈フェシュ〉は毎年復活祭《イースター》の時期に開かれ、伝統音楽の演奏と歌、ダンス、そして演劇上演がとりわけ盛んだったそうである。『子供のためのアイルランド歴史』をごほうびにもらった少女ノラ・ハランがどの種目に出たか特定するのは、ぼくの力ではお手上げだけれど、彼女がもし歌唱コンテストに出場したとしたら、どんな歌を歌ったか想像することならできる。たぶんこんな歌だったはずだ――

柳の園でぼくらは出会った
白雪の小さな足で、柳の園をあの娘は歩いた
木の枝に葉が育つよう、恋は急がずあわてないこと
ところがぼくは若くてバカで、待つことができなかった

川の畔にぼくらは立った
ぼくの肩には、白雪のあの娘の片手
土手上に草が育つよう、人生はあせらないこと
ところがぼくは若くてバカで、思い出しても泣けてくる

(Yeats, *The Poems*, p. 46)

男歌のラブソングをせつなく歌いこなして、ごほうびをもらった少女の姿が目に浮かぶようである。だがこの歌は、実は伝承歌ではない。W・B・イェイツが二十代半ば頃（一八八八年以前）に、スライゴー周辺の村で聞き覚えた英語の伝承歌の断片に補作して、「柳の園で」（'Down by the Salley Gardens'）というタイトルの詩に仕立てたものだ。今ではイェイツのこの詩じたいが人口に膾炙して、ひんぱんに歌われ、数々のレコーディングもおこなわれているから、事実上の伝承歌と化しているのだが、ノラ・ハナンがアイルランド語で歌ったかもしれないヴァージョンは、本当はこれではない。

イェイツが友人の詩人にあてた手紙の中で「古いアイルランドの歌」と呼び、自作解説の中では「スライ

ゴー州バリソデア村の農家の年老いた女性がしばしば誰に聞かせるでもなく口ずさんでいた古い歌の一部分、うろおぼえの三行ほど」と呼ぶこの歌の、完全な形に最も近いと思われる歌詞を、次に抜き書きしてみよう。イェイツ版「柳の園で」の〈元歌〉というべきこの歌詞は、アイルランド語の歌の韻律を英語にあてはめて歌われたものが、文字に記されたヴァージョンである。少女が〈フェシュ〉のコンテストで、これと似たタイプのラブソングを、伝統的な韻律を保持したアイルランド語で歌ったとしても不思議はなかったはずである。

ちょいとそこ行く兄さん達よ、おいらの話を聞いとくれ
世に隠れもない恋上手、おいらが歩けば愉快に当たる
惚れた娘は若くてべっぴん、ところが会ってもいつでもツンだ
ばくばくするのはおいらのハート、あの娘が見えたらご用心

おいらとあの娘は花咲く園で、ふたりっきりではじめて会った
おいらはあの娘を両手に抱いて、甘いくちづけたくさんあげた
木の枝に葉が育つよう、恋は急がずあわてないこと
ところがおいらは若くてバカで、待つことができなかった

二度目にあの娘と会ったとき、あの娘のハートはもらったと思った
ところが天気がうつろうみたいに、おいらのあの娘は心変わり

下心あればぎらぎら光る、そいつが見えたら恋はお終い
おいらのハートは嘘はつかない、それでも恋は終わるもの

いっそアメリカへ行きたいな、ほんとの恋人隣りに連れて
ポケットにゃ金がうなってるから、彼女だって逃げたりしない
酒もふんだん、両手にゃ杯、あふれんばかり
おいらは若くて世界は広い、艱難辛苦よ来るがいい

(A. Norman Jeffares, *A New Commentary on the Poems of W. B. Yeats*, Stanford, CA: Stanford UP, 1984, p. 13)

ロマンティックで初々しいイェイツ版と比べると下世話な調子が目立つけれど、力強いリアリズムが好ましい。こんな歌を歌ったかもしれないノラ・ハランがどんな少女だったかは知るよしもない。だがせめて、「ハラン」という名字がスライゴー周辺によくあるのかどうか知りたいと思って、町で何人か年配のひとに尋ねてみた。異口同音に、「聞いたことはあるような気がするけどありふれた名前ではないねえ」という答えが返ってきた。ダブリンへ戻ってから、あきらめずに郷土史の本をいくつか調べてみた。すると、『ベン・バルベンの影の下に』と題された一冊(Joe McGowan, *In the Shadow of Benbulben: A Portrait of Our Storied Past*, Nure, Co. Leitrim: Drumlin Publications, 1993)の中で、ハランさんの面影をほんのちょっぴりだけ覗き見ることができた。

この本は、スライゴーの町を真北から見下ろすベン・バルベンの山の、北側に広がる海岸地域の郷土史をまとめたものである。巻末付録に一八三八年の徴税台帳があったので、ずらりと並んだ人名を細かく見てい

くと、アムリシュという教区に住むブリジッド・ハランという女性——寡婦らしい——が地主のエリザベス・パーマーにたいして、地代二ポンド九シリング、家賃十五シリングを支払って土地家屋を借りているという記録が見つかった。このハラン家はカトリック信徒の小作農である。隣近所の家々が支払っている賃料と比べると少額なので、一家はかなりつつましい生活を送っていたに違いない。夫に先立たれたブリジッド・ハランとわれらがノラ・ハランの間には七十年間の時の隔たりがあり、スライゴー州の他の地域にもハラン姓を名乗るひとびとはいただろうから、確たることは何も言えない。しかしとにかく、ハランさんというひとが古くからスライゴーの町の近くに住んでいたということだけはわかった。

さらに同じ本をめくっていくと、クリフォニー男子小学校で一九四〇年に撮られたクラス写真の最前列中央に、トミー・ハラン君という男の子が写っていた。利発そうなタイプである。グレンジ国民学校で一九四九年に撮られた集合記念写真には、最前列にピーティー・ハラン君、最後列にマーガレット・ハランさんが写っている。ピーティー君は澄まし顔の男の子である。ひときわ背が高く、大きなリボンがよく似合うマーガレットさんは明らかにピーティー君のお姉さんである。ふたりともよい身なりをしているので、ブリジッドさんの時代よりも暮らしが楽になったんだなあとしばらくの間、埒もない空想を巡らして、勝手に胸をなで下ろしていた。

さてずいぶんと長話になってしまったが、ぼくがこのおしゃべりをはじめたのは、『子供のためのアイルランド歴史』に記された書き込みを順々に読みほどいてみたいと思ったからだ。先へ進んで、第二の書き込みを読んでみよう。見返しをめくって扉ページを開くと、上端に鉛筆で「一九一三年、ぼくはこの本を学校のクリスマス・テストに使いました——シリル」という書き込みがある。School の綴りを間違えて Shool と書いてしまい、横棒を引いて書き直しているところがかわいらしい。おそらくシリル君はノラさんの弟である。さらにページをめくると、ケルト写本の豪華な装飾ページをカラー印刷した口絵の裏いっぱいに、第三の書き込みがあった。これも鉛筆書きで、シリル君の筆跡である――

《ジョン・ミッチェル》

俺は正真正銘、アイルランド生まれ
名を名乗るなら、ジョン・ミッチェル
ニューリーの町からやってきて
アイルランド男の勇ましい仲間に加わった
夜昼もなくがんばったのは
われらが祖国を自由にするため（へえそうかい?）
あげくのはてに流刑になった（へえそうかい?）
俺の話は知ってるだろう（知らないなあ）

シリル君がていねいに書き写したのは当時よく歌われたバラッドの歌詞である。カッコで括った茶々を入れているのは青鉛筆の書き込みで、シリル君とは異なる筆跡なので、おそらくは兄弟姉妹のしわざだと思われるが、詳細を確かめる手立てがない。ことによるとノラさんが弟を冷やかしたのかも知れない。

「ジョン・ミッチェル」のバラッドは、北アイルランド、ダウン州のニューリーを紹介したウェブサイトにスタンダードなヴァージョンが掲載されている。全文は八行七連全五六行ある中で、シリル君が書いた八行

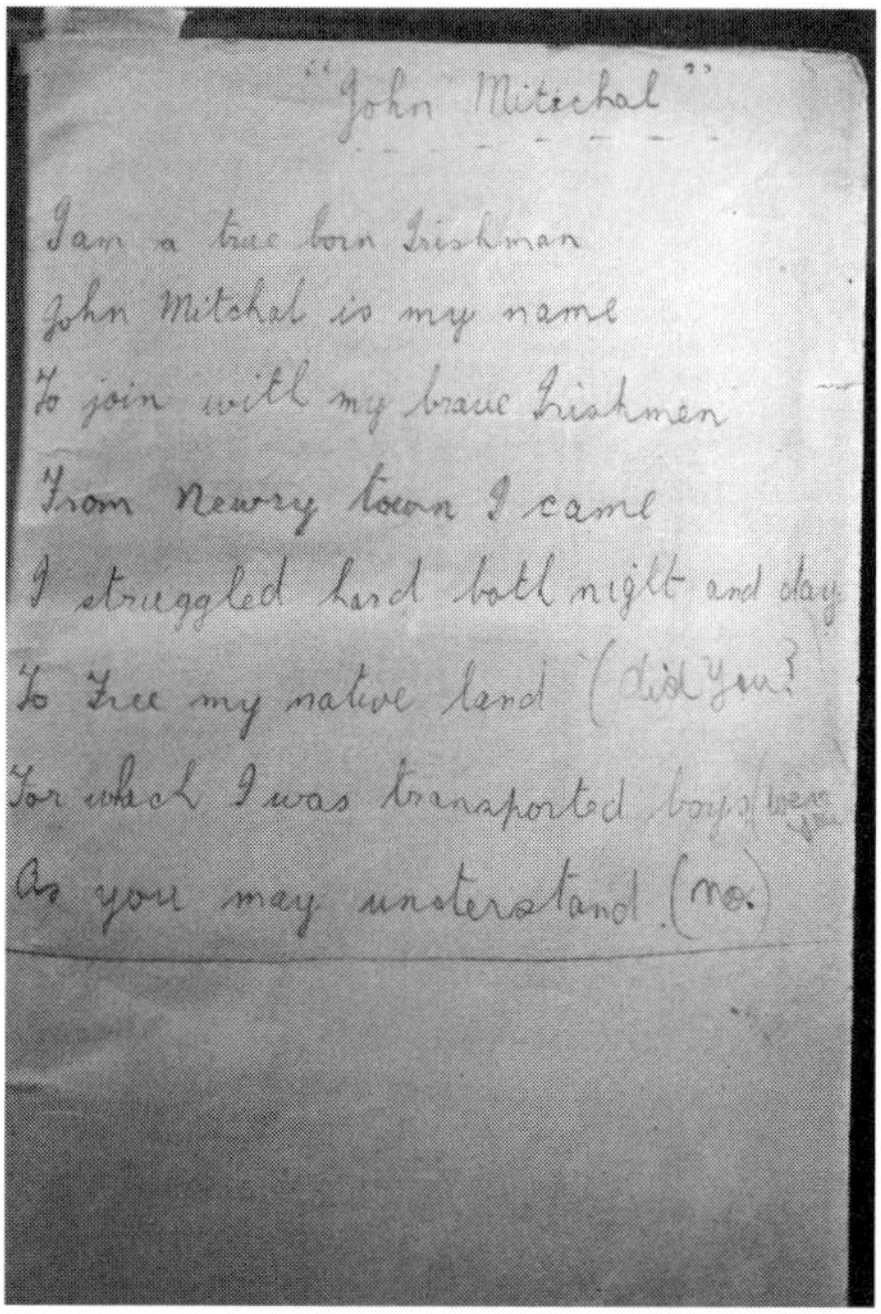
"John Mitchal"
I am a true born Irishman
John Mitchal is my name
To join with my brave Irishmen
From Newry town I came
I struggled hard both night and day
To free my native land (did you?
For which I was transported boys (were you
As you may understand. (no.)

口絵の裏にシリル君の書きこみがあった

は、その冒頭第一連と字句がよく似ている。このバラッドは、アイルランド独立をめざす熱烈なナショナリストが自ら語る、波瀾万丈の一代記である。

その生涯を思いきり簡潔に要約してみよう――一八一五年、ジョン・ミッチェルは、アイルランド北部デリー市の近郊で長老派《プレスビテリアン》聖職者の息子として生まれ、九歳の時ニューリーの町へ移り住み、長じて弁護士となった。彼自身はプロテスタントとして育ったが、不利な立場に置かれたカトリック信徒のための弁護を多く手がけたので、「教皇派《ペイピスト》のミッチェル」というあだ名をつけられるほどだった。一八四五年以降、じゃがいも飢饉を背景としてナショナリストが集う週刊新聞『ザ・ネイション』紙に過激な記事を寄稿するようになった彼は、三年後自分自身の新聞『ユナイテッド・アイリッシュマン』を立ち上げて堂々の論陣を張った。だがそれもつかの間、わずか十六号を出したのみで、文書による煽動罪の疑いにより逮捕されてしまう。裁判の結果、彼の罪状はより重い国事犯と認定され、流刑地ヴァン・ディーメンズ・ランド――現在のタスマニア島――へ送られた。一八五三年に流刑地を脱出した彼は、アメリカへ渡って新聞に論陣を張った。植民地アイルランドのじゃがいも飢饉に際して宗主国イギリスが適切な対処を怠ったことを厳しく非難した記事や、アメリカ南部の政治的立場を代弁した記事などが今に残る。一八七五年にはアイルランドへ戻り、補欠選挙に当選してイギリス下院議員の資格を得たのもつかのま、重罪犯人であったがゆえに当選は取り消しとなり、その混乱の中であっけなく死去した。六十歳であった。

＊

スライゴーのシリル・ハラン君が、『子供のためのアイルランド歴史』の口絵の裏に「ジョン・ミッチェル」のバラッドを書き記した一九一三年というのはどういう時代だったのだろうか？　ミッチェルがこの世を去ってから三十年近くたっていたが、アイルランドの独立はまだ達成されていない。姉のノラ・ハランさんが〈一等賞〉をもらった一九〇〇年代最初の十年間は政治的に平穏な時期で、ナショナリズムの動きは目立たず、すでに紹介したように、ゲーリック・リーグ主催の〈フェシュ〉には、カトリック信徒の小作人階級のみならず、裕福なプロテスタントのひとびとも参加していた。ところが、アイルランドに吹く風は一九一二年頃から急激に政治性を帯びはじめる。この年、アイルランド自治案がイギリス下院を通過した後上院で否決されると、経済が活発でプロテスタント人口が多いベルファスト市を中心とするアイルランド東北部では、自治案の再提出に反対する社会運動が目立ちはじめる。アイルランド自治が実現した場合、自治議会は北アイルランドの工業都市ベルファストではなく、カトリック人口が圧倒的に多く、零細な農家が多い後背地を背負ったダブリンに置かれるのが目に見えていたからである。他方、北アイルランドを除いた各地方では、念願の自治すなわち独立をめざす、ナショナリズム運動が活発化してくる。言語・文化方面に限定されていたゲーリック・リーグの活動は、一九一四年頃から急激に政治的ナショナリズムの色を帯びるようになった。一九一六年、復活祭《イースター》を祝う季節を選んで反英武装蜂起が勃発した。ダブリンの中央郵便局その他を占拠して火の手を上げた〈イースター蜂起〉の主導者には、ゲーリック・リーグの関係者が多数含まれており、この事件以後、一九二二年のアイルランド自由国成立にいたる反英テロ活動の担い手の中にも、リーグの関係者が多かった。

一九一三年、シリル・ハラン君が姉譲りの本を試験勉強に使い、ジョン・ミッチェルの歌を口絵の裏に書き込んだとき、少年が何歳だったかはわからない。だがおそらくは小学校高学年から中学生であったと思われる彼は、その後の歴史を知っているぼくたちの目から見ると、時代の風に鋭く反応していたのだとわかる。シリル少年が祖国を思う憂い顔で「ジョン・ミッチェル」のバラッドをくちずさんだ三年後、五十一歳になった大詩人イェイツは「復活祭《イースター》、一九一六年」という詩を書き、最後をこうしめくくった――

かくしてわたしは詩をつくる――
マクドナーとマクブライド
そしてコノリーとピアースは
今そしてこれからの未来
ひとびとが緑の服を着るいたるところで
変わる、完全に変化する。
恐ろしい美が生まれているのだ。

（Yeats, *The Poems*, p. 230）

この詩は、男たちの個人名を英雄へと変容させる「恐ろしい美」を歌っている。イェイツが名前を挙げた〈イースター蜂起〉のリーダーのうち、コノリーを除く三人はゲーリック・リーグの重要メンバーだった。

シリル・ハラン君が思春期から青年期を過ごしたであろう激動の時代は、ニール・ジョーダン監督、リーアム・ニーソン主演の映画『マイケル・コリンズ』に活写されている。〈イースター蜂起〉八十周年に当たる一九九六年に公開されたこの映画は、アイルランド歴代二位の興行収入を記録した。この映画の冒頭近くで、「マクドナーとマクブライド／そしてコノリーとピアース」を含む主導者たちが逮捕され、ダブリンのキルメイナム刑務所の中庭で次々に銃殺されていくシークエンスがある。彼らは処刑されることによって英雄へと祭り上げられ、新しい英雄たちの存在は一九二二年の自由国成立へ向かって突き進む武力闘争を大いに勢いづける原動力となったのだ。

ノラさんとシリル君の姉弟がどんなふうに成長したのかは知るよしもない。他方、老いていくイェイツは揺れ動く時代にもまれながら、スライゴーの遠い記憶を反芻していた。一九一九年に書かれた「土星の憂鬱に憑かれて」という詩では、語り手が年齢の離れた若妻に向かって、自分が憂い顔をしているのは昔の恋を思い出しているからではないと弁明し、その後、詩をこうしめくくっている――「先祖達が故郷と呼んだ谷間を決して離れないと誓った／あの少年時代の誓いを破ってしまった自分のことを、私は今考えているのだ」（Yeats, *The Poems*, p. 227）と。さらに同じ年の作、「夜が明ける直前に」でも、詩人はなつかしい土地に思いを巡らす――

私は考えた――「ベン・バルベンの
山腹から水を落とす滝
小さい頃、あの滝が大好きだった。
どんなに遠くへ旅したって

あれほど素敵なものは見つかりっこない」、と。
子供時代にわくわくした思い出が
記憶の中で繰り返しふくらんだものだ。

(Yeats, *The Poems*, p. 233)

イェイツはノーベル文学賞を受け、文学者として栄誉を極めた。おりしも、アイルランド自由国がイギリスの自治領として独り立ちした翌年の朗報だった。後年、七十三歳で死ぬ五カ月前に、彼は一編の詩を書き、自分自身の墓碑銘とするよう遺言した——

岩がむき出したベン・バルベンの山が見下ろす
ドラムクリフの教会墓地にイェイツは眠る。
ここはその昔祖先が牧師をしていたところ。
墓地の近くに教会があり
道路の脇に古さびた十字架が立つ。
大理石はいらぬ。決まり文句も。
近所から切り出してきた石灰岩の
墓石に、本人の希望により次のことばが刻まれる。

冷ややかな目を投げかけよ
人生に、そして死に。

止まらず過ぎゆけ、馬上の君よ！

一九三八年九月四日

(Yeats, *The Poems*, pp. 375–376)

一九三九年一月二十八日、イェイツは南フランスで死去した。一九四八年、遺言にしたがって遺体がフランスから運ばれ、ベン・バルベンを真北に望むドラムクリフの教会墓地に埋葬された。九月十七日、ドラムクリフでは盛大な埋葬式が行われた。そのときの写真は、移送のさい棺に掛けられたアイルランド国旗とともに、スライゴーの町の小さな博物館に展示されている。すでに熟年期を迎えていただろうノラさんとシリル君のハラン姉弟は、スライゴーを愛した大詩人の埋葬式をどのようにして知っただろうか？〈ベン・バルベンの影の下に〉地元で暮らしていた彼らは埋葬式に参列して、その姿が、博物館に展示された写真に写っていたかもしれない。あるいはふたりともアメリカへ移民して、むこうの新聞の小さな記事で、故郷のニュースを読んだかもしれない。もしかすると、日々の忙しさにとりまぎれて、新聞を読んでいる暇などなかったかもしれない。

イェイツの墓からベン・バルベンをのぞむ

北アイルランドをイギリス領に残して一九

二二年に成立したアイルランド自由国は、三七年に新しいアイルランド憲法を発布、国名をアイルランド語の〈エール〉（英語名は〈アイルランド〉）と改めた。さらに、イェイツの埋葬式が行われた翌年の一九四九年には英連邦から離脱してアイルランド共和国となり、イギリスとの関係を新たに組み直した。ハラン姉弟が使った『子供のためのアイルランド歴史』は、ふたりが読んだ後、長いことその存在が忘れ去られ、書棚の奥か物置の片隅にでも押しやられていたらしい。というのも、ぼくの手に渡ったこの本には、彼らのほかに書き込みをした形跡が見あたらないからである。

# ハープ氏の肖像

「ダブリンの下町の，ガラクタを積み上げた骨董屋で古い肖像画を見つけた．〔中略〕「アイルランド貴族ですよ．青いリボンで首から吊るしているのはハープと王冠をかたどった聖パトリック勲章．名前はわからんけども，聖パトリック騎士団の一員ってことです」——」

ダブリンの下町の、ガラクタを積み上げた骨董屋で古い肖像画を見つけた。金色の勲章を首から吊した紳士が澄まし顔で画面におさまっている。ずるがしこい政治家タイプには見えないし、かといって伊達男で鳴らすほどの容貌には恵まれていない。黒いタワシみたいなくせ毛をごわごわと頭に載せたこの男は、面構えにぎらついたオーラがないから、信用金庫か旅行会社のカウンターにでも座らせれば、さぞかし顧客に評判がよいだろう。実直そうな二重のまなざし、温厚そうにふくれた唇、それから血色のいい頬に、どこか惹かれるものを感じた。それと同時に、この男は勲章が似合わないタイプだなとも思った。

一目見て、傷みがひどい絵を修復したらしいことはわかった。A3判を縦にしたよりも少し小さい画面の、縁から七、八センチほど内側に、きっちりひっかいたような線の痕跡がある。ひとまわり小さいキャンバスを貼り付けたみたいにも見えるがそうではない。四角を描くこの線は、たるんだキャンバスが裏の木枠にこすれてできた痕だ。この絵が長いこと放置されていた証拠である。それに気づくと、どこか素人臭さを感じさせる生硬な着彩や不正確なデッサンさえ、古さに箔を付けているようで好ましかった。さらに、勲章の男は田舎紳士で、旅回りの三流画家に肖像を依頼したのかも知れない、という空想が頭をよぎった。あばたもえくぼとはよく言ったものだ。

「アイルランド貴族ですよ。青いリボンで首から吊しているのはハープと王冠をかたどった聖パトリック勲章。名前はわからんけども、聖パトリック騎士団の一員ってことです。時代的には一七九〇年代でしょう。すぐそこのクライストチャーチ大聖堂の正面に、〈エドワード卿《ロード・エドワード》〉亭というパブがあるのはご存じですかな？　あそこの看板に描かれている〈エドワード卿《ロード・エドワード》〉、あのお方は勲章こそつけてませんが、服装がそっくり同じですから。あるお宅の屋根裏にあったのを引き取ってきて、プロの修復家に頼んで裏打ちしてもらったんですがね。どうです、見られるようになったでしょう？」

店主の話を聞くだけ聞いて、その日は帰った。そしてさっそく「聖パトリック騎士団」について調べてみると、イングランドのガーター騎士団、スコットランドのシッスル騎士団に準ずる、アイルランドの騎士団だとわかった。ものの本によると——

> アイルランドで最も格式が高いこの騎士団は一七八三年二月五日、ジョージ三世によって創立された。アメリカ独立戦争（一七七六～八三年）におけるアイルランド貴族の忠義を褒賞し、王とアイルランド貴族との結束をいっそう高めるのが、設立の目的であった。設立時には王および十五名の騎士からなる騎士団であったが、一八三三年、（騎士団団長として）アイルランド総督を加え、騎士の定員を二十二名に増員した。〔中略〕一九二二年、アイルランド自由国が分離成立して以降、新たな騎士叙任は行われず、一九七四年、聖パトリック騎士の称号を持つ最後のひとり、グロスター公爵ヘンリー王子が死去して以後、騎士団は事実上の廃絶状態にある。
>
> （Peter Duckers, *British Orders and Decorations*, Princes Risborough, Buckinghamshire: Shire Publications, 2004, pp. 19–20）

聖パトリック騎士団は、ガーター騎士団（一三四八年設立）とシッスル騎士団（一六八七年設立）に較べて創立年代が遅かった上、名目のみの存在となって久しいので、事実上の活動期間百四十年間に団員はわずか百三十名を数えるに過ぎない。また、イギリス王への忠誠を誓った高位の貴族——三代以上前から盾形紋章を持つ者——のみが叙任される騎士団だから、アイルランドに数多い英雄的反逆者などが一切含まれていないことは言うまでもなく、かといって反乱軍と戦って手柄を立てた現場の軍人が加入を許されるような組織でもなかった。したがって、アイルランド歴史の本をめくってもこの騎士団のことはほとんど出てこないし、たとえ出てきても血湧き肉躍るようなエピソードにはまず縁がない。

とはいえ、イングランドの守護聖人聖ジョージをあしらったガーター勲章や、スコットランドの国花アザミをデザインしたシッスル勲章と同様、アイルランドの守護聖人をその名に掲げた聖パトリック騎士団の勲章も、象徴的なイメージを豊かに盛り込んだ意匠で観る者の目を奪う。実物のひとつは、二〇〇九年に新装なったベルファストのアルスター博物館に常時展示されているので、いつでも見ることができる。

聖パトリック大聖堂にある聖パトリック騎士団員の像

豪奢な頸飾のデザインに込められた勲章のメッセージは、青いリボンで首から吊す略章のデザインに集約されている。聖パトリック騎士団の略章は上下ふたつの部分からできているが、上半分は王冠をいただいたハープである。ハープの前柱はアイルランドを擬人化した乙女エリンが胸を張った姿で表現され、力一杯後ろへ伸ばした両腕が翼に変じて、弦の上端を支えるネックになっている。王冠もハープもすべて金。これはようするに、イギリス王の庇護の下でハープと化したアイルランドの乙女が美しく飛翔するという、コロニアルな図像である。〈王冠をいただいたハープ〉というこのエンブレムは、植民地アイルランドではたいそう人気があった。ヘンリー八世治下の十六世紀以降さまざまなコインやメダルに使われたほか、一七七八年、聖パトリック騎士団の設立に先だって地主階級が組織したアイルランド義勇軍《アイリッシュ・ボランティアーズ》もこのエンブレムを用いた。さらに十九世紀からアイルランド自由国成立にいたる時代には、イギリス軍に所属する各地のアイルランド連隊や王立アイルランド警察隊も、同じデザインを採用した。自由国成立後は、このエンブレムは北アイルランドの王立アルスター警察隊に引き継がれ、二〇〇三年に北アイルランド警察庁が創立されるまで長年にわたって使用された。

さて勲章の下半分は、ハープの台座に直結した楕円形のメダルになっている。メダルの中央は色鮮やかな七宝細工で、白地に赤のXを描く聖パトリック十字の上に、聖人が三位一体を説明するのに用いたと伝えられる緑のシャムロックが重ねられ、三つ葉にはそれぞれ王冠が貼りついている。楕円の周囲には、シンボルカラーの青地を背に、「われらを引き剝がせる者はいるか?」というモットーと設立年「一七八三」がラテン語で記されている。これもまた、イギリス王の下に、聖パトリックを守護聖人とするアイルランドが存立することをたくみに図像化したデザインである。

かくして、〈王冠をいただいたハープ〉と〈王冠を貼りつけたシャムロック〉からなる聖パトリック騎士団の勲章は、植民地アイルランドの勲章として申し分ない象徴性を表現しているのだ。

なるほどこいつはなかなかおもしろいぞ、とほくそ笑みながら、ぼくは下町の骨董屋を再訪した。そして店を出るときには例の肖像画を抱えていた。ところがほくほくしたのもつかのま、フラットへ帰宅して絵を眺めはじめるとほぼ同時に、首を傾《かし》げずにいられなくなった。何かへんだぞ。かんじんの勲章がへんてこじゃないか？　あらためて見直すまでもなく、この男が首に吊している金色の物体は、王冠の上にハープが載っているようにしか見えない。〈王冠をいただいたハープ〉でなくてはいけないのに、この勲章は、王冠のてっぺんからハープが生えている。これじゃ全くあべこべじゃないか！

いやいやあわてちゃいけないと思い直し、紅茶をいれなおして、グーグルで画像検索をはじめた。ところが一晩中目を皿にしたくらいではらちがあきそうになかったので、翌朝から図書館でありったけの手を尽くして調べてみた。その結果、〈王冠のてっぺんからハープが生えている〉というデザインがまずありえない、ということだけは判明した。〈王冠をいただいたハープ〉ならメッセージが明瞭なので、聖パトリック騎士団のほかにも、植民地時代のアイルランドで記章として用いていた団体・組織がいくつも見つかった。だが探せば探すほど、王冠を踏み台にしたハープなどという不埒な図像は不可能であることが見えてきた。思えば、最初から探すまでもなかったのかもしれない。

以下、仮に〈ハープ氏の肖像〉と呼ぶことにする、氏名不詳の人物の小型肖像画を眺め暮らしてたどりついた感想をまとめておきたい。まずハープ氏が着ている服は、フランス革命の影響を受けた——つまりたとえ貴族であっても貴族らしく見えないのを好む——簡素な装いであるように見える。革命終末期（一七九〇年代）からイギリスの摂政時代（一八二〇年頃まで）の軽装であろう。プレーンなダークコートに真っ白いリネンのシャツを着て、あごまで届くハイカラーに黒いクラヴァットを巻いたハープ氏のいでたちは、この時期の服装を示す資料図版とよく一致している。当代流行の羊肉形《マトンチョップ》ほおひげをうっすらたくわえたところも、お約束通りである。だからといって、この肖像画がその時期に描かれたとは限らない。描写が硬く、デッサンが正確でなく、画面サイズが比較的小さいところを見ると、十八世紀末か十九世紀初頭に描かれた原画を十九世紀半ば以降に模写した絵なのかも知れない。

キャンバスは相当脆くなっているので、「屋根裏」に放置されていた期間が長いか、さもなければ保管されていた場所の条件がよほど悪かったのだろう。おそらく原画の傷みが相当激しかったので、たるんだキャンバスに裏打ちをあてがった現代の修復家が、画面にかなり補彩を施しているようだ。ハープ氏は最初から勲章のたぐいをつけていたと思われるが、もともとの描写が甘かったのか、キャンバスが傷んだせいのどちらかで、デザインがよくわからなくなっていたのではないだろうか？　そこでたぶん修復家が気を利かして、勲章の細部を描き込んだのだと思われる。そのさい、（推論一）はじめから王冠からハープが生えていたのでその通りに描いた。または、（推論二）うっかりハープと王冠をあべこべに描いてしまった。あるいは、（推論三）修復家は聖パトリック騎士団の勲章のつもりで描いたのだが、ハープの上の王冠を省略し、下半分のシャムロックのメダルをなんとなく王冠みたいな形に描いてしまった。もしかすると、（推論四）修復家はミステリー小説家志望の人物で、王冠を踏み台にしたハープを描いたのは確信犯だったのかもしれない。だとしたら修復家はいささか度を超した共和主義者で、彼（女）は二度と修復の注文が来なくなるのを覚悟の上で、絵を見る者に挑戦したのだろうか？

まさかそんなことはないだろう。思えば、ダブリンの中でも場末感がある〈ザ・リバティーズ〉地区の、あの雑然とした店で、そもそもちゃんとしたモノが出るはずはなかったのだ。こちらの一声で二十五パーセントも値引きに応じたのを怪しむべきだった。二回も店に通って、じっくり絵を眺めておきながら、勲章のへんてこさを見逃していた自分の目の救いがたさにもあきれ果てる。だが店主はどうだろう——当然勲章の怪しさに気づいていたのではないか？　そもそも彼がしくんだ陰謀か？　たとえそうだとしても、これはニセモノですと自分から触れ回るようなあの勲章を見逃しておくとは奇妙千万。途方もない無知か、それともダ・ヴィンチの向こうを張って『ハープ・アンド・クラウン・コード』でも仕掛けようという魂胆だったのか？　店へ行ってやんわり聞いてみようかという気になったのは、絵を買ってからほぼ一ヵ月後のことだった。ところが案の定、訪ねてみると店は閉まっている。家賃の契約が切れたのを潮に閉店してしまったらしい。

もうこのくらいでこちらも潮時だ。ようするにこの肖像画は、意図的な贋作でないとしたら補筆の加え過ぎである。せいいっぱい好意的に解釈したとしても、昔の画家と今の修復家による奇妙な合作であるという結論しか出てこない。陶芸家河井寛次郎いわく、「物買ってくる自分買ってくる」。ああ、いつ思い出しても至上の名言である。

以上、ＱＥＤ（＝証明終わり）。

＊

こう書き終えてちょっと違和感を感じた。これではまるで、骨董ファンが書いた負け惜しみの文章みたいじゃないか、と。古いものに惹かれるときはいつも同じだが、ぼくにとって〈ハープ氏の肖像〉の骨董的価値が二の次だったのをうっかり忘れるところだった。ぼくが骨董屋に支払ったのは、ハープ氏が語ってくれるかも知れない物語にたいする代価だったはずなのだ。危ない、アブナイ。自分で自分を袋小路へ連れ込んでしまったら、それこそ元も子もなくしてしまう。

いつ誰が創案して描いたのかはわからないものの、王冠とハープの主従関係をひっくり返してみせた図像的蛮勇にこそ注目しなくては、話がはじまらない。そう思い直して、なおもしつこくハープ氏の時代――十八世紀の終わりから十九世紀のはじめにかけて——のことを調べていたら、ちょっとおもしろい問答に出くわした——

問い——君が手に持っているのは何かね？
答え——緑の枝だよ。
問い——そいつが最初に生えたのはどこかね？
答え——アメリカだよ。
問い——芽を出したのは？
答え——フランス。
問い——その枝をどこに植えるつもりだね？
答え——大ブリテンの王冠に植えるつもりだ。

（Thomas Pakenham, *The Year of Liberty: The History of the Great Irish Rebellion of 1798*, London: Orion Books, 1992, p. 180）

この問答は、アメリカの独立とフランス革命に強い影響を受け、アイルランドに共和制をもたらすことを目指した活動家の組織〈ユナイテッドアイリッシュメン〉のメンバーが、同志を確認し合うさいに用いた合い言葉だと言われている。

問答に出てくる「緑の枝」は共和主義の象徴だが、この枝をエリンのハープと置き換えれば、ハープ氏が首から下げている勲章のデザインにぴたりと一致する。もちろんそんなすり替えを本気でごり押しするつもりはないけれど、共和主義者たちが、図像を操作するのが得意だったのは事実である。じっさい彼らは、エリンのハープがいただいていた王冠をアメリカやフランスで流行っていた〈自由の帽子《リバティーキャップ》〉にすりかえ、「エリンよ永遠に」というモットーや「平等——新たに響く弦の音を聞け」というスローガンを添えて、自分たちのエンブレムにつくりかえている。「〈ハープ氏の肖像〉に〈王冠のてっぺんからハープが生えている〉勲章を描いたひとはユナイテッドアイリッシュメンに一脈通じる想像力の持ち主であった」、とささやいてみるくらいなら、たぶん言い過ぎにはならないだろう。

イギリス王に忠誠を誓う聖パトリック騎士団と共和国樹立を目指すユナイテッドアイリッシュメンは水と油、いわば敵同士である。実直そうな面持ちで不可解な勲章をぶらさげたハープ氏が、いったいどちら側に共感していたのかはわからない。しかし、行方知れずの骨董品店店主がどちらを望んでいたのかなら、よくわかる気がする。「クライストチャーチ大聖堂の正面に、〈エドワード卿《ロード・エドワード》〉亭というパブがあるのはご存じですかな？　あそこの看板に描かれている〈エドワード卿《ロード・エドワード》〉、あのお方は勲章はつけてませんが、服装はそっくり同じですから」という彼の一言は、世に隠れもない共和主義者エドワード卿にたいする思い入れの表現だったに違いない。店主は、ハープ氏を聖パトリック騎士団員だと紹介しながら、心の底ではおそらく正反対のことを考えていたのだ。

ダブリンの庶民が親しみを込めて〈エドワード卿《ロード・エドワード》〉と呼ぶ、エドワード・フィッツジェラルド卿のひととなりを語る前に、十八世紀のダブリン事情をざっとおさらいしておかなければならない。ダブリンに最初の集落を営んだのはヴァイキングで、交易で栄えた中世城壁都市にまで育てあげたのはノルマン人である。他方、ぼくたちが今見る、白亜の公共建築や赤レンガの邸宅が建ち並ぶ街並みの基礎がつくられたのは、ずっと後の十八世紀になってからだ。かくして、一七〇〇年には六万人だった人口が百年かけて十八万人までふくれあがるこの都市には、新旧二つの地域が形成されていく。

中世以来ダブリンという都市は、町を東西に横切るリフィー川南岸の丘の上にそびえるクライストチャーチ大聖堂の周辺が市街地の中心だった。ところが十八世紀にはその南西部、城壁のすぐ外側の〈ザ・リバティーズ〉という地域で地場産業が活況を呈した。もともとこの地域は、いくつかの修道院が城壁外部の広大な土地を分割所有し、それぞれの〈特権地区《ザ・リバティー》〉として管理運営していたのだが、宗教改革によって修道院が解散させられて以降、貴族の大地主たちが行政的特権を引き継いで繁栄していたのである。毛織物工業と醸造業が成長し、地域一帯は殷賑を極めた。ところが、織物業界はイングランドの業界を脅かすほどの勢いをもったのが災いして、製品に高い関税が課されるようになり、いつしか立ちゆかなくなって消滅した。醸造業のほうはなんとか生き延びて、一七五九年設立の黒ビール醸造所〈ギネス〉が一人勝ちの歴史をつくっていく。中世以来の狭く入り組んだ路地に職人と家畜と商人が暮らす旧市街〈ザ・リバティーズ〉は猥雑な活気を保ったまま、〈特権地区〉であったがゆえに再開発の機会を失い、十九世紀のスラム化へと流されていった。

他方、喧噪と浮沈がひしめく〈ザ・リバティーズ〉を尻目に、リフィー川北岸の新開地と旧市街を西に望む南岸東部の町はずれでは、均整美を誇る新古典主義建築のランドマークが次々に姿を現した。白亜に輝く議事堂、裁判所、税関といった公共建築にくわえて、最高学府トリニティ・カレッジ・ダブリン（＝エリザベス女王の勅許により一五九二年に創立。オックスフォード、ケンブリッジと並ぶ格式を持つ）の校舎が新築され、新たに区画整理された通りにはレンガ造りの邸宅が立ち並び、スティーヴンズ・グリーンやメリオン・スクエアなどの緑地公園が整備され、主要道路の幅も広げられて、新市街の街並みは近代都市と呼ばれるにふさわしい体裁を整えていった。

一七一四年から一八三〇年までの時代は〈ジョージアン〉と呼ばれ、この時期に流行した新古典主義の建

トリニティ・カレッジ・ダブリンの正門前

ジョージアン様式の邸宅街

築様式も同じ名前で呼ばれている。一世から四世までたてつづけにジョージという名前のイギリス王が統治した、この百年あまりの間、ダブリンはアングロアイリッシュ（＝アイルランド国教会《チャーチ・オブ・アイルランド》信徒で地主階級に属する、イングランド系アイルランド住民）の天下であった。新しい街並みはまばゆいばかりだったものの、邸宅の玄関を開けた内側の世界は、思いのほか泥にまみれていた。ある歴史家は、ダブリンの邸宅と田舎の領地にある田園屋敷を行き来する地主層の実体を、次のように素描している——

> 最終的な政治の主導権を依然としてロンドンが握っていた、というのがまずひとつ。もうひとつ重要なのは、富と政治的権力に関して、アイルランドの背骨を支えていたのが、大酒飲みですぐ決闘をやりたがる赤ら顔の郷士連中だったということ。ゴールドスミスが書いた芝居の中で皮肉られているトニー・ラムキンそっくりな田舎紳士がアイルランドには二、三百人いて、この連中が国中から上がってくる地代のかなりの部分を独占し、国会の議席のほぼすべてを占めていたのだ。アイルランドのトニー・ラムキンたちはイギリス版のパロディーみたいな存在で、きわめて奇妙な出自をもつ連中だった。古ぼけたカトリックの家柄を自慢にする者があるかと思えば〔中略〕戦争や紛争をきっかけに全財産を鞄に詰め込んでこの国へ渡ってきた、野心むきだしの新参者もいた。あるいは、由緒正しいアイルランド人だが、塩漬けビーフや瓶詰めビールで儲けたにわか長者もいた。
>
> (Thomas and Valerie Pakenham, ed., *A Traveller's Companion to Dublin*, London: Robinson, 2003, p. 13)

成金たちがうわべをつくろった安寧を謳歌し、政財界を牛耳っていたこの時代、邸宅の外のダブリンの街路には、疲弊した農村で食い詰めたひとびとが流れ込み、貧困層を分厚くしていた事実もつけくわえておかなくてはならない。十八世紀のダブリンは貧富の格差がきわめて大きい都市であった。

さてここまでを前置きとして、いよいよエドワード卿の話をしよう。彼は波瀾万丈の人生をかけて、新しい〈ジョージアン〉のダブリンから、古き〈ザ・リバティーズ〉のダブリンへと横断していった男である。エドワードの父はきわめて有力な貴族のキルデア伯ジェイムズ・フィッツジェラルド。このジェイムズは若い頃から目端が利く人物であった。彼はダブリン南東の手つかずだった土地を買い占め、殺風景な通りをキルデア通りと名付け、一七四五年、巨大な邸宅レンスター館を新築した。立地が辺鄙すぎやしないかと尋ねられたとき、弱冠二十三歳のキルデア伯は、「ひとびとはわたしが行くところへついてくるさ」と答えたと伝えられる。四十四歳で初代レンスター公爵に任ぜられたが、これはアイルランド貴族中首位の称号であった。幾星霜を経て、レンスター館はアイルランド共和国の議事堂となり、キルデア通りは官庁、博物館、図書館が建ち並ぶ一等地になっているので、初代公爵の先見の明はすでに証明済みである。やがて長男のウィリアムが第二代レンスター公爵を継ぎ、ジョージ三世が聖パトリック騎士団を創立したとき叙任された、十五騎士のひとりに名を連ねた。聖パトリック大聖堂内部の壁面に掲げられた騎士団の銘板に目をこらすと、王の四男で後にヴィクトリア女王の父となるエドワード・オーガスタス王子に次いで、名簿の二番目にウィリアムの名前が記載されている。

何を隠そう〈エドワード卿《ロード・エドワード》〉ことエドワード・フィッツジェラルドは、この優等生ウィリアムの弟である。高位を極めたジェイムズ・フィッツジェラルドの五男として一七六三年、キルデア州の屋敷で生まれ、レンスター館で育った。エドワード卿は十代後半でイギリス陸軍に入隊、アメリカ独立戦争に従軍するが負傷して帰国、兄ウィリアムが確保してくれたキルデア州選出のアイルランド議会議員の座にありついた。だが数年後再び新大陸へ舞い戻り、カナダとミシシッピ川流域を探検した後、一七九二年、革命まっただ中のパリへ渡り、共和主義にどっぷり染まってダブリンへ帰還した。パリでは、世襲による貴族の称号や封建的身分制度はすみやかに廃止すべきだと公言して軍隊を除籍処分になり、ダブリンでは、議場で侮辱的な暴言を吐いたために謝罪を命じられたと伝えられる。一七九六年、彼は、〈ユナイテッドアイリッシュメン〉に入会する。先述の通り、アイルランドに共和制をもたらそうとする活動家が宗派を越えて結成した集団だ。当時イギリスはフランスと戦争状態にあったので、危険思想を標榜したこのグループは地下組織化していたが、カリスマ的なプリンスの入会を得てにわかに活気づいた。

　ユナイテッドアイリッシュメンのメンバーたちはフランスの協力を期待しつつ、アイルランド各地を繋いだ武装蜂起の計画を練り上げていた。他方、総督府は革命思想の流入を食い止めようとして必死になり、密告者多数の協力を得て、ダブリンで大規模な首謀者狩りをおこなっていた。一七九八年、蜂起決行の日取りはすでに五月二十三日と決定していた。決行をめざす側も、食い止めようとする側も、時間との戦いであった。エドワード卿の首には千ポンドの懸賞金が掛けられていたので、彼は武装蜂起当日までダブリンの下町に身を潜めていた。ところが五月十九日、先述のパブ〈エドワード卿《ロード・エドワード》〉亭から目と鼻の先、トマス通りに住む羽毛商マーフィー氏方に潜伏しているのを密告され、逮捕される。捕り方が踏み込んだとき、エドワード卿は熱を出して寝込んでいたが、短剣ですかさず反撃し、捕り方一名を返り討ちにする。しかしそのとき肩に受けた銃弾の傷がもとで、エドワード卿は十日あまり後、獄中であえなく最期を遂げる。〈ユナイテッドアイリッシュメンの反乱〉は予定通り実行され、各地でゲリラ戦が繰り広げられるが、十月には鎮圧される。総督府による警戒が粘り勝ちしたダブリンでは、ついに武力蜂起は起こらずじまいだった。

　エドワード卿の物語を〈ハープ氏の肖像〉との関係で見てみよう。興味深いのは、聖パトリック騎士団創立メンバーの弟にして大貴族レンスター公爵家の五男坊が、共和主義の過激派へと変貌していく振れ幅の極端さである。兄を見習ってふるまいさえすれば、〈王冠をいただいたハープ〉の勲章をもらえる可能性が高かったにもかかわらず、エドワード卿は、〈王冠に緑の枝を植える〉ことをめざす踏み分け道を選んでしまった。彼が選んだ細道は、南東ダブリンに建ち上がった、お上品だが偽善うずまく新市街を背に西へ伸び、職人と商人が住むおんぼろな町へ通じていた。〈ジョージアン〉のダブリンで生まれ育った変わり種の御曹司は、新大陸やフランスを経由して革命家へと変貌し、旧市街にあるもうひとつのダブリンに着地したのだ。

フランス革命の時期、〈ザ・リバティーズ〉は共和主義者のたまり場だった。バック・レインといえばクライストチャーチ大聖堂向かいの裏通りで、〈エドワード卿《ロード・エドワード》〉亭のすぐ裏にあたるが、ここでおこなわれていたユナイテッドアイリッシュメンの会合に紛れ込んだ匿名の若者の手記が残っている。その手記は、これまた匿名の著者が書いた『六〇年前のアイルランド』と題された本に引用されている。ジョージアン建築もまばゆい最高学府トリニティ・カレッジ・ダブリンの学生が、もうひとつのダブリンへ横断する小さな冒険を試みたときの手記だ——

私が大学へ入学したのは一七九一年である。ユナイテッドアイリッシュメンが結成されたのとたまたま同じ年なので覚えやすい。彼らが会合をしていたのは、コーン・マーケットからニコラス通りへ抜けるバック・レインという、人目につかない通りである。この裏路地のたたずまいそのものが、陰謀を企むのにもってこいだったと言えるかもしれない。仕立て屋や皮剝屋や革なめし屋が同業組合をつくっていたあの界隈では、デモクラシーが日々呼吸していたのだ。ある晩私は大学から足を延ばしてバック・レインを探し当て、どこで会合がおこなわれているのか尋ねると、一軒の家を教えられた。そこはかつて仕立て屋の組合が使っていた集会所だった。誰も止める者がいなかったので中へ入っていくと、激論の真っ最中だった……。

(Anonymous, *Ireland Sixty Years Ago*, 3rd ed., Dublin: James M'Glashan, 1851, p. 120)

この後青年は、ユナイテッドアイリッシュメンをつくった三人の大立者、シオボルド・ウルフ・トーン、ジェイムズ・ナッパー・タンディー、アーチボルド・ハミルトン・ローアンの風貌を事細かに書き留めている。無断で会合に紛れ込んだものの、彼が怪しい者ではないと知るひとが参加者の中にいたので、議論を傍聴することを許されたのだ。

『六〇年前のアイルランド』は一八四七年に初版が出た後、ずいぶん版を重ねたという。この本の著者は、序文の最後にW・とだけ署名しているのだが、彼の正体は今では判明している。後年アイルランドの法務長官にまで上りつめたジョン・エドワード・ウォルシュという人物で、彼もトリニティ・カレッジ・ダブリンの卒業生である。この本を出したとき三十一歳だった。彼の父親ロバート・ウォルシュはアイルランド国教会《チャーチ・オブ・アイルランド》の聖職者にして歴史研究家で、これまたトリニティの卒業生である。ロバートは学生時代、後述の志士ロバート・エメットと親しかった。ジョンが『六〇年前のアイルランド』を書くとき、父ロバートが持っていた生情報を利用したらしいことはつとに知られているので、秘密の会合を傍聴した学生（本の中ではすでに物故者だとぼかしてある）はロバート周辺の人物だった可能性が高い。

リフィー川の、クライストチャーチよりも少し西へ寄ったところにマシュー神父橋が架かっている。ここは中世都市ダブリンの西端に当たる地点で、かつてはこの河岸が南北岸をつなぐ唯一の渡し場だった。南から橋へ通じるブリッジ通りには、創業一一九八年を謳う〈ダブリン最古〉のパブ、〈真鍮頭《ブレイズン・ヘッド》〉亭がある。その昔、ユナイテッドアイリッシュメンの面々はこの店でもよく会合を開いていたらしい。バーを預かるひとに尋ねてみると、「主要メンバーがこの界隈に住んでいたから便利だったんだよ」、といかにも親しい友人の話でもするかのような説明が返ってきた。

さらにこの〈真鍮頭《ブレイズン・ヘッド》〉亭の二階には、一七九八年の反乱以後腰砕けになったユナイテッドアイリッシュメンを立て直そうとした若き志士ロバート・エメットが下宿していたこともわかっている。トリニティ・カレッジ・ダブリンに在学中、政治活動に身を入れすぎて退学になった後、彼もまたこちら側の旧市街へ移り住んだのである。一八〇三年、再起をかけた反乱を決行したが無残な失敗に終わり、逃亡先で逮捕された。彼は死刑宣告を受けた後に有名な演説をしているが、「地球上の諸国民の中にわが国が位置を確保する時まで、その時が来るまでは決して、わが墓碑銘は書かれるべからず。やるべきことはすべてやった」というのがしめくくりの文句だった。

一八〇三年九月二十日、エメットは、〈真鍮頭《ブレイズン・ヘッド》〉亭から丘を上ったトマス通り――エドワード卿が五年前に逮捕されたのと同じ通り――の、聖キャサリン教会の前で、絞首刑の後斬首された。遺体がどこに埋葬されたのかはいまだにわかっていない。エメットの処刑を見守る群衆の中に、不埒なデザインの勲章をひた隠しにしたハープ氏が紛れ込んでいたかどうかはわからない。だが時代はすでに、〈緑の枝〉を植えようとする共和主義者にとって決定的に不利な方向へ進んでいた。一八〇〇年、連合法の成立によってアイルランド議会は停止、自治権を失ったアイルランドは大ブリテンに合併され、ウェストミンスターの直轄支配を受けるようになっていたからである。

＊

エドワード卿の兄、第二代レンスター公爵を創立メンバーにもつ聖パトリック騎士団はつねに、庶民の暮らしとはかけ離れた世界の存在だったが、二十世紀になってからただ一度だけ世間を騒がせたことがある。

一七八三年、ジョージ三世が騎士団を立ち上げたさい、創立式のために特別製の勲章をあつらえて身につけた。ルビー、エメラルド、ブラジル産ダイヤモンドなどを無数にちりばめた勲章は二点あった。聖パトリック十字にシャムロックを重ね、三つ葉ひとつひとつに王冠を貼りつけたデザインの星形勲章と、〈王冠をいただいたハープ〉の下に聖パトリック十字のメダルをつないだ略章の二点である。以後、豪奢を極めたこれらの勲章は、騎士団団長であるアイルランド総督が式典のさい身につける特別な宝飾品として、ダブリン城内の総督府で厳重に管理されていた。ところが一九〇七年七月六日、時のイギリス王エドワード七世がアイルランドを正式訪問する予定日のわずか四日前に、それら二点が盗まれていることがわかったのである。報告を受けた王は激怒したものの、訪問は予定通り挙行された。

共和主義者《リパブリカン》犯行説、親英連合主義者《ユニオニスト》陰謀説、内部犯行説など、さまざまな憶測が飛び交うばかりで、盗まれた勲章の行方はいまだに不明だが、風評や憶説をもとにして通俗本やミステリーなどが各種書かれているらしい。盗難後百年を機に、系図学・歴史研究家ショーン・J・マーフィー氏がまとめた詳細な報告（Sean J. Murphy, 'Irish Historical Mysteries: A Centenary Report on the Theft of the Irish Crown Jewels in 1907'）がネット上に公開されているので、その記事をたよりにして、事件の行方をたどってみたい。

一九〇七年の事件当時、勲章の管理責任者はダブリン城の紋章官アーサー・ヴィカーズ卿だった。翌年早々、総督府の諮問による事件調査委員会が活動を開始したが、ヴィカーズは非公開でおこなわれる委員会に出席するのを拒み、紋章官解任を通告されても貴重品保管室の鍵を返却するのを拒否した。結局調査委員会はヴィカーズの管理責任不履行を認定し、副責任者のフランシス・シャクルトンをも解任したが、ついに勲章の発見はおろか犯人の特定さえできなかった。

事件のてんまつを物語る表向きの経緯はわずかこれだけに過ぎない。しかし「百年報告書」をていねいに読むと、もう少し異なる事情が見えてくる。まず、ヴィカーズとシャクルトン——彼は有名な南極探検家アーネスト・シャクルトン卿の弟だった——は、当時ひとつの屋敷に同居しており、シャクルトンが「一時的な経済的困難に陥った」とき、ヴィカーズが助けていたという。そして、アイルランド系アメリカの新聞『ゲーリック・アメリカン』紙が一九〇八年七月に載せた暴露記事によると、ダブリン城の紋章局ではひんぱんに酒宴が催され、当時のイギリスの法律では刑事罰の対象となる同性愛行為がおこなわれていたことが暗示されている。その記事によれば、勲章を盗んだ犯人はシャクルトンとその手下リチャード・ジョージだが、彼らは総督府のスキャンダルをばらすぞと当局を脅かして、罪を逃れたというのである。シャクルトンはヴィカーズと親密であったのを利用して保管室の鍵を入手し、ジョージに勲章を盗ませた可能性が高い。シャクルトンとジョージにたいして警察が下した処分は「国外退去」であった。

「百年報告書」が調べ上げた当事者たちのその後は、小説よりも奇怪である。まず、ジョージはその後、勲章盗難事件とは無関係の殺人罪で服役し、勲章を盗んだてんまつを獄中で吹聴したものの、誰にも信じてもらえなかったという。一九四四年、出所後のジョージはロンドンで汽車に轢かれて死亡した。シャクルトンも勲章の事件の後、事件とは無関係の詐欺罪で服役、出所後にはメローと改名して暮らしたが、一九四一年、イングランドのチチェスターで死去した。ヴィカーズは事件の後アイルランド南部ケリー州の屋敷に隠遁し、一九一七年には妻を迎えた。だがそれもつかのまで、一九二一年四月十四日、地元のＩＲＡ（＝アイルランド独立をめざすナショナリストが結成した反英軍事組織）により射殺され、屋敷には火が放たれた。当時、アイルランドは独立戦争の真っ最中である。ヴィカーズは官職復帰を狙ってＩＲＡにたいするスパイ活動をしていた可能性があるので、それが露見して射殺されたのかもしれない。とはいえ彼が密告者だったのかどうか、真相はついに闇の中である。ヴィカーズ邸襲撃がＩＲＡ本部の意向ではなく、地元支部の判断で行われたことだけは確かだと伝えられている。

ハープ氏が首から下げた奇妙な勲章が気になって調べていくうちに、かんじんの問題が解けないばかりか、今まで知らなかった謎までぞろぞろ出てきてしまった。興味は尽きないものの、あちこち掘り返しているうちに、そもそも何を探していたのかを忘れてしまいがちになる。アイルランドではこういう状況によく出くわすからもう慣れっこになっているけれど、なぜしばしばこうなるのかはまだわからない。ハープ氏に助けを求めてもいつものようにらちがあかない。ぼくの見るところ、どうやら彼は、謎を開く鍵をしまいなくしてしまったらしい。いつも事務員のようにすましているのは、せいいっぱいの照れ隠しなのだ。あのすまし顔はもしかすると、笑いをこらえているのかもしれない。だとしたらこの男にカウンター係をさせるのは、やっぱりアブナイかもしれないと思った。

# 岬めぐり

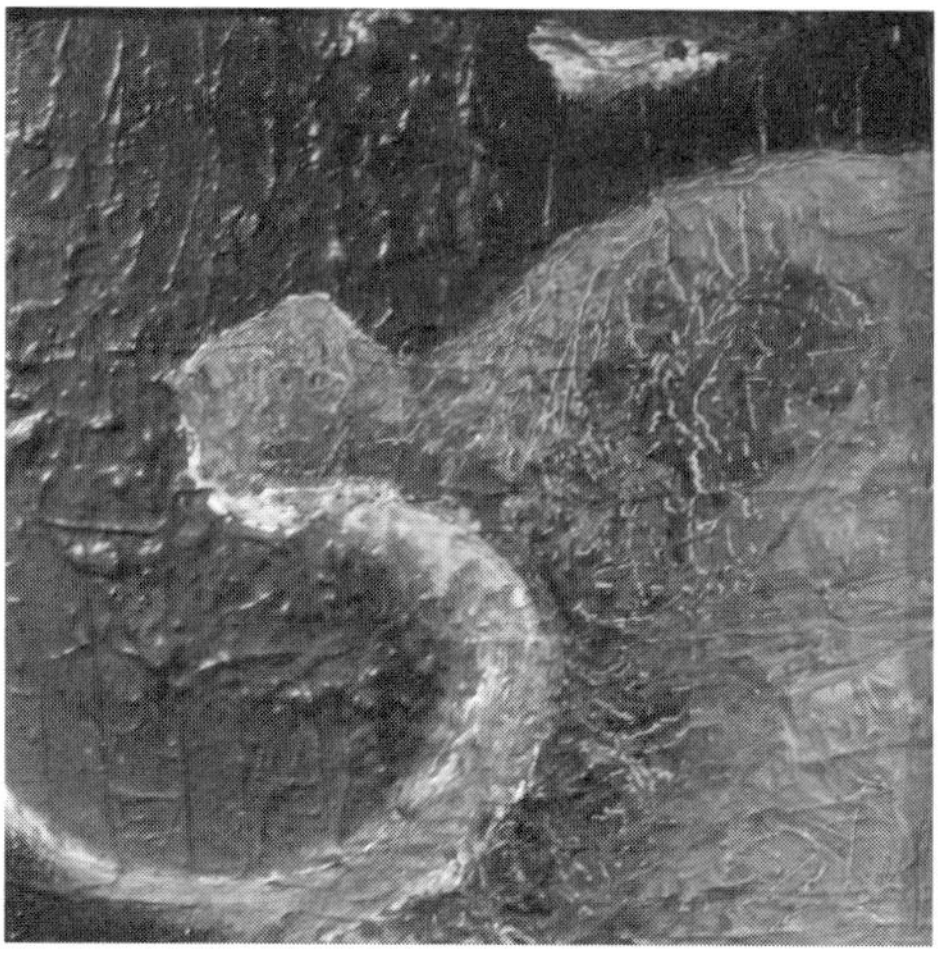

「若者や観光客でにぎわうダブリンの繁華街テンプルバーを歩いていたとき，広場の隅にたたずんで自作の絵を売っているひとの作品がふと目にとまった．真四角に切ったボードに，アクリル絵の具をぐいぐい盛り上げて描いた風景画である——」
（絵はリン・ウィルキンソン画「無題」）

東へ開いたダブリン湾の北端に、ぷっくり膨らんだフクシアの花みたいにぶらさがっているのがホウス岬である。十八世紀、郵便定期船が発着できる本格的な港をつくろうとして、花のてっぺんに古くからあった漁村の船着き場の、水深を掘り下げる大工事がおこなわれた。ところがじきに、新しい港は泥が溜まりやすくて使い物にならないことが判明したため、〈ダブリンの外港〉という栄えある地位は、湾の南端に開かれたもうひとつの港に奪われた。かくして今日にいたるまで、ダブリンを発着するフェリーや定期船が使うのは、南のダンレアリー港なのである。

一方、湾の北端にぶら下がるフクシアの花は、港町としての繁栄をつかみ損ねた代わりに、サバやエビや鯛やスズキやムール貝など多彩な魚介類を水揚げする漁港として、郊外の高級住宅地として、さらには、豊かな自然が残る行楽地として、ダブリン市民たちに愛されてきた。ダブリン湾ぞいを走る郊外電車に飛び乗って北へ向かえば、市内からホウス岬の終着駅までわずか三十分である。駅は港のすぐ脇にあり、フクシアの花弁がふくらむ岬の北側に位置している。電車を降りると潮の香りが鼻をくすぐる。駅の裏手で、大きな漁港が防波堤を北向きに開いている。埠頭沿いに、シーフードを食べさせる屋台店ふうの食堂や、もっとしゃれたオイスターバーや、いけすにロブスターがぞろぞろいる高級鮮魚店が軒を連ねている。係留された漁船の間の水面を見下ろすと、アザラシが顔を覗かせている。魚のアラを投げてもらうのを楽しみにやってきているのだ。

アザラシは海に住む犬である。だいいち姿がよく似ているし、気に入った場所を巡回する習性もそっくりだ。つねづね自分は犬の生まれ変わりではないかと思っているぼくは、天気や季節によってさまざまに姿を変えるホウス岬が気に入って、ダブリンに住んだり、滞在したりする機会があるたびに、ひんぱんに訪れてきた。ダブリンはおもしろい町だけれど、ライブや朗読会に通ったり、個性派揃いの市民たちとつきあったりするうちに、中味が濃すぎて、ぐったり疲れている自分自身に気づくことがある。そんなときこの岬を訪ねて、歩き慣れた散歩道をひとめぐりすると、ダブリン酔いだかダブリン中毒《あたり》だかがすうっと醒めて、こってりした持ち味のあの町へ再び戻っていけるのだ。岬めぐりには毒消し効果があるらしい。

今朝は天気が良かったので、フラットの掃除や洗濯をしてから岬へやってきた。初冬の日曜、ちょうどお昼時である。まず腹ごしらえをしよう。オイスターバーは特別なときのためにとっておくことにして、古い駅舎の下の階にあるパブでまず腹ごしらえをしよう。湾内でとれる手長エビのボイルや近海魚のフライがおいしいので、奥の暖炉のそばの席に陣取って、ギネスとともにゆっくり楽しむ。そして、もうじきはじまるフットボール試合の中継を目当てにした、ファンたちが集まってくるのと入れ違いに店を出る。

このパブは〈血まみれ川《ザ・ブラディ・ストリーム》〉というものすごい屋号なのだが、じつは店の下――つまりホウス駅の駅舎が立っている場所――には、かつて川が流れていた。ちょっと昔話をすると、一一七七年八月十日、聖ラウレンティウスの祝日にノルマン人が海からやってきて、当時このあたりを支配していたヴァイキングに戦いを挑んだ。ノルマン軍の先鋒を買って出たのは、アーサー王の円卓の騎士のひとり、トリストラム卿の末裔を自称するアルメリック・トリストラム卿であった。河口にかかるエボラ橋――駅舎が今ある地点――を死守しようとするヴァイキング軍を、アルメリックが次から次へとなぎ倒したせいで、川の水がまっ赤に染まっ

春のホウス岬．手前はハリエニシダの茂み

た。いくさに勝ったアルメリックはこの日を記念して、以後姓を〈聖《セント》ローレンス〉（＝ラウレンティウス）と名乗ることにしたという物語である。

駅を背に右へ歩き、左側にそびえる立派な石門をくぐって進むと、アルメリックが建てたホウス城が見えてくる。今見る城は三代目の建物で、一番古い部分でも十五世紀にさかのぼるに過ぎないけれど、所有者はいまだに聖《セント》ローレンス家である。敷地内は誰でも自由に歩いてよいので、茨の奥の石壁にぽっかり開いたガラス窓の内側を覗いたら、上品なおばあさんがソファーにもたれて昼寝をしている姿が見えてしまった。コーヒーテーブルの上にグラビア雑誌と飲みかけのオレンジジュースのグラスが載っていた。古城暮らしは優雅だろうか、それとも少々退屈だろうか、と余計な心配が心をよぎった。

来た道を戻り、駅を過ぎ、港を左に、村を右手に見ながら歩いていくと、やがて道路はかなり急な上り坂になる。道路の左、つまり北側の崖上から海を望む絶景をほしいままにする家々が立ち並ぶ中に、円形の銘板がつけられた一軒がある。「W・B・イェイツ、詩人、一八八〇年から一八八三年までここに住まう」と書いてある。後にアイルランド文芸復興運動の立役者となるイェイツが、少年時代に暮らしたところだ。ウナギの寝床みたいに細長い、白くて小さな平屋。後に詩人となる少年の父が、弁護士の資格を捨てて肖像画家になる道を選んだため、一家の家計は火の車だった。一八八一年の秋――銘板の表示は正確でない――ロンドン郊外の家を引き払った父はダブリンにアトリエを借り、一家はこの田舎家に落ち着いた。そして一八八三年秋または翌年のはじめ頃、ダブリン南郊の狭苦しい長屋式労働者住宅《テラスハウス》に移るまで、イェイツ家はここで暮らしたのである。少年はこの岬へ来たとき十六歳、離れるときには十八歳になっていた。

　崖ぞいの道路をさらに上っていくと駐車場があり、そこから先は歩行者と犬しか通れない小径になって、人工物が何一つ見えない海と空と崖の間をうねうねとどこまでも続いている。左手に切れ落ちた崖の高さは水面から約九十メートル、右手には丘がせり上がっている。冬に入った丘のなだらかな斜面は一面鉄錆みたいな色をして静まりかえっている。この丘は今でこそむっつりしているものの、春から秋にかけては季節ごとの花が次々に咲き乱れてたいそう美しい。ピンク色のエリカ、ココナツの香りを放つ黄色いハリエニシダ、白いハマカンザシ、赤紫のフウロソウ、藤色のハマシオンなどの花々に雑じって、柔らかそうな緑のシダが群生している。各種のカモメが飛び交い、断崖に鵜の群れが巣を作っているのを眺めながら崖上の小径を歩いていくと、やがて灯台が見えてくる。このベイリー灯台は、ホウス岬をフクシアの花にたとえるなら、めしべの位置に細長く突き出した岩鼻の先端にぽつんととまっている。灯台の背景には湾を隔てて、ダブリンの南に連なる山々が霞んでいる。ここからフクシアの花の下側をなぞるように崖道をぐるりとたどって、花茎のところにあるサットン駅――ホウス駅よりひとつ手前の駅――まで歩くのもよし、めしべの灯台から花の内側へ入る道を選んで、ホウス駅までだらだら下り坂を戻っていくのも楽しい。どっちみち長い散歩を終えた頃にはダブリン酔いがすっかり醒めて、元気いっぱいで町へ帰れるのだ。

＊

別の日曜日、若者や観光客でにぎわうダブリンの繁華街テンプルバーを歩いていたとき、広場の隅にたたずんで自作の絵を売っているひとの作品がふと目にとまった。真四角に切ったボードに、アクリル絵の具をぐいぐい盛り上げて描いた風景画である。空から見たような構図で、海に突き出した岬が画面一杯に描かれている。弓なりの海岸に波が打ち寄せ、その向こうにずんぐりした鼻のような突端がある。深緑と黄緑と黄色を塗りたくった半島は、ハリエニシダの黄色い花が満開になったホウス岬そっくりだ。ずんぐりした突端はベイリー灯台が立つ岩鼻を思わせる。ハリエニシダの花自体は描かれていないのに、近寄るとココナツの強い香りが匂ってきそうで、黄色い花を求めて集まる蜜蜂がブンブンいう音まで聞こえてきそうな絵である。

「これはホウス岬？」

「違います。どこでもないの。どうして？」

「いやあ、ぼくはホウス岬が好きでね。この絵はそっくりだなあと思ったんですよ。ハリエニシダが満開のホウス岬を描いたのかなって」

「そうじゃないの。この絵はメイヨー州のクレア島で描いたんだけど、写生じゃなくて想像の風景。あそこへ行ってしばらく泊まっていたら、とても静かで、故郷のニュージーランドへ帰ったみたいな気がして、この絵がふっとできちゃったのよ」

「ふうん、おもしろいなあ。買った」

菓子パンか駄菓子でも買うみたいにその絵を受け取ったぼくは、いつものように町を一回りした。ニュージーランド出身で、ダブリンへ移り住んで十六年になるというこの女性画家はリン・ウィルキンソン。もともとは演劇用の衣装をつくる仕事をしていたが、数年前から画家に転向した。ギャラリーで個展もするが、生活費を稼ぐために日曜は路上に立って、小品を格安な値段で売っている。十年以上昔、ぼくがリフィー通りに一年間だけ住んでいた頃、彼女は目と鼻の先のバチェラーズ・ウォーク河岸のアパートに住んでいたのだそうだ。「わたしたち、お隣さんだったのね」という彼女のことばを耳の中で鳴らしながら、今住んでいるタウンゼンド通りのフラットへ帰った。そうして、まだ行ったことのないクレア島のことをネットで調べてみたら、おもしろいことに気がついた。ふむふむなるほど、そうかそうかとつぶやきながら、その後数日、本を読んで暮らした。

次の日曜日、テンプルバーの広場へ行くと、リン・ウィルキンソンが今日も絵を並べて立っていた。

「やあ、リン、こんにちは。クレア島とホウス岬をつなぐものを見つけたから報告しようと思って来たんだ。ふたつの土地は縁があるんですよ。ヒントは人物。誰だかわかる?」

「えっ?　グレース・オマーリーのこと?　そうだ、あの話があったわね!」

――そのとおり、その話である。時は十六世紀、クレア島を根拠地にしてアイルランド各地を荒らし回った女海賊がいた。〈海賊女王〉と呼ばれた彼女の名前は、アイルランド語でグラーネ・ニー・ウォーレ、英語での通り名はグレース・オマーリー。古い歌にこんな一節がある――

大西洋を臨む岸辺にそそり立つ塔
嵐と波に洗われた灰色の古塔

崖上に立つ塔の下にはその昔
大きな洞穴が口を開けていた
カモメとアザラシが遊ぶ岩屋は
海賊のガレー船団が潜む隠れ家

(Anne Chambers, *Granuaile: Grace O'Malley - Ireland's Pirate Queen c. 1530-1603*, 5th ed., Dublin: Gill & Macmillan, 2009, p. 172)

グレース・オマーリーの評伝から孫引きした。四角い塔の形をした古城が、クレア島に現存している。ここから先も同じ本の助けを借りながら、その話にいたる海路をたどっていこう。

グレースが最初に狙ったのは、クレア島から南に下ったゴールウェイの港へ行き来する商船だった。ゴールウェイ市が港でおこなわれる商取引に課税したのにならい、グレースも、自分のなわばりの海域を往来する船に通行料を課した。安全な通行を保証する代わりに、料金または積み荷の一部を商船からぶんどったのである。近場で味を占めたグレースとその一味は、徐々になわばりを拡大し、アイルランド北西部のドニゴールから南東海岸のウォーターフォードにいたる海域をまたにかけて、襲撃と略奪を繰り返すようになったという。〈海賊女王〉は勇気満々で臨機応変なカリスマだったらしい。

さてそんなある日、グレースはアイルランド東部へ遠征した帰途、西海岸のクレア島まで帰るのに必要な水と食料を補給するため、ホウス岬の城に立ち寄った。こういう場合城主は訪問者をもてなし、必要な物資を提供するのが暗黙の了解だった。ところが、案内を請うたグレースにたいしてホウス城主——円卓の騎士トリストラム卿の血を引くという、例の聖《セント》ローレンス家の当主である——は、食事中のため面会謝絶だと告げ、城門を開かなかった。無礼な扱いに憤慨したグレースが船へ戻るために浜を歩いていくと、城主の孫息子が遊んでいるのに出会ったので、彼女はその子をさらってクレア島へ帰った。

跡継ぎをさらわれたホウス城主は大慌てで、グレースに金品を差し出そうとしたが、彼女はそんなものには目もくれなかった。孫息子を返すことと引き替えに〈海賊女王〉が城主に約束させたのは、〈不意の訪問者を歓待できるよう、城門はつねに開いておくこと〉。そして、〈食卓にはつねに一席の空席をもうけておくこと〉。このふたつである。今日にいたるまでホウス城の聖《セント》ローレンス家では、この約束を守り続けているのだという。ぼくがこのまえ、城の敷地内を自由に散歩して、おばあさんの寝顔に思いがけず出会ったのも、この古い約束のおかげだったのである。

剛胆にして細心なアイルランドの〈海賊女王〉は一五九三年、女王エリザベス一世――彼女も海賊とは縁浅からぬ人物である――と会見した事実が知られている。二大領袖が相まみえたときの逸話は、いくつもの芝居にとりあげられたりしていて興味尽きないけれど、また別の機会に追いかけよう。じつは書物の中で岬めぐりをしているうちに、ホウス岬と、ぼくが昔住んでいたリフィー通りと、リン・ウィルキンソンがアパートを借りていたバチェラーズ・ウォーク河岸との間にも浅からぬ縁を見つけたので、今日はそちらの話をしてみたいのだ。

ホウスの港へやってきたのは〈海賊女王〉ばかりではない。一九一四年七月二十六日、日曜の昼過ぎ、港に一隻のヨットが到着した。アイルランドの自治権を獲得するために奮闘していたイギリス人ロバート・アースキン・チルダーズが所有するこの〈アスガルド〉号には、ドイツでひそかに購入したライフル――資料によってその数はまちまちだが、九百丁から千五百丁くらいだったらしい――と弾薬が積み込まれていた。チルダーズは、アイルランド義勇軍《アイリッシュ・ヴォランティアーズ》の仲間たちにこの武器を供給して、いざというときに備えるつもりだった。当時、長かったイギリス植民地時代が終わりに近づき、自治権の獲得が現実化しかけていたアイルランドでは、自治権獲得の是非をめぐって賛否両論が対立していた。自治反対の立場を取る北部アイルランドのアルスター義勇軍《アルスター・ヴォランティアーズ》がこの年の四月、ベルファスト近郊のラーン港で二万四千丁——三万五千丁とも言われる——のライフルを陸揚げしたのに対抗して、その三カ月後、自治賛成派のアイルランド義勇軍《アイリッシュ・ヴォランティアーズ》が起こした行動が、このホウス作戦だった。賛成派の中心人物パトリック・ピアースがつぶやいたと伝えられる、〈(イギリス王に忠誠を誓っている北部の)オレンジ党の連中が武装するのがお笑いぐさでないとしたら、ナショナリスト(である自分たち)が丸腰なのも洒落にならんぜ〉ということばには凄みがある。後々長く尾を引く北アイルランド問題の淵源のひとつは、このふたつの武器密輸事件にまで遡れるのだ。

さて、ホウス岬でライフルを陸揚げした千人ほどの義勇軍は、ダブリンへ向かって行進をはじめた。ところが途中で警官隊に遭遇すると、その場で武装解除を命じられた。警官隊はダブリンに駐屯しているイギリス軍に応援を要請したが、現場に援軍が到着する前に、義勇軍はライフルを持ったまま蜘蛛の子を散らすように逃亡してしまった。そのため、遅れて現場に到着した百人のイギリス部隊は、市内の兵営へ戻るほかなかった。ところが口コミでことの経緯をいちはやく察知した、自治賛成派のダブリン市民たちは、市内へ行進してくる兵士たちが街路を素通りするのを許さず、野次や石つぶてや果物をかれらに浴びせかけたと伝えられる。オコンネル大通りを南下してリフィー川北岸の中心街まで行進してきたイギリス部隊は、川に沿って右折し、バチェラーズ・ウォーク河岸を西へ向かって進んだ。そして、リフィー通りのすぐ手前まできたところで、市民たちのしつこい反抗に業を煮やした一部の兵士たちが銃の引き金を引いた。この発砲事件により三人の市民が殺され、三十二人が負傷した。アイルランド義勇軍《アイリッシュ・ヴォランティアーズ》がどこかへ持ち去った千丁のライフルは、一九一六年の〈イースター蜂起〉を含む、独立に向けた武力闘争の中で使われたと伝えられる。

画家のジャック・B・イェイツ——詩人イェイツの弟である——は、この事件の一年後に「バチェラーズ・ウォーク河岸、記憶の中の」と題する油絵を描いた。河岸に面した家の玄関先に、花売り娘がさりげなく赤いバラを手向けている場面を描いた作品である。この絵はダブリンのナショナル・ギャラリーで見ることができる。描かれた地点はまさに、八十年後にリン・ウィルキンソンが住むことになるアパートの門前で、描かれた道路を画面奥で右へ曲がれば、ぼくが同時期住むことになるリフィー通りが見えるはずである。なじみぶかい界隈の風景が思いも寄らぬかたちで歴史と絵画に記録されているのを知って、ダブリンの濃さにまたもや頭がくらくらした。

さらに蛇足をくわえれば、〈バチェラーズ・ウォーク河岸虐殺事件〉における最年少の負傷者は、現場をたまたま自転車で通りかかったルーク・ケリーという名の少年であった。幸い傷は軽く、長じたケリー氏はプロはだしのフットボール選手になり、水泳も得意だったという。あるとき友人と賭けをして、帽子をかぶったままリフィー川を泳いで横断したところ、賭けには勝ったものの警察に逮捕された。新聞には、「フットボールの有名選手自殺未遂」という見出しが載ったという（Geraghty, *Luke Kelly: A Memoir*, pp. 18-19）。このやんちゃ男が結婚した妻との間に生まれてくる男の子にも同じ名前がつけられる。この二代目ルーク・ケリーこそ、一九六〇年代初頭、アイルランドの伝承歌を現代的にアレンジして聞かせる先駆的なバンド、ザ・ダブリナーズを結成し、歌手として名を馳せることになる人物なのだ。（「シャムロックの溺れさせかた」に登場して、「ラグランロードで」を歌ってくれたあのルーク・ケリーである）。彼の得意曲に数々の反英抵抗歌《プロテスト・ソング》が含まれていたのは、決して偶然ではないだろう。

＊

自治権獲得をめぐってアイルランドが揺れた二十世紀初頭は、日本の幕末とちょっと似ていて、個性的な志士や傑物が次々にあらわれた時代である。中でも演説がたくみで直情径行な性格を持ち、たぐいまれな美貌に恵まれた女性活動家モード・ゴンはとりわけ異彩を放っている。彼女はイギリス軍人の娘として生まれ、アイルランドを含むヨーロッパ各地で育った。十九歳のとき、アイルランド中部の田園地帯で地代を支払えない小作人が立ち退きさせられるのを目の当たりにしたのがきっかけとなり、自治獲得の大義に目覚めたといわれる。彼女は幼少時に母と死に別れたため、二つ下の妹キャスリーンとともに、ホウス岬のベイリー灯台にほど近い崖上の家に預けられていた時期がある。晩年に書いた自伝の中で彼女は、崖下の浜の潮だまりで遊んだり、空飛ぶカモメを間近に見ながら崖を上り下りしたり、ヒースの野原を隠れ家にしたり、農家に住む裸足の子供たちと遊んだ後で一緒にじゃがいもや焼きパンを食べた思い出などを語っている。彼女は幼心に、地元の子供たちと自分の間に決定的な違いがあるのを感づいていたと回想する。そしてある日曜日、岬での牧歌的な日々に突然終止符が打たれたときのことをこう書き記している――

父さん《トミー》はキャスリーンとわたしを連れて、ヒースの野原の向こうにあるホウスの教会へ行った。聖餐式に出た後、ホウス城でホウス卿の午餐にお呼ばれした。輝かしい午後だった。キャスリーンとわたしはお揃いの黒いベルベットのドレスを着て、ピンクのシルクのストッキングを履いて、乳母が何時間もかけてカールし直してくれたダチョウの羽根がついた、大きい麦わら帽子をかぶっていた。お食事をすませたキャスリーンとわたしが、お庭で特大の苺をほおばっているのを見て、なめらかな芝生でクロッケーをしていたどこかのご婦人が父さん《トミー》に向かって口を開いた。おやまあ、おたくのお嬢様方は小さな野蛮人のように走り回るのを許されておいでで――たしかにわたしたちはかけずり回っていた――、気絶しそうなくらい物事をご存じないのですわね、と。

(Maud Gonne, *The Autobiography of Maud Gonne: A Servant of the Queen*, edited by A. Norman Jeffares and Anna MacBride White, Chicago: The University of Chicago Press, 1994, p. 19)

あわてた父親は即座にロンドンへ宛てて手紙を書き、住み込み家庭教師を派遣してもらうよう手配した。そして同じ年の冬には、おてんば姉妹は乳母と家庭教師に付き添われてロンドンへ転居することになる。グレース・オマーリーが訪問客への歓待を誓わせたホウス城でもてなしを受けたのがきっかけで、子供たちがホウス岬を追われる結果になったとは、皮肉なことこの上ないエピソードである。

一八六六年生まれのモード・ゴンは、詩人イェイツより一歳若かった。長身で美しい女性に成長した彼女は文学史上、イェイツの永遠の恋人として名高い。〈永遠の〉というのは、イェイツの度重なる求婚を彼女が拒み続けたためである。イェイツが最初に彼女に求婚したのは一八九一年八月三日、ダブリンでのこと。その翌日ふたりは、それぞれの思い出が宿っていたに違いないホウス岬へ行楽に出かけた。ふたりは崖道を散策し、ベイリー灯台近くの、モードのかつての乳母が住む田舎家に立ち寄って食事をした。歩きながらモードは、「鳥になるならわたしはカモメがいい」とつぶやいたという。そのことばを聞きとどめたイェイツは数日後、「白い鳥」という詩を書いて彼女に送った――

ふたりして、ねえ君、海の泡に浮かぶ白い鳥になれたらいいのに！
消え去る前に燃え上がる、流れ星の尻尾なんてもううんざりだ。
空のへりに低く掛かる、たそがれ星の青い炎が、ぼくらのハートに
悲しみを目覚めさせた。ねえ君、そいつは不死かも知れないんだよ。

(Yeats, *The Poems*, p. 62)

三連からなる詩の最初の連だけ日本語に吹き替えてみた。若い男のロマンティシズムが匂い立つような詩句である。イェイツは最晩年の詩「美しく気高いものといえば」の中でも、同じ日のことを思い出して、「ホウス駅で汽車を待つモード・ゴン／背筋を伸ばし、傲然と顔を上げた女神パラスアテナ」(Yeats, *The Poems*, p. 350)と書く。愛する女性を生涯理想化し続けた、想像力の粘り強さには脱帽するほかない。

他方、モード・ゴン本人ははるかに現実的な女性であった。イェイツが「白い鳥」を書いて彼女に捧げたとき、彼女にはすでにフランス人の恋人との間に男児（私生児、夭折した）がいたが、そのことは隠し通した。時は流れて一九〇二年、懲りずに求婚するイェイツに向かって、彼女はこう言い放つ——「あなたは、自分で不幸と呼んでいるものを材料にして美しい詩を書いているんだから、本当は幸せなのよ。結婚なんて退屈です。詩人は結婚なんてすべきじゃないの。わたしがあなたと結婚しなかったことを、世界はきっと感謝してくれるわ」(Gonne, *The Autobiography*, pp. 318–319)、と。

＊

ホウス岬は今も昔と変わらず男女の愛を見守っている。岬をホクシアの花にたとえるなら、花茎と幹が交

わる地点の北側に位置するバルドイル――昔は漁村だった――在住の詩人、ポーラ・ミーハンの新しい詩集を読んでいたら、「ホウスの丘で」という作品を見つけた。ちょっと日本語に吹き替えてみよう――

五月、またの名を
ビャルタネ、ベルタン、バールの火

燃え上がるハリエニシダが
石の上に花を落としている今

テオが隣にいたのを思い出す
去年の秋の暑かったあの日

ハリエニシダのさやがいっせいに破裂して
丘いちめんに無数の種を散らしていた

その丘が、今日はぐるり一面
炎を上げている。

(Paula Meehan, *Painting Rain*, Manchester: Carcanet, 2009, p. 19)

黄色と緑を厚塗りした、例の岬の絵をことばで描き直したかのようなこの詩に登場する「テオ」とは、ミーハンの夫君テオ・ドーガンである。詩人であり、テレビやラジオの教養番組にもよく出演する彼は、長年勤めた詩の振興機関ポエトリー・アイルランドの所長を退任した後、四十代半ばから帆船の操船技術を本格的に学んだ。スクーナー船による航海記『船で故郷へ』（二〇〇四年）は、カリブ海のアンティグア島を出帆し、南米南端のホーン岬を越えてドーガンの故郷であるアイルランド南部のコークにいたる航海日記である。ユリシーズの帰りを待つペネロピーのようにホウス岬に立つミーハンはたぶん、大きな航海に出たドーガンの帰りを待っている。ミーハンは詩の中にあえて実名を入れ込んで、現実を劇化してみせた。モード・ゴンは、「詩人は結婚なんてすべきじゃないの」と言ったけれど、結婚した人間だけに書ける詩というものも、もちろんあるのだ。

ドーガンの最新詩集をぱらぱら見ていたら、ミーハンの詩と呼び交わすような作品が目にとまった。「イタケー」という詩。タイトルはもちろんユリシーズの故郷のことだ。トロイ戦争から帰還した中年男ユリシーズが、運命の呼び声に答えるかのように、再び航海へ出て行くところを描いている――

イタケーからまた出発するときは、秋を選ぶべし。
プラタナスの落葉を浴びて、早立ちするべし。
春はせわしなくていけない。まだ若いような気にさせられて、おたおたするのがオチだから。

君が港への道を下っていくときにはすでに
職務から解放され、骨折った仕事に報酬が支払われ家は安泰、息子は父になっている。
君が長年愛した、息子の母親は、日陰で涼んでいる。
〔中略〕
ある朝、あるいは晴れた夜に
君はヘラクレスの柱を見るだろう。
地の果てだ、くぐるもよし、引き返しても恥じるには及ばない。
デッキへ出て、マストに手を突いて
傾いた支柱にあたる風の音を聞くがいい。
潮流の突先で揺られる君は今
家からも自由、旅からも自由だ。
イタケーは君の前にあり、イタケーは君の後ろにある。
男は家無しで生まれ落ち、出るべくして海へ出る。
可能な限り最善を尽くすべし。

(Theo Dorgan, *Greek*, Dublin: Dedalus Press, 2010, pp. 31-33)

長い詩の冒頭としめくくりの部分を引用した。再出発してゆくユリシーズは、テオ・ドーガン本人をも含むすべての中年男の寓意である。普通人《エブリマン》を神話的人物に引きずり上げ、その背中をぽんと叩いてみせるこの詩は、近代文学史上にそそり立つ、あの最も平凡な中年航海者を思い出させる。ダブリンの町を歩き回る新聞社の広告取りに零落したユリシーズ＝レオポルド・ブルームは、街角のパブでブルゴーニュワインとゴルゴンゾーラチーズ・サンドイッチの昼食を味わいながら、ペネロペイア＝妻モリーと過ごした、若き日の濃密な時間を思い出す。何を隠そう、その舞台がホウス岬のあの丘なのだ――

うまうま。やさしく彼女は、あたたかく噛みこなした種子入りケーキをおれに口移しした。もぐもぐ噛んで、つばと混ざって、甘酸っぱくなったやわらかい塊。歓喜。おれは食べた。歓喜。若いいのち。おれに向かって突き出された彼女の唇。やわらかくて、暖かくて、べとべとした、くちゃくちゃガムのゼリーの唇。彼女の目は二輪の花。わたしをあげる。乗り気な瞳。小石がころころ転げた。彼女はじっと横になったまま。山羊。ほかに誰もいない。ホウスの丘の高み。シャクナゲをかきわけて雌山羊が確かな足取りで歩いていく。干しぶどうみたいな糞を落としながら。羊歯の下で彼女が声を上げて笑った。暖かく抱かれて。おれはたまらなくなり、彼女に馬乗りになってキスをした。二つの瞳。唇。伸びた首筋。脈打って。修道女のベールみたいなブラウスをふくらます女の胸。大きな乳首が硬くなって。熱い舌で触れる。キスをしてくる。おれはキスされた。すべてをまかせて、彼女がおれの髪をかき上げた。キスされた。彼女がおれにキスをした。

(Joyce, *Ulysses*, p. 224)

同じ日の夜更け、自宅のベッドでまどろむ妻モリーが同じピクニックのことを思い出している。いみじくもユリシーズの妻「ペネロペイア」を標題に掲げた最終エピソードの末尾に近い部分、ペネロペイア＝モリーの長い長いつぶやきがしめくくられる直前の語りに耳を澄まそう――

太陽はきみのために輝いてるって彼が言ったあの日あたしたちはホースの丘のシャクナゲの中に横になってた彼はグレーのツイードのスーツ着て麦わら帽子かぶってたあの日あたしは彼にプロポーズさせた

イエスまず最初あたしは彼に種子入りケーキを口移ししたあの年は今年と同じうるう年で十六年前ああぁ長いキスのあとあたしは息が止まりそうになったイエス彼はあたしが山に咲く花みたいだって言ったイエスそうなのあたしたちはみんな花なの女の身体はねイエスあれは彼が人生で口にしたただ一つの真実のことばそれから今日太陽はきみのために輝いてるイエスあたしが彼を好きだと思ったのは彼が女ってものを理解してるって感じ取ってるってわかったからそれからいつだって彼にたいして主導権とれそうな気がしたからだからあたしは彼にあげられる喜びをぜんぶあげてとうとう彼に言わせたのねえきみイエスって言っておくれってでもあたしは最初のうち答えないで遠い海と空なんか眺めていろんなことを考えてた

(Joyce, *Ulysses*, pp. 931–932)

歌手であるモリーはブルームに隠れて仕事仲間の男と浮気をしている。そのなりゆきは、「遠足は馬車に乗って」の中でもすでにふれた。二十世紀ダブリンのペネロペイアは、夫ユリシーズの留守中に貞節を捨てた。これこそジョイスが仕掛けた神話的アイロニーである。長大な小説の最後に連発される「イエス」は、記憶の官能性を増すばかりで、夫に対する現在の愛は何ひとつ保証しない。妻の浮気はたぶん今後も続くだろう。にもかかわらず、シンプルなこの単語に、世の普通人《エブリマン》夫婦に用意された神話的な肯定のしるしを読みとらずにすますことも難しい。悲哀と希望は、よりあわされた縄に似ている。

「イエス」というのはすてきなことばだ。ホウス岬の崖道を歩きはじめると、ちょっとくたびれたぼくたち普通人《エブリマン》の耳にどこからともなく「イエス」ということばが聞こえてくる。イエス、イエス、イエス、イエス、イエス。その響きを聞きながら岬をひとめぐりするたびに、ぼくたちは自分を主人公に据えた神話的な生を再起動して、ちっぽけだが新しい日々の航海へと乗り出していくのだ。

# III

# 真鍮のボタン

「ふと見ると，砂利の間にオリーブ色のまん丸な物体が落ちている．拾い上げてみると小石ではなく，緑青がびっしり生えた真鍮のボタン．王冠の下に鷲が飛ぶ姿が浮き出しているのを見て，はっと息を呑んだ――」

「幻覚かと思ったよ、日本人がブレッシントンの道端でヒッチハイクしてるなんて！」

バスの終点から行きたい村までの移動手段がなかったので、雨の中で親指を立ててみたら、乗用車がすぐに止まってくれた。地元の農家のひとだった。めざすはハリウッド。ロサンゼルスではなくダブリン南郊のウィックロー州にある小村だが、ロードマップ上をよほどていねいに探さないと見つからない地名である。村から見える山の斜面には、ロサンゼルスの山腹に掲げられた白いアルファベットを模した、ミニチュアサイズの看板が据えつけてある。九月の週末、人口五百人あまりのこの村で小さな伝統音楽祭があると聞いて、訪ねてきたのだ。

車から降ろしてもらい、目の前のパブで腹ごしらえをした。地元のひとにあいさつすると、「ここはニール・ジョーダン監督の映画『マイケル・コリンズ』に出てきた店だよ」と教えてくれた。アイルランド独立運動の英雄コリンズが暗殺される前夜、仲間達と愉快に過ごす場面が、この店で撮影されたのだという。フィドル、アコーデオン、フルートなどを演奏するひとたちが店の奥に陣取り、ダンス音楽の演奏がはじまった。なかなかどうしてハリウッド映画顔負けの、フォトジェニックな光景である。

ギネスの微醺を帯びて数軒先のパブを覗いてみると、こちらでは歌のセッションがはじまっている。外は肌寒い小雨なのに店の中は人いきれでむんむんしている。立ち飲みの客がぎっしり詰まってラッシュアワーの電車内みたいだ。思い思いのグラスを持ってたたずんだひとびとが次々に歌を歌い出す。司会者がいるわけではない。誰かが一曲歌いおさめるのをみはからって、次のひとがおもむろに歌いはじめる。歌手たちはその場に来ている面々がかもしだす空気を読んで、自分の出番をはかっているらしい。歌われるのはどれも伝承歌謡で、英語の歌もあればアイルランド語の歌もある。伴奏はつかない。地声のアカペラで独唱するのが原則だ。群衆に埋もれながらしばらく耳を澄ましていたら、すぐ近くで歌い出したひとがいる。聞き覚えがある声なので振り向くと、アイルランド伝統音楽の超老舗バンド、ザ・チーフテンズでヴォーカルとバウロンを担当しているケヴィン・コニフ氏の顔がすぐそこに見えた。彼は隣村の住人なのだ。

　午後遅く、聖ケヴィン伝統文化センターでコンサートがあるというので行ってみることにした。大げさな名前がついているけれど、もともとはアイルランド聖公会《チャーチ・オブ・アイルランド》の教区教会だった建物である。領主層が大半を占めた信徒の数が減り続け、ついにゼロになったので、公民館に改装されたのだ。とはいえ、外から見るとゴーストが出そうな廃屋みたいにしか見えない。聖ケヴィンは六世紀から七世紀にかけて、この地方にキリスト教を広めたとされる修道士である。ハリウッドの村にも彼の事績を物語る伝承地が残っているが、三十キロほど離れた山あいに位置する名高いグレンダロッホは、聖ケヴィンが礎を築いたケルト修道院文化の一大拠点で、円塔や礼拝堂を含む大規模な遺跡が残っている。

　聖ケヴィン伝統文化センターの周囲は、二十世紀初頭で時間が止まったかのような古い共同墓地である。ここにもともとあったカトリック教会は十六世紀の宗教改革後プロテスタントの教区教会となったので、今に残る墓はみなプロテスタント信徒のものだ。コンサート開演にはまだ時間があったので、古い墓碑銘を読みながらぶらついてみた。十九世紀に亡くなったひとびとの名前が並んでいる。代々続いた地主や、地元の名士とその家族たちが眠っているに違いない。ふと見ると、砂利の間にオリーブ色のまん丸な物体が落ちて

雨あがりの村のパブで，伝統音楽のセッションがいつまでも続いた

いる。拾い上げてみると小石ではなく、緑青がびっしり生えた真鍮のボタン。王冠の下に鷲が飛ぶ姿が浮き出しているのを見て、はっと息を呑んだ。イギリス空軍（ＲＡＦ）のエンブレムである。いつからここに落ちていたのだろう。さびにくいはずの真鍮が見事に変色しているので、かなり古そうに思われた。

＊

拾ったボタンをポケットに入れて、十七世紀のアーチ天井が美しい教会へ入り、信徒席に腰掛けた。コンサートは若手の女性フィドラーが率いるバンドである。しんみりと聞かせる歌の旋律曲《スローエア》に身を任せていたら、頭の中で映写機が回りはじめた。白黒の古いニューズリールみたいな、ねつ造された映像——時代は一九二〇年前後。この教会にはまだ信徒たちがいた。教区司祭が祭壇で説教をしている。第一次世界大戦におけるイギリス軍戦死者のための追悼聖餐式。集まった会衆の中に、ハリウッドの領主の御曹司らしき男。戦争中、飛行士の草分けとして活躍した彼は、追悼式に出るため帰郷しているらしい。イギリス空軍の制服を着ている。真鍮のボタンはこの男が落としたのだ。

ねつ造された脳内ニューズリールは回り続ける——司祭が読み上げる戦死者名簿には、ボタンの主の戦友だったロバート・グレゴリー少佐の名前もふくまれている。グレゴリー少佐は西部ゴールウェイ州の大領主の一人息子で、オックスフォード大学を出た後美術学校へ入り直し、画家を目指した変わり種である。クリケットや乗馬やボクシングの名選手として名を馳せる一方で、画家として、また、舞台装置のデザイナーとしても活躍した。一九一六年六月、文武両道の壮年紳士は勃興期のイギリス陸軍航空隊（RFC）に入隊し、大戦時には戦闘機乗りとして奮戦した。一九一八年のはじめには第六六飛行隊隊長に任ぜられて北イタリアに駐屯していたが、一月二十三日、飛行中に撃墜されて戦死。遺体は回収され、パドヴァの共同墓地に埋葬された。享年三十七歳、妻と二人の子どもがあった。皮肉なことに、撃墜は友軍による誤射だったとも伝えられる……。

夢想のフィルムがふいにとぎれて、ぼくは我に返る。真鍮のボタンの落とし主は、ぼくの空想が産みの親である。だがロバート・グレゴリーは、確固たる実在の人物だ。領主夫人である彼の母親は劇作家・伝説研究家として有名なオーガスタ・グレゴリー。ひとびとは敬意を込めてグレゴリー夫人と呼んだ。彼女の親友には詩人のW・B・イェイツがいた。グレゴリー少佐の死の状況についてイェイツは、偵察任務からの帰途、「イタリア軍パイロットによる誤射」で墜落されたと語っていたが、専門家の研究（Adrian Smith, "Major Robert Gregory, and the Irish Air Aces of 1917-18", *History Ireland*〔4:9, Winter 2001〕）によれば、公式記録に「誤射」の記述はなく、イギリス空軍博物館所蔵の死傷者カードには、「二千フィート上空で最後に目撃された後、きりもみ降下して墜落」とあるらしい。

イェイツは追悼詩「アイルランド人飛行士が死を予見する」を書き、グレゴリー少佐の声色を使って、死に立ち向かう予感を語ってみせた。全文を日本語に吹き替えてみよう——

わたしにはわかっている。天空の雲の
合間のどこかで、自分は最後を遂げるのだ。
戦う相手を憎んではいない。
守るひとびとを愛してもいない。
わが祖国はキルタータン・クロス
同胞はキルタータンの貧しいひとびと。
サイコロがどう転ぼうが、かれらが
損することはなく、幸せになることもない。
わたしを駆り立てたのは法律や義務ではなく
政治家や歓呼する群衆でもない。
孤独な歓喜への衝動がわたしを立たせ
この雲間の騒乱へと向かわせたのだ。
あらゆるものを天秤に掛け、考え抜いてついに悟った。
将来の年月は呼吸の無駄
生きてきた年月も呼吸の無駄

今この刹那の生、死こそがすべてだ、と。

(Yeats, *The Poems*, pp. 184–185)

「キルタータン」というのは、グレゴリー家の所領がある郡の名前である。実在のロバート・グレゴリーはきわめて親イギリス的な人物だったので、「アイルランド人である自分にはドイツ軍と戦う大義名分はない」とでも言いたげな語り手の人物造型には、イェイツによる潤色が加わっている。詩人はグレゴリー夫人に配慮して、模範的な帝国軍人であったグレゴリー少佐を孤高の英雄へと変容させた。敵機十九機を撃墜し、戦功十字勲章とレジオンドヌール勲章に輝いた飛行士が、死によって生を芸術へ昇華させんとばかりに魂をギリギリねじ上げていく。その激情は極限まで増幅されて、恐ろしい美を放っている。

グレゴリー少佐が戦死して間もない一九一八年四月一日、イギリス陸軍航空隊（RFC）は海軍航空隊（RNAS）とともに、新たに創設されたイギリス空軍（RAF）に編入された。このとき、王冠の下にRFCの文字をあしらった当初のボタンのデザインが、王冠の下に鷲が飛ぶデザインに変更された。大戦を生き延びて帰郷した飛行士が墓地に落としていった真鍮のボタンは、きっと真新しかったはずだ。夢想がぼくの頭の中で、映写機をふたたび回しはじめる。こんどはなぜかカラーのアニメーション映画の一シーンである――「あれは戦争の最後の夏だった、俺たちはいつものパトロールに、イストリアを目指して、アドリア海へ出たんだ、俺の横をベルリーニの奴が飛んでいた、古い仲間でな……」と語り出したのはポルコ・ロッソである。本名はマルコ・パゴット、第一次世界大戦中にはイタリア空軍の飛行士として戦ったが、戦後は軍隊を離れ、飛行艇に乗って空中海賊を退治してまわる賞金稼ぎをしている。いわずとしれた宮崎駿監督の『紅の豚』の一場面である。弱冠十七歳だが腕利きの飛行機設計技師フィオ・ピッコロに、ポルコが昔話を聞かせているのだ。

ポルコは語り続ける――思いがけず敵機の襲来を受け、仲間に気を配る暇もなく応戦しているうちに、気がつくと周囲には誰も飛んでいなかった。疲れ切って操縦する気力さえ残っていなかったにもかかわらず、飛行艇は勝手に飛び続けた。やがて彼は、空の高みを流れていく一筋の雲を見る。雲の中をたくさんの戦闘機が音もなく流れている。フランス、オーストリア＝ハンガリー、イギリス、ドイツ、イタリアの戦闘機が敵味方入り交じって流れている。飛行機と飛行士たちの亡霊の大群だ。ポルコはその群れの中にベルリーニが乗った戦闘機を見つける。ベルリーニは二日前に結婚したばかりだったにもかかわらず、急遽偵察飛行に参加して撃墜され、生死の境を超えたのである。

ポルコたちが偵察飛行の目的地としたイストリア半島はアドリア海の最奥、ヴェネツィアの東に突き出している。グレゴリー少佐が撃墜されたのが正確にどこだったのかは伝わっていないものの、このあたりにきわめて近い北イタリア戦線における事故だった。事実とフィクションの次元を隔てる閾《しきい》が、なにかのはずみで一瞬でも消えさえすれば、空の高みを流れていく戦闘機の大群の中に、グレゴリー少佐が乗ったイギリス機が見つかっても不思議はないのだ。

あるいはもしかして、グレゴリー少佐が大戦を生き延びたとしたらどうだろう。彼が生きる「もしかして」の世界が、『紅の豚』にとりこまれている一九二〇年代の水上機スピードレース狂いの世界と混線したとしたら、どんな展開になっただろうか。グレゴリー少佐は、ポルコ・ロッソやライバルのアメリカ人飛行士ドナルド・カーチスの向こうを張って、いい勝負をしたのではないかと思われる。「わたしを駆り立てたのは法律や義務ではなく／政治家や歓呼する群衆でもない。／孤独な歓喜への衝動がわたしを立たせ／この雲間の騒乱に向かわせたのだ」とつぶやくグレゴリー少佐は、少々気難しいジェントルマンである。この男が、ニヒリストを気取るポルコと、暢気な英雄気取りのカーチスの間に挟まって、三つ巴の競争を繰り広げるとしたら、戦闘による殺し合いを伴わない名勝負が期待できる。一九二〇年代に水上機の速度を競ったシュナイダー・トロフィー・レースの記録を見てみると、イタリアやアメリカに混じってイギリスも何度か優勝している。『紅の豚』のスピンオフをこしらえるつもりなら、グレゴリー少佐にはじゅうぶんな出番がありそうだ……。

『紅の豚』をめぐるニセ物語の構想をあれこれひねっているうちに、古めかしい教会でのコンサートはとっくに終了していた。その晩、ぼくはハリウッドの村のパブで遅くまで音楽を楽しんだ。ギネスの酔いの力を借りて、ほどよくゆるんだ脳内スクリーンには、『紅の豚』のラストシーンが映っていた。アメリカンドリームを追い続けたドナルド・カーチスは帰国後映画俳優に転身し、西部劇に主演して名を馳せた……。アイルランド共和国ウィックロー州のハリウッド村は、アメリカの映画の都とまんざら無縁でもなかったらしい。

# もの言わぬ気球たち

「あるとき一軒の古道具屋をひやかしていたら，キャビネットの上にぽつんと置き去りにされた一枚の白黒写真に目が止まった．飛行船．いや違うな．アドバルーン．そんなわけない．観測気球．かもしれない——」

北アイルランドの首都ベルファストには白亜の壮麗な市庁舎があって、北向きの前庭正面に歩行者天国の商店街が広がっている。造船、ロープ製造、タバコ製造、リネン織物など各種の工業が十九世紀に急成長したこの町は一八八八年にヴィクトリア女王から「市《シティー》」の称号を与えられ、十年後に市庁舎の建造がはじまった。一九〇六年に落成披露したルネッサンス式の市庁舎は、広壮なスケールと精緻な彫刻による繊細さを併せ持つ名建築である。市内はこの市庁舎を中心に東西南北のエリアに分けることができる。北に港を開き、東に巨大な造船所を擁し、西にはリネン織物の工場が立ち並んでいたこの町は、近年こそやや振るわないものの、二十世紀後半にいたるまで筋金入りの工業都市だった。

市庁舎の裏手にあたる南《サウス》ベルファストは文教地区である。二十分ほど歩くと閑静な住宅街の中に、赤レンガ造りが美しいクイーンズ大学や、古色蒼然たる温室がひっそりとうずくまる植物園が出現する。とはいうものの、中心街から住宅地域へ向かう道路はだだっぴろくて殺風景だ。市庁舎裏から大通りへ出て、歩道を南へ歩きはじめると、じきに大きな五叉路に出る。このあたりが中心街と住宅地をゆるやかに隔てる境目だ。右へ行けばドニゴール・ロード。交差点を左に折れると、同じ道路がドニゴール・パスと呼ばれている。これもまた愛想のない大通りなのだが、古家具を扱う大商店や、それなりのアンティークショップや、眠そうな古道具屋が軒を連ねているので素通りできない。ぼくはベルファストを訪れるたび、境目の大通りにまどろむ小店ばかりを選んで、覗いてみることにしている。

あるとき一軒の古道具屋をひやかしていたら、キャビネットの上にぽつんと置き去りにされた一枚の白黒写真に目が止まった。飛行船。いや違うな。アドバルーン。そんなわけない。観測気球。かもしれない。縦長の写真の下半分は何もない広場である。遠くの方に長屋式労働者住宅《テラスハウス》らしき家並みと、校舎か病院みたいな建物と、わずかな木立が見える。その手前に自動車と単車らしきものが停まっているのも判別できる。上半分の空には、魚雷を太くしたような巨大な物体が浮かんでいる。ぶくぶく肥った金魚にも似ている。胴体にも尾びれにもダウンジャケットみたいな縫い目が走っているので、ヘリウムか水素が入った巨大風船であることは間違いない。銀白色に変色しつつある写真はちょうどハガキ大である。絵ハガキとして使えるように、裏面には〈ポストカード〉の文字が薄く印刷され、切手を貼る位置が罫線で囲ってある。

印画紙に閉じ込められた、広場と空とブクブク金魚の世界は静まりかえっている。奇妙な静寂に胸ぐらを摑まれたまま店番の青年に尋ねると、「それはバラージ・バルーンですよ、戦争中の」という答えが返ってきた。ふうん、そうかと思いつつ、「バラージ・バルーン」が何なのかよくわからないまま、代金の十ポンドを支払った。紙幣を手渡した瞬間、昔見た映画『ゴーストバスターズ』の中で、巨大なマシュマロマンがニューヨークのビル街に出現するシーンを思い出した。幽霊退治の請負人が、世の中で一番無害であるはずの、お菓子のマスコットキャラクターを想像したら、そいつが謎の霊的エネルギーを帯びて突如実体化し、ニコニコ顔に悪相を浮かべて迫ってくる場面。連想のココロを解くならば、〈ちっぽけなら愛敬がある存在でも、大きくなると怖くて危ない〉ということだろうか。

「折れないよう本にはさんでおきました」ということばとともに品物を受け取った。紙袋の中に、ホメロスの『オデュッセイア』の英訳版ペーパーバックが入っている。読み古しのこの本が梱包代わりで、空飛ぶブクブク金魚の写真がはさんである。店を出て、殺風景な通りをぶらぶら歩きながら、こんどは〈トロイの木馬〉が頭に浮かぶ。『オデュッセイア』はトロイ戦争が終わった後、知将オデュッセウスが家来たちを率いて帰郷するまでの物語だから、〈トロイの木馬〉のエピソードは出てこない。だが、トロイ城内に巨大な木馬を引き入れさせ、木馬内に潜んだ奇襲部隊がトロイの町を内側から攻撃するという奇想天外な作戦の発案者は、誰あろうオデュッセウスだったと伝えられる。この奇襲作戦が功を奏し、膠着状態だった戦況が一転して、ギリシア連合軍がついにトロイを攻め落とすのだ。ブクブク金魚とマシュマロマンとトロイの木馬をかわるがわる夢想しながら、その日は大学方面へ散歩を続けた。

＊

数カ月後、書架に入れっぱなしにしておいた『オデュッセイア』を取り出して、「バラージ・バルーン」のことを調べはじめた。じきにわかったのは、写真に写っているブクブク金魚は係留気球の一種で、第二次世界大戦中、防御すべき地点の上空に揚げて、低空で侵入してこようとする敵機の進路を妨害するために使われた兵器だということ。複数の気球が空に揚がったところを想像すればいい。気球を係留する鋼鉄のケーブルが空中に林立して、巨大な鉄柵を形作るのである。日本語では「阻塞気球」とか「防空気球」と呼ばれている。各国軍が使用した中でも、とりわけイギリス軍が多用した。イギリス領の港湾・工業都市であるベルファストにも当然配備されていたのだが、調べてみると不十分さばかりが目立っていたようだ。

ここで戦時中のアイルランドについて、基本的なことをまとめておこう。まず、アイルランド島の大部分を占める〈エール〉（一九三七年、アイルランド自由国が国名をこう改称、後にはアイルランド共和国となる）は第二次世界大戦中、中立を守り抜いた。エール国内では、間近に起きている第二次世界大戦は婉曲に「非常事態《ジ・エマージェンシー》」と呼ばれた。中立を守ったおかげで戦闘による被害はほとんどなかったものの、ドイツ軍の妨害によってイギリスからの物流が滞ったため、国民は耐乏生活を強いられた。

他方、イギリス領である北アイルランドは戦争に参加した。戦時中法制化された徴兵制は北アイルランドには適用されなかったので、市民は志願しないかぎり戦場に送られることはなかった。ベルファストのひとびとは主に、武器や軍需品の生産によって戦争に協力した。市内各地の工場では戦艦、戦車、飛行機部品、弾薬などが製造され、古い地場産業の麻織物を生かしたロープ、軍事用ネット、軍用シャツなども盛んに生産された。戦時中のベルファストは、一種の特需景気に沸いたと言っても過言ではない。だが、それにともなうリスクも背負わなければならなかった。敵軍による攻撃の的になったのである。

ベルファストは第二次世界大戦の初期、一九四一年四月から五月にかけてドイツ空軍による空襲を三回受けた。最初の空襲は、四月八日火曜日に日付が変わった直後に訪れた。六機の爆撃機が飛来して、飛行機の胴体をこしらえる工場が大きな損害を受けた。この晩、ベルファストの防空体制は皆無にひとしかった。サーチライトなし、夜間飛べる戦闘機もなし。二十二門配備されていたうちで使えた高射砲はわずか七門、防空気球も五つしか揚がらなかった。ドイツ空軍の爆撃機は、防空気球では防ぎようがない七千フィートの高空から爆弾を落としていった。同様の体制で迎えざるを得なかった四月十五日火曜日の空襲は、はるかに大規模だったので、損害もはなはだしかった。二百機におよぶ爆撃隊が次々に飛来し、高度七千フィートから一晩中かけて波状攻撃をおこなったのにたいして、ベルファスト側はほとんど反撃できなかった。防空気球が役に立たなかったのは言うまでもない。市内の半分以上が焼け野原となり、被災した家屋は五千六百軒、十万人以上が焼け出された。死者は約千人、負傷者は千五百人にのぼった。さらに五月四日の日曜日にも二百機以上の爆撃機が飛来し、埠頭と造船所と飛行機工場をめがけて爆弾の雨を降らせた。
空襲の目撃報告がインターネット上にいくつも寄せられているのを見つけた。たとえばこんな話——

わたしたちはスプリングフィールドの三階建ての家に住んでいました。西《ウェスト》ベルファストです。母が屋根裏の男の子部屋へ上がってベッドメイキングをしてから下りてきて、泣いてるんです。どうかしたのって尋ねたら、「気球が今晩ほど高く上がってるのは見たことがない」と言いました。防空気球のことです。「なにかが起こりそうだってことね」とわたしは母に返しました。日曜の夜でした。それでその晩、降ってきた落下傘爆弾が気球のワイヤーにひっかかって、それから落ちたのです。
（メアリー・マリガンの話、二〇〇五年八月十九日投稿、ＢＢＣの WW2 People's War のサイトより）

五月四日に市内東部の造船所が空襲を受けているのを西側から見ていた女性による証言である。防空気球を下から見つめていたひとの目に映る光景が、まざまざとよみがえるような証言だ。
同じサイトには次のような投稿も見つかった。話に出てくる「学校」は、中心街の北にキャンパスを構えるベルファストロイヤルアカデミーのこと。ベルファスト最古を誇る名門グラマースクールである——

学校暮らしの中で戦時体制を感じさせたものといえば、防空壕をこしらえたのと、〈ベラ〉と名づけた防空気球を学校脇の校庭に据えつけたことぐらいです。ベルファストが空襲を受けたとき、〈ベラ〉が防空のためにいくらかでも役に立ったかどうかはたいそう疑わしい。しかし、風に吹き煽られた〈ベラ〉のワイヤーが校舎にぶつかって、石造りの破風が壊れたのは確かです。

一九四一年春の、二回の空襲は忘れもしません。一回目は市の中心街の大半と北部と東部がやられました。あの時分わが家には防空壕がなかったので、一番安全だと聞いていた階段の下に身を寄せました。爆弾が破裂する轟音と、サニングデール・パークの端の高射砲陣地から聞こえてくる大砲の音がものすごかった。焼夷弾のせいで起きた大火事の炎が町の上の空をまっ赤に染め上げていました。

（セシル・ケネディーの話、二〇〇五年一月十日投稿、ＢＢＣの WW2 People's War のサイトより）

校庭に係留された〈ベラ〉のたたずまいは、例の写真に写った〈ブクブク金魚〉を見るようだ。広い市内にこの種の気球がわずか五つしか設置されていなかったとしたら、防空効果が期待できなかったのも当たり前である。

次の回顧談ではついに、役立たずの気球が笑い話のネタになってしまっている。話に出てくるバリークレアは、ベルファストの北に位置する海沿いの村である――

もうひとつ思い出すのは戦争がはじまった頃の話。バリーガリーの小家に引っ込んでいたグレインジ家一同が、バリークレアに持っているパブへ引っ越してきた日のことです。近くに防空気球がいくつか係留してあったのですが、ひとつの気球のワイヤーが根元からはずれて、先っぽが彼らの自動車を引っかけたのです。自動車は空中へ釣り上がり、立ち木に引っかかってようやく止まりました。けが人こそ出なかったものの、見ていた人間は皆たまげました。グレインジ家は、バリークレアに所有していたそのパブでワインやスピリッツを自家瓶詰めしていましたので、酒瓶に貼る新しいラベルをあつらえました。銀色の防空気球の絵の下に「高級ワインとスピリッツならＪ・Ｗ・グレインジ」という屋号を入れ、さらにその下に「その他もろもろを見下ろして」というモットーを添えました。今日にいたるまで、バリークレアのグレインジ酒場の破風壁面にそのモットーが書いてあります。

（サム・グラスの話、二〇〇四年六月八日投稿、ＢＢＣの WW2 People's War のサイトより）

ネットで検索してみると、バリークレアにグレインジというパブは実在するものの、破風壁に書かれたモットーは確認できない。気球が自動車を持ち上げて木に止まらせたという話は、ことによるとホラかも知れない。この話の背後には、うっそりと浮かんでいるばかりでからっきし頼りにならなかった防空気球を、せめて物語の主人公にして語り継いでやろうという、サム・グラス氏のお茶目でやさしい心遣いが潜んでいるような気がしてならないのだ。考えすぎだろうか？

ベルファストの防空気球が役立たずだったのは、数が少なすぎたせいである。同じ時期、連合王国の首都ロンドンには四百を越える防空気球が配備されていた。第二次世界大戦にかんする情報サイト（http://www.worldwar-two.net/armamento/90/）によれば、一九四〇年の中頃にはイギリス全土に千四百個の防空気球が配備され、その三分の一はロンドンの空を守っており、一九四四年までには全体の数が約三千個まで増えた。この水準と比較すれば、一九四一年四月のベルファストに防空気球が五つしか配備されていなかったのは、はなはだしい疎漏ないし軽視だと言わざるを得ない。

同じ一九四一年の夏、レーダー開発を担当していた二十四歳のイギリス空軍将校が、ロンドン上空にひしめく防空気球を見たという証言が残っている。出典は後から紹介することにして、中味をまず読んでみていただきたい。夕日を背に、ロンドンへ向けて一台の車が走っている。ある丘の頂上を越えたところで、運転手が思わず息を呑んでブレーキを踏む。ロンドンまで三十数キロの地点だったという。「美しいと同時に畏怖の念を抱かせた」その光景を語る、将校のことばに耳を傾けてみよう——

数十の——いや数百の——微光を放つ銀色の防空気球が、ロンドンの上空に係留されていた。魚雷を太く短くしたような気球の群れが夕陽の最後の光を浴びている光景は、宇宙船団がロンドン上空で待機しているようにしか見えなかった。長い一瞬だった。わたしたちは遙かな未来を夢見た。その間じゅう、空中に鋼鉄のケーブルでフェンスを張って防がなければならない、直近の危機は頭から消え失せていた。たぶんあの瞬間、『幼年期の終わり』の構想が心に兆《きざ》したのだ。

(Arthur C. Clarke, *Childhood's End*, London: Pan Macmillan, 2010, pp. viii–ix)

巨大な宇宙船の群れが世界中の都市の上空に音もなく浮かび、それらに乗り組んだオーヴァーロード（「最高権力者」を意味する）と呼ばれる宇宙人たちの指示を仰いだ人類が、古今未曾有の世界平和と繁栄を達成する。だがしかし、保護者からあてがわれたその平和は人類を緩慢な滅亡へと導くことになる……。防空気球のおかげで、ずっと昔文庫本で読んだまま忘れていたSF小説に改訂版があることをはじめて知った。若き空軍将校アーサー・C・クラークは後にSF作家として大成し、一九五八年、『幼年期の終わり』を出版した。彼はその作品に改訂を施し、新しい序文を付けて、一九八九年に再出版していたのである。さきほど引用したのは、その序文の最後の部分。若き日のクラークが目を見張った防空気球は、数えれば四百以上あっただろう。これなら防空効果を十分期待できたはずだ。気球がひしめくロンドンの夕空は、〈ブクブク金魚〉をぽつんと浮かべた広場の写真とは似ても似つかない。およそ正反対なこれらふたつのイメージに共通点があるとしたら、どちらもまったくの無音状態であることだろう。巨大な気球たちがお揃いの不気味な静寂をたたえて、ロンドンとベルファストを見下ろしていたことだけは疑いがない。

＊

ベルファストが空襲を受け、クラークがロンドン上空に気球の群れを目撃したのと前後して、良港を持つ北アイルランドのデリー州デリー市にアメリカ人の一団がやってきた。デリー在住の歴史作家の著書（Sean McMahon, *The Belfast Blitz: Luftwaffe Raids in Northern Ireland, 1941*, Belfast: The Brehon Press, 2010, pp. 114ff.）から得た情報をかいつまんで紹介すると、一九四一年六月、アメリカの参戦に半年ほど先だって軍属の建設業者が到着し、デリー市西郊のスプリングタウンにかまぼこ兵舎を並べた宿営地を建てはじめた。その結果、一九二〇年代から三〇年代にかけて慢性的な不景気に見舞われていたデリーの地域経済は一気に活性化し、アメリカの兵士たちとともにタバコやチョコレートなど、それまでは配給に頼っていた物資が大量に流れ込んできた。くわえて、キャンプ内に建てられた劇場には、GIを慰問するためにアル・ジョンソンやボブ・ホープなど、一流の芸能人がやって来るようになりさえした。四三年から翌年にかけては駐留する兵士の数がみるみる増大し、いわゆるDデー（ノルマンディー上陸作戦）に備えて、北アイルランド各地で軍事演習がはじまった。

アメリカ軍を迎えた地元住民の声を生録したかのような短詩を見つけたので、日本語に移してみよう。タイトルは「アナホリッシュ、一九四四年」。全文をカギカッコで括り、詩人が農家のひとの声色で独白している——

「アメリカ兵がやってきたとき、わしらは豚をつぶしておるまっ最中。

火曜の朝だった。解体小屋から出ると太陽がまぶしくて
溝には血が流れ出ておった。街道筋まで
豚の悲鳴が聞こえたかも知れん。
それからきいきい声が止んで、手袋にエプロン姿の
わしらが丘から下りていくのが見えたはずだ。
アメリカ兵は二列縦隊で、銃を肩に掛けて行進しておった。
装甲車と戦車と幌を外したジープの行列。
日焼けした手と腕がたくさん。はじめて見る、名前も知らない
大軍がノルマンディー上陸作戦のために集まってきておった。
　　とはいってもあのときはまだ
大軍がどこへ向かってるのかは知らなんだ。子どもみたいに突っ立っとったら
ガムやら、筒に入った色とりどりのアメやらを投げてくれた」
(Seamus Heaney, *District and Circle*, London: Faber, 2006, p. 7)

冒頭の豚の血と末尾の陽気な兵士たちが、皮肉なコントラストをなしている。映画や書物に描かれた有名な激戦を思い出させずにおかないこの詩には、胸がふさがるような悲しみが秘められている。作者はシェイマス・ヒーニー。一九三九年、デリー州の農村地帯にあるアナホリッシュという小字《こあざ》の近くに生まれた彼は、一九四四年にはまだ五歳だ。少年はじきに、詩のタイトルにあるア、ナ、ホ、リ、ッ、シ、ュ、小学校に入学する。ところが校舎の敷地が、四三年に急ごしらえで完成したトゥーム飛行場の用地として徴用されていたため、生徒た

ちはかまぼこ兵舎の教室で勉強しなければならなかった。〈北アイルランドは大ブリテンの裏庭だ〉とさげすまれることが多かったこの土地で、連合軍はノルマンディー上陸作戦に向けて着々と準備を進めていたのである。

先述の詩集には「軍用飛行場」という詩も収録されている。突貫工事でできあがったトゥーム飛行場のとばっちりを食って、楽しみにしていた年に一度の縁日が「お預け」になった思い出を語るのは、ヒーニー本人を思わせる少年だ――

でも忘れられないこともある。荷馬車道を舗装したばかりの
新道で嗅いだデイジーと熱いタールの匂い。復活祭《イースター》の月曜日
一九四四年。あの日の午後、二マイル離れたトゥームで
開かれるはずだった、恒例の縁日のきらきらした屋台店

手が届かないとなればいっそう輝きが増すばかり。
ぴかぴかの品を並べた露天商も、日除けの天幕も
帽子も、リボンをつけたお飾りも、今年はお預け。
世界がどこにあったにせよ、ぼくたちが世界の外にいたのは確か……

(Heaney, *District and Circle*, p. 11)

さらに先を読み進むと、母親に手を引かれた少年が恨みがましく見つめるフェンスの向こう側に、アメリカ空軍のB-二六マローダー爆撃機やサンダーボルト戦闘機が飛び交う世界が広がっている。一九四四年の

復活祭《イースター》。少年は知るよしもなかったものの、Dデーはわずか二カ月後にせまっていたのだ。

ノルマンディー上陸作戦の正式名称は「オペレーション・オーヴァーロード」という。「オーヴァーロード」（＝最高権力者）の呼称は『幼年期の終わり』で人類の「保護者」となった宇宙人たちの呼び名と同じである。はたしてこれが偶然の一致なのかどうか、ぼくは知らない。だがヒーニーの詩の中の少年が飛行場をにらみつけた二カ月後、一九四四年六月六日の火曜日がDデーとして記憶されているのは確かである。この日、アメリカ軍とイギリス軍を中心とする連合軍が極秘裏に上陸作戦を開始した。ドイツ軍が死守しようとするノルマンディーの海岸へ上陸しようと試みた連合軍は、防空気球を多数使用していた。Dデーを扱った戦記物語の傑作『史上最大の作戦』には、六月五日月曜日の深夜、英仏海峡を移動しつつあった巨大船団が次のように描写されている――

とめどない列また列をなして五〇〇〇隻のあらゆる種類の船舶がやってきた。縦に一〇列、幅二〇マイルにおよぶ船団である。高速の攻撃輸送艦、船足が遅く錆で覆われた貨物船、小さな遠洋定期船、海峡横断汽船、病院船、風雨に打たれたタンカー、沿岸貿易船、忙しく動き回るタグボートの群れ。吃水《きっすい》が浅い大型上陸用舟艇の果てしなく長い列――もがくように進む巨大な舟艇の中には、長さが三五〇フィートに達する船もある。〔中略〕船団の上空には防空気球の群れが浮かんでいる。雲の下を縫うように戦闘機の編隊が飛ぶ。そしてこの信じがたいほど大規模で、兵士と銃器と戦車と車輛と物資を満載した巨人船団の周囲を、七〇二隻にのぼる精鋭の軍艦が護衛していた。なおこの船舶数には海軍の小型船は含まれていない。

(Cornelius Ryan, *The Longest Day: June 6, 1944*, New York: Simon and Schuster, 1959, pp. 89–90)

防空気球は黙々と船団を守りながら海峡を渡った。翌朝、ノルマンディー沖に到着した「吃水が浅い大型上陸用舟艇」から、無数の小型上陸用舟艇が吐き出された。それらに分乗した兵士たちが大挙して上陸し、迎え撃つドイツ軍との間で激しい戦闘をくりひろげることになる。イギリス陸軍が三つのビーチ、アメリカ陸軍がふたつのビーチで上陸作戦を展開した中で、アメリカ第五軍団が受け持ったオマハ・ビーチでの攻防戦がとりわけ熾烈を極めたと言われている。

オマハ・ビーチに上陸した第一波のアメリカ軍とドイツ軍との間で繰り広げられた戦いは、映画『プライベート・ライアン』（スティーブン・スピルバーグ監督、一九九八年公開）の冒頭二十五分間に映像化されている。アメリカ軍の歩兵たちがじりじりと浜を攻め上り、ドイツ軍は崖上のトーチカから必死で機関銃を撃ち続ける。渚をまっ赤に染め、ビーチに死屍累々たる山を築いていく場面の連続は、目を覆いたくなるほどすさまじい。いつ果てるとも知れぬ激戦の映像を目の当たりにしながら、ぼくは、ヒーニーの詩で回想を語った農夫のことを思い出していた。行進してくるアメリカ軍兵士たちを出迎えた彼の脳裏には、解体小屋でしていた作業の残像がたゆたっていたはずである。「血が流れ」「悲鳴が聞こえ」る残像は、読者の頭の中で殺戮を予知するイメージへと変換される。その瞬間、一見地味な昔語りにしか思われなかったヒーニーの詩が、生命の重さと運命の悲哀と戦争の愚かさをいっしょくたに投げて寄越す、ことばの小型爆弾へと変貌する。『プライベート・ライアン』の画面はやがて、Dデーの三日後のオマハ・ビーチを映し出す。ここから先の、ジェームズ・ライアン二等兵を捜索するために小隊が内陸へ向かう物語はフィクションだが、捜索隊が出発するシーンの背景に広がる、オマハ・ビーチの眺望は史実をきちんとふまえている。アメリカ軍が大規模な荷下ろしをしている場面。高台から見下ろしたビーチに蟻のような兵士と車輛の群れがひしめき、大小さまざまな船舶の上には一隻にひとつずつ防空気球が揚がっている。ごく短いシーンだけれど、ノルマンディー上陸作戦を解説した本やドキュメンタリー映画やインターネットサイトでしばしば目にする写真をもとにこしらえた光景だとわかる。船の上に低めに揚げられた防空気球の群れを一望するシーンは、重力が反転した世界を覗き込んでいるかのような、奇妙な感覚を呼び起こす。

現実のオマハ・ビーチ上陸作戦でも、アメリカ軍の防空気球がぬかりなく敵機来襲に備えた。ところがいざ蓋を開けてみると、敵機はほとんど飛来しなかった。上陸作戦の直前、フランスに配備されていたドイツ空軍機の大部分が、ドイツ本国を防衛するために移動したからである。気球の群れはただうっそりと浮かび続けた。

Dデーに参加したアメリカ軍の中で、防空気球を専門に扱っていたのは第三二〇防空気球大隊と呼ばれる陸軍部隊である。船団が移動するさい空の守りを固め、ビーチでの荷下ろしを見守った防空気球はすべて、少人数で扱えるよう小型化され、超低空に揚げるよう設計された特殊なものだったという。アマゾンドットコムのサイトを覗いてみると、戦時中に印刷された防空気球関係の広告や、気球が表紙に載った古雑誌の実物に混じって、古写真の新プリントが何種類も販売されている。奇妙な存在感を放つ兵器にノスタルジーを感じるひとびとがいる証拠である。防空気球の技術が第二次世界大戦後に発展・継承された形跡はない。もの言わぬ気球たちは脇役兵器としてささやかな脚光を浴びた後、歴史の表舞台を去り、闇の奥へ静々と消えて行ったのだ。

＊

ところで、防空気球が役目を終えた戦後のベルファストはどんな様子だったのだろうか。日本風に言うな

防空気球が描かれた壁画．西（ウエスト）ベルファストのシャンキル・ロード地区

らば、昭和二十七年に北《ノース》ベルファストに生まれた詩人ジェラルド・ドウが、成長期に暮らした町の景色を回想したエッセイを見つけた——

> わたしたちの成長期の真ん中に居座っていたのは戦争である。少年時代のベルファストには戦争の名残がありありと残っていた。わが家の裏にはブリッキーズと呼ばれた、荒廃した地域が広がっていた。北のほうには荒れ果てたアメリカ軍施設があって、ごみごみと雑多な建物や車庫が建て込んだまま放置されていた。南の方へずっと行くとプレハブ建ての仮設住宅が立ち並んでいた。一九四一年のベルファスト空襲で焼け出されたひとびとが何百家族もそこで暮らしていた。
>
> 　空襲の時ずっと階段の下に腰掛けてじっとしていた、とか、裏庭の塀に不発弾が引っかかっているのを見つけたのでドイツ軍爆撃機をののしった、という話を聞かせてくれたのは曾祖母

である。祖母はＩＲＡが撃ってくる銃弾を避けながら軍需品工場で働いたという。母が軍隊を慰問するツアー中のバンドマンとほのかな恋愛をしたという話も聞いた。五〇年代から六〇年代にかけて、連隊記章をつけたブレザーにフランネルのズボンを履いた男たちの姿をよく見かけた。深夜バスに乗って、あるいは千鳥足で家へ向かうあの男たちは、仲間内でいつまでも話し込んでいた。それからまた、腹を立てつつも事情を理解して待つ妻たちにも、あの男たちはいろんな話を聞かせたのだ。

(Gerald Dawe, *The Rest is History*, Newry, NI: Abbey Press, 1998, p. 113)

ベルファストの風景が終戦後も長い間、戦争の影を引きずっていたのが目に見えるようだ。戦争を体験した軍人たちもすぐにはこの町を去らなかったらしい。皮肉なのは、中立を保ったエールが戦中戦後にかけて長く厳しい不景気と物資不足に悩まされたのとは異なり、工業都市ベルファストは、戦中から戦後にかけて好況を謳歌したということだ。じっさい多くの歴史家が、五〇年代から六〇年代にかけてベルファストは最盛期を迎えたと見ている。

だがドウの文章をよく読むと、時限爆弾に似たしこりがあるのに気づく。「ＩＲＡが撃ってくる銃弾を避けながら」とはただごとではない。何があったのか調べてみると、第二次世界大戦中、北アイルランドとエールの統合を求める共和主義者の武装組織ＩＲＡが破壊活動をおこなっていたことがわかった。ロンドンやマンチェスターやダブリンで爆弾テロを仕掛け、ナチスへの情報提供などもしていたと伝えられる。戦争中、北アイルランドでは警官五人が殺害された。〈獅子身中の虫〉というべきか、〈第五列〉と呼ぶべきか、それとも〈トロイの木馬〉だったのか？　ベルファストの軍需品工場でＩＲＡによる発砲事件があっても不思議はなかったということだ。

こうした状況に対処するため、大戦中、エールと北アイルランドの両方で、ＩＲＡ活動家を対象とするインターンメント（＝逮捕状なしの一斉拘留）がおこなわれ、北アイルランドでは七百人が拘留された。〈非常事態を利用したナショナリスト達による暴力行為対当局による摘発と抑圧の応酬〉といらこの先例は、一九六〇年代末にはじまり約三十年間市民達を苦しめることになる〈北アイルランド紛争〉の泥沼を予告している。戦時中からくすぶり続けていた火種が、終戦後に訪れたベルファストの〈最盛期〉をつかのまのうちに終わらせ、戦争の傷が癒えきらない都市を〈紛争〉へと追い込んだのだ。

北アイルランド紛争は、一九九八年四月十日に成立した和平協定〈ベルファスト合意〉（または「聖金曜日合意《グッドフライデー》」とも呼ばれる）により、ＩＲＡの最終的な武装解除が期待された。ところが真の希望をもたらす政治解決までには、さらに九年を要した。イギリスの元首相トニー・ブレアは当時をこう回顧している――「歴史的な日は私の首相退任直前の二〇〇七年五月八日にやってきた。北アイルランドに新たな行政府ができた。首相はプロテスタント系、副首相はカトリック系。二人は冗談を言い合っていた。夢ではないかと思った。互いを殺したがっていた者同士が、今やともに働きたいと思っていたのだ」（「私の履歴書　トニー・ブレア　14」『日本経済新聞』、二〇一二年一月十五日）

長くこじれた歴史を生き延びたベルファストは近年、工業都市から観光都市へ変貌しようとしている。都市が背負った複雑な履歴を観光資源に生かすための再開発が市内各所で進行中だ。かつてカトリック系の武装組織とプロテスタント系武装組織が激しい抗争をくりひろげた西《ウエスト》ベルファストのフォールズ・ロード（カトリック系住民の居住区）とシャンキル・ロード（プロテスタント系住民の居住区）は、一種の歴史地区へと変わってきた。観光客がこれらの地区に点在する慰霊碑、壁画、リネン織物工場跡、小博物館、教会などを順々に巡って、歴史と平和について学習できるよう整備が進んでいる。東《イースト》ベルファストには二〇一二年、この地のハーランド・アンド・ウルフ造船所で建造された巨大客船タイタニック号を記念する博物館が開館した。沈没事故から百年目に当たる年の一大ニュースであった。

ベルファストは今、全身の創痍を癒しながら、まるで引退したボクシング選手のように静かに微笑んでいる。語るべき事が多すぎて失語状態に陥っているのに違いない。やがてこの都市が口を開き、回顧談を語り出す時が来るだろう。ぼくたちは耳を澄ませてそのときを待っている。

# パーネル通り

「「あなたが描いてる絵は，ほかのひとのとはずいぶん違いますね」「売らなきゃならないわけじゃないから，受けを狙う必要がないのですよ」「なるほど．この大きな絵はジプシーの家族ですね．赤ちゃんを抱いているお母さんと縄跳びのヒモを持ってる娘」——」
（絵はレイ・パワー画「ロマの母娘」）

日曜の昼過ぎ、ちょっと食料の買い出しに出たらダブリンの町がとんでもないことになっていた。オコンネル大通りの広い歩道を、すごい数のひとびとが北へ北へと歩いていく。赤か緑、どちらかのユニフォームを着ているひとがほとんどだ。家族連れ、カップル、オヤジ集団、派手な化粧の娘たち、威勢のいい若者の群れ。帽子やタオルマフラーなどの応援グッズを並べた露天商が道端に出ている。オコンネル大通り北端のパーネルスクエアまでたどりつくと、こんどは東へ折れて、さらにぞろぞろ進んでいく。道沿いのパブは軒並み、行きがけの景気づけに一杯やるひとびとであふれている。

数万の群衆がめざしているのは、ここから五、六分も歩けば着いてしまうクローク・パークというスタジアムで、お目当ての試合はサッカーではなく、ゲーリック・フットボールである。今日は九月の第三日曜、毎年この日にオール・アイルランドの州対抗決勝戦がおこなわれるのだ。ゲーリック・フットボールは一チーム十五人でおこなう球技である。サッカーとラグビーのゴールを重ねたようなH形のゴールを用い、サッカーボールに似たボールは足で蹴っても手で打ってもいいので、両方のルールを混ぜたようにみえる。だが、ゲーリック・フットボールの試合がおこなわれた最古の記録は一三〇八年にさかのぼるというから、こちらのほうが元祖である。十九世紀にはサッカーとラグビーにおされて衰退していたが、一八八六年、伝統競技の復興と普及をめざして設立されたばかりのゲーリック体育協会によって近代スポーツとしてのルールが整備されると、当時盛り上がりを見せていたケルト文化復興の気運に乗ってみるみる復活し、他を引き離して圧倒的な人気を誇る国民的球技になった。サッカー好きで有名なアイルランド人が、サッカー以上に熱を上げるのがこの球技なのだ。スポーツ熱や流行り廃りはしばしばナショナリズムの動向と結びついているが、ゲーリック体育協会が競技運営をとりしきるこの伝統球技もその例に漏れない。赤いユニフォームはコーク州チームの応援団、緑はケリー州。この日、アイルランド南部で隣り合う州どうしの対戦は、歴代首位獲得回数が断然トップのケリー州が勝利した。

フットボールファンたちでごったがえすオコンネル大通りからパーネルスクエア界隈には、アイルランドにおけるナショナリズムの歴史を物語る、有形無形のモニュメントがひしめいている。この界隈の庶民的なスーパーや市場で買い物をしながら、通りの名前をとなえるだけで、アイルランド近代史列伝が立ち上がってくる。ダブリンの真ん中を東西に横切るリフィー川にかかるオコンネル大橋、その北詰にそびえる巨大なオコンネル記念碑、そこから北に延びるオコンネル大通りはすべて、ダニエル・オコンネルを顕彰するものだ。オコンネルはカトリック信徒にたいする差別撤廃を掲げ、カトリック信徒の公職就任を認める〈カトリック教徒解放法〉成立のために尽力した、英雄的な政治家である。彼は後年、ダブリン市長にもなった。

他方、オコンネル大通りの北端にそびえ立ち、南端のオコンネル記念碑と向かい合うオベリスクはパーネル記念碑である。その周辺はパーネルスクエアと呼ばれており、オコンネル大通りにたいしてT字の横棒さながら東西に交わっているのがパーネル通りである。フルネームはチャールズ・スチュワート・パーネル。十九世紀後半、アイルランドの自治確立を要求する運動を展開し、土地制度を改革して手柄を残したもうひとりの英雄的指導者だ。とりわけプロテスタントの大地主が独占していた土地所有をカトリックの小作農に開放した功績は絶大で、アイルランドの「王冠なき国王」とまで呼ばれた傑物である。アイルランドがイギ

オコンネル大通りにそびえ立つオコンネル記念碑

リスの支配を受けていた時代、オコンネル大通りはサックヴィル通り、パーネル通りはグレート・ブリテン通りと呼ばれていたが、一九二二年、アイルランド自由国が成立するのと前後して名称が次々に改められて、現在にいたっている。

　オコンネル大通りの中程に、ギリシア式の雄大な列柱廊をかまえた中央郵便局がある。どのガイドブックにも書いてあるとおり、この郵便局は一九一六年、復活祭《イースター》の直後、イギリスによる支配に反抗する共和主義者たちが武装してたてこもった場所である。〈イースター蜂起〉と呼ばれるこの反乱は、複数の武闘派組織がアイルランド各地で連携して、同時多発的な武装蜂起を起こす手はずだったのだが、ダブリン以外の拠点では段取りに狂いが生じて失速した。結局、復活祭明けの月曜日に中央郵便局ではじまった戦闘は、土曜日、共和主義者たちの全面降伏によって終結する。

　蜂起五日目の四月二十八日金曜日、炎上する中央郵便局から撤退する経路を探すため、偵察に出た男がいた。マイケル・ジョゼフ・オラヒリー、ケリー州生まれの志士、四十一歳。郵便局の裏口から露店市場があるムーア通りを北へ走り抜け、グレート・ブリテン通りへ出たところでイギリス軍の機関銃掃射にあって負傷し、サックヴィル・レーンという裏路地へ逃げ込んだ。そしてその場所にうずくまって、肌身離さず持っていた息子から届いた手紙の裏に、妻へあてた遺書を書いた――

一筆啓上、撃たれちまった。ムーア通りを突撃中に被弾、他家の玄関前へ避難したが、俺の居場所をつきとめて騒ぎ立てる敵兵どもの声が聞こえたから、この路地へ駆け込んだ。一発［（脱字）以］上被弾しているとおもう。おまえと坊主たちとネルとアンナに、たくさんたくさんの愛を。よく戦ったよ。この手紙をダブリン市ハーバート・パーク四十番地ナニー・オラヒリーに届けてください。さよなら、ダーリン。

敬具

(http://www.historyireland.com/vplumes/volume13/issue4/news/?id=113858)

サックヴィル・レーンは後にオラヒリー・パレードと改称され、路地のレンガの壁面に、遺書の筆跡を拡大してブロンズのレリーフに仕上げた記念碑がとりつけられている。

薄暗いオラヒリー・パレードからムーア通りに出て右へ曲がるとすぐ、パーネル通り――かつてのグレート・ブリテン通り――に突き当たる。オラヒリーが無念の死をとげた翌日、復活祭《イースター》蜂起のリーダー、パトリック・ピアースは、路地から目と鼻の先の、右手にパーネル記念碑を見上げる路上で、イギリス軍司令官ロウ准将に全面降伏した。

休業中のパブ〈パトリック・コンウェイ〉と〈ロトンダ〉病院

　ダブリンの歴史散歩をしているとどうしても話が重苦しくなる。コノリーが降伏宣言したパーネル通りの地点は、パトリック・コンウェイという由緒あるパブの真正面なので、この店でちょっと休憩——と言いたいところだけれど、コンウェイのパブは数年前から営業を休止している。店の脇から裏側にかけて古い建物がごっそり取り壊されたきり空き地のままになっているので、それが原因かもしれない。名店なのにとても残念である。ひとが死ぬ話はもうしたから、生まれるほうの話でも思い出しながら、この通りをもうすこしぶらぶらしてみよう。パーネル通りをはさんでこのパブの向かいには、この店と同い年の産婦人科病院があるのだ。

　パトリック・コンウェイが酒類販売の許可を得たのは一七四五年なので、ダブリン最古のパブのひとつに数えられるが、同じ年にバーソロミュー・モスという外科医兼助産夫が〈ダブリン産科医院〉を設立した。十二年後、この産科医院がコンウェイの向かいに移転してきて、それ以後現在まで休みなく診療を続けている。円形の大会合室《ロトンダ》があるので〈ロトンダ〉病院と呼ばれるようになり、いつしか現役世界最古の産婦人科病院となった。パーネル通りをはさんで〈ロトンダ〉と向かい合う、同い年のパトリック・コンウェイは、ギネスを片手に夫たちが出産する妻を待つ、格好の待合室であり続けてきた。〈ロトンダ〉では開業以来二百五十年あまりの間に、三十万人以上の赤ちゃんが生まれたというから、コンウェイのパブでわが子の誕生を待ちわびる男が飲み干したギネスのグラスの数も、天文学的な数字になるはずである。

　愛らしい双子みたいなこの病院とパブの前を通るたびに、ぼくの頭の中で映写機が回り出す。ダブリンの作家ロディ・ドイルの小説を映画化した『スナッパー』（スティーブン・フリアーズ監督、一九九三年公開）。ドイルはもともと北ダブリンの低所得者が暮らす地域で教員をしていたひとなので、庶民の日常がよくわかっている。この映画は、北《ノース》ダブリンに住む労働者階級の家族の物語だ。二十歳の長女シャロンがある晩、酔った末に好きでもない相手と交渉を持ってしまい、妊娠し、父親が誰であるかを家族に告げないまま出産にいたる。アイルランドでは妊娠中絶は法律で禁じられており、カトリック教会の生命倫理にのっとれば中絶は殺人も同然なので、みごもってしまった赤ん坊は事情の如何を問わず産むしかない。家族の当惑と混乱を抱え込んだまま、娘のお腹はどんどんふくらんでいく。シャロンの父のジミーは妻に六人も子供を産ませた男だが、今あらためて親になることの意味をかみしめ、娘がおかれた状況に共感して、臨月を迎えるとまるで自分がこれから出産するかのようにそわそわしはじめる。

　映画をしめくくるシークエンスをことばで描くとこんな感じになる——家族が増えるのを待ちかねたようすで大はしゃぎする五人の妹・弟たちと母親に見送られて、産気づいたシャロンは、ジミーが運転する軽トラックの助手席に乗って出発する。駅馬車の御者気取りになって「ローハイド」を歌い出す父親に、娘が「シャラップ」と言う。〈ロトンダ〉に到着し、待合室で分娩を待つ間、隣りに腰掛けた若い男に「はじめてかい？」と尋ねられたジミーは「はじめてだよ、初孫だ」と答え、「おまえさんもはじめてかい？」と尋ね返す。すると相手が「三人目だ」と答えるので、ジミーはうんざりしたような顔で「ファミリー・プラン」のパンフレットをかざしてみせる。さて、無事赤ん坊が生まれたのを知ったジミーはコンウェイのパブへ走り、「七ポンド十二オンスだよ」と家族に報告の電話を掛ける。バーのカウンターに腰掛けた男がそれを聞いて、「七面鳥かね、赤ん坊かね？」と尋ねる。「赤ん坊だよ」とジミーが答えると、相手はぼそっと言う――「赤ん坊としてはちょうどいいサイズだ。七面鳥としてはちっぽけだが」家の前庭では五人の子供たちが〈七ポンド十二オンス〉の歌を歌いながら踊り回っている。コンウェイのカウンターに置かれたギネスをじつにうまそうに飲み干すジミー。「あっぱれ！」と声を掛けたくなる飲みっぷりだ。映画は、家族全員がどやどやとにぎやかに〈ロトンダ〉の病室におしかけてくるシーンで終わる。

シングルマザーをテーマにした映画で、これほど笑えて泣ける作品は見たことがない。ネットの映画評にアメリカ人の誰かが「この家族は壊れている」と書いていたが、そんなことは決してない。誰の人生にも潜んでいる深い悲しみをぐっと呑み込んだ上で、泣かずに大笑いするほうを選ぶ、労働者階級の家族が持つ底力が、この映画には典型的に現れていると言うべきだろう。『スナッパー』はことさらに突飛なシチュエーションを描いているわけではないのだ。その証拠に、アイルランド中央統計局の資料によれば、一九七八年頃までは四パーセント以下だった婚外出生率は、映画が公開された翌年にあたる一九九四年の調査では二十二パーセントに、九八年には二十八パーセントにまで急増している。この統計にはもちろん、事実婚カップルの間に生まれた子供たちも含まれているとはいえ、片親しかいない子供が身近に生まれた場合には、家族はその子をなんとかして受け入れるよりほかにない。シャロンの家族は、シャロンを無理やり結婚させて禍根を残したり、彼女を厄介払いして皆が後悔するような古くさい愚は犯さない。かれらはじつにしなやかに、うやむやなものをありのまま迎え入れようとする。ロディ・ドイルが描く庶民の物語は、社会の変化を敏感に反映しているのである。

さて、ふとわれに返ったらお腹がすいていた。ゲーリック・フットボール観戦のひとびとが帰ってこないうちに、食べそびれていた昼食をすませてしまおう。パーネル通りには安くてうまい食堂がたくさんある。中華料理と韓国料理なら、ダブリンでこの通りが一番かも知れない。コンビニや安いスーパーに混じって、アフリカやポーランドやアジア各地の食材の店も並んでいる。ナショナリズムの歴史を秘めたパーネル通りは、今やダブリンでも指折りの多文化が入り交じる町、新しくやってきた移民たちが暮らす地域へと急速に変貌しつつある。

*

「この絵はパーネル通りで見た光景を描いたのですよ」

メリオンスクエア公園の外周をめぐる歩道に面した鉄柵は、毎週日曜日、即席野外ギャラリーになる。日曜画家やセミプロの画家たちが自慢の作品を持ち寄って柵に掛け、本人はデッキチェアに腰掛けて、日曜版の新聞など読みながら、作品に興味を持って話しかけてくるひとが来るのを待っている。買いたくなるほど好きな絵に出会うことはめったにないのだけれど、この日は特別だった。絵はがきみたいなダブリンの街並みや、パブで語らうハンチングの男たちや、白塗りの農家と石垣に湖をあしらった風景や、塗りたくった絵の具が撥ねてきそうな競走馬の疾走シーンや、アイリッシュダンスを踊る娘とフィドラーや、花瓶に挿したキレイキレイな花の絵ばかり立て続けに何百点も見た後で、妙に暗い色遣いの油絵が数点現れたので、おおっと目を見張ったのである。

「あなたが描いてる絵は、ほかのひとのとはずいぶん違いますね」

「売らなきゃならないわけじゃないから、受けを狙う必要がないのですよ」

「なるほど。この大きな絵はジプシーの家族ですね。赤ちゃんを抱いてるお母さんと縄跳びのヒモを持ってる娘。お母さんは途方に暮れているのかな」

「パーネル通りで見かけたのです。ほら、〈ロトンダ〉の向かいにコンウェイっていう古いパブがあるでしょう。最近、店を閉めてしまったようだけど。赤ん坊におっぱいを飲ませてる母親が座り込んでいるのは、コンウェイの前の道端です。手前には黒人女性。乳母車に赤ん坊をのせて、歩いていくところ」

「パーネル通りならよく知っていますよ。じつはついさっき、あの通りの中華屋で昼飯を食べて来たところです。ほほう、よく見ると、コンウェイのパブの窓枠にひじを掛けて、外を覗いてる男がいますね。ほとんど店内の暗闇にまぎれてしまっているけど。この絵に描かれているのは彼以外全部女性だ。通りを歩き去っていく女性がふたり、ふくらはぎとお尻がたくましいですね。それから、この縄跳びの娘の目が鋭いことといったら！」

「たしかに。アイルランド人はコンウェイで飲んでる、この影みたいな男ひとりですよ。女性はみな、よそから来た移民ばかり。パーネル通りですからね。通りを見ているこの娘は、どうしてうちの家族は貧しいんだろうって考えてるのでしょうな」

「アイルランド人は飲むお金に困らなくなって、パブの窓から高みの見物をしてるってわけですね。あれ？　この娘は白目をむいてにらんでると思ったら、光の当たりぐあいが変わると、憂い顔にも見えますね。白目に見えたのは白い絵の具じゃなくて黒を盛り上げてるんだ！　パーネル通りで見た光景っていうと、現場でスケッチしたか、写真でも撮ったんですか?」

「ははは。違います。わたしは一度見た光景を目に焼き付けて、写真みたいに記憶できるのです。本職は郵便トラックの運転手なので、ダブリンの町中いたるところを走っていますが、これはある日、運転席から見た光景を覚えておいて、後からキャンバスに描いたのですよ」

「うらやましい特技だなあ。それにしても色遣いが暗いですね。お母さんの青いロングスカートと娘の赤いスカートが、闇の中から輝き出している」

「わたしは絵を描く前に、いつもキャンバスを真っ黒に塗りつぶす。そうしておいて、記憶の中からイメージが出てくるのを待つわけです。やがて、記憶の中の光景がぽっかり浮かんでくるでしょう。イメージが描かれはじめると、黒がはがれて、キャンバス本来の白が見えてくるのですよ」

こう語る男性画家は五十代後半だろうか、生まれも育ちもダブリンだという。名前はレイ・パワー。「本職は時間を売ってるだけですよ」とうそぶく彼は堂々たる日曜画家だ。このひとが描くジプシーの母子は悲しげだが、絶望に打ちひしがれてはいない。アフリカ系のお母さんや後ろ姿の女性たちもたくましく生きている。悲しいけれど力強い絵だ。矢も盾もたまらなくなっておそるおそる値段を尋ねると、ほとんど材料費みたいな言い値である。でっかい包装紙にくるんでもらって、その大きな油絵をフラットへ持ち帰った。

＊

アイルランドでジプシーの姿をよく見かけるようになったのはまだ最近のことである。(＊ここでちょっと一言——〈ジプシー〉と呼ばれるひとびとが自分たちのことを〈ロマ〉と呼んでいることはぼくも承知しているが、中立的な呼称としてはどちらも一長一短らしく、研究者による英語文献でも両方の呼称が併用されているケースが多いので、ここでもその慣例にしたがうことにする。）専門家の指摘（Mícheál Ó hAodha, "Roma Immigration to Ireland", *The Patrin Web Journal*, 1998）によれば、一九九四年から九八年までの五年間に、ルーマニアからアイルランドへやってきた難民が約千五百人おり、その中にかなりの数のロマが含まれていた。だが、ジプシーの流入をめぐる問題がにわかに表面化したのは、九八年七月から八月はじめにかけて、フランス発のフェリー船に積み込まれた貨物コンテナ内に忍び込むなどして約二百五十人のルーマニア人――その多くはジプシーだった――がアイルランドに上陸した事件によってである。ルーマニアからプラハ経由でやってきたというロマのひとりはこう語ったという――「わたしたちはアイルランドを選んだわけじゃありません。チェコであるひとに相談したところ、そのひとが、子供を学校に通わせることができて、大人は仕事につけてお金を稼げる、自由な国へ行かせてあげる、と言ってくれたのです」。当時、ロマたちの多くはルーマニアで――とくに警察から――迫害を受けたと主張し、政治亡命を希望していたという。ロマの発言の背後には、八九年に崩壊したチャウセスク政権以後のルーマニアの混乱がかいま見えるようだ。〈ルーマニア・ニュース・ウォッチ〉という英語サイトに載った、ロイター発の記事によれば、政治亡命者としてアイルランドに受け入れられたロマは、二〇〇六年までに、四千人から五千人いたという。

九〇年代半ばにはじまった急激な経済成長を背景に、アイルランドは歴史上はじめて、大規模な移民の流入を経験した。就職口が増えたのを機に、いったん流出したアイルランド人の里帰りがあいついだのにくわえて、東欧諸国やアフリカや中国からの移民が徐々に増えた。二〇〇四年、ＥＵに新たに十カ国が加盟したさい、アイルランドは、スウェーデン、イギリスとともに、移民労働者に門戸を開放した。その結果、新規加盟国のポーランドをはじめとする各国からやってくる出稼ぎ労働者が急増し、アイルランド共和国の人口の一割は外国人だと言われるまでになった。もっとも、二〇〇八年末からの急激な景気後退によって、ポーランド人労働者の出国ラッシュがはじまったとも聞いた。パーネル通りに集まってくる多国籍のひとびとの暮らしも一概に安泰とは言えないようだ。

新移民たちをめぐるこのような事情の中で、ジプシーへの偏見が従来少ないと言われるアイルランドをめざすロマは、後を絶たない。「M50自動車専用道路に野営するロマ・ジプシー、さらに二十一人増加」と題された、二〇〇七年七月二十四日火曜の『アイリッシュ・インディペンデント』紙の記事を拾い読みしてみよう。ダブリン空港に近い環状交差路《ラウンドアバウト》内の緑地に野営地をこしらえた、ロマの集団に関する記事である——『アイリッシュ・インディペンデント』は昨夜、土曜夜にブカレストから到着した便でさらに二十一人のジプシーがダブリンへ到着したとの情報を得た。このグループはテントを持参しており、空港から直接タクシー数台に分乗し、すでに仲間たちが過去二、三カ月にわたり占拠している野営地に合流した。当初からいる八十六人にはすでに国外退去通告が発令されており、今回の二十一人に対しても追って同様の通告が出される見通しである。〔中略〕昨年一月、二百三十人からなるルーマニア人グループが到着し、難民申請を行ったが、EU条約による議定書にもとづいてすみやかに却下された。そのさい、無料便によりルーマニアへ帰国した者は十名あまりにとどまり、大多数はフランスまたはスペインへ向かった」

二〇〇七年一月、ルーマニアがEUに加盟したことにより、ロマの政治亡命や難民申請は通らなくなった。そのかわりに、アイルランドへ入国したロマは、三カ月以内に限り国内を自由に移動できるようになった。とはいえ、ロマの子供たちがアイルランドで教育を受けられる制度はいまだにないし、外国人労働許可証を受けるためのハードルは高い。不法滞留するロマの数は増えるばかりである。かれらの人権をサポートする団体が活発に活動する一方で、ネット上には差別的な発言も目立つ。

ドアに警備員が立っている飲食店が多い繁華街テンプルバー地区では、花売りや物乞いをするロマはめったに見かけない。だが市内の他の路上では、押しの強い物乞い行為を目にすることがある。頭をスカーフで覆い、長いスカートを履いた女性が、観光客につきまとって困らせている場面などに出くわすと、レイ・パワーが描いた絵の中の母親の、悲しげな姿がだぶって見える。だがその悲しみの中味は複雑すぎて、上手に説明することができない。悪意のあるひとなら、あんな悲しみは哀れみを買うための偽物だとさえ言うだろうが……。

問題の核心はいったいどこにあるのか？　社会的・制度的に解決すべき問題は多いに違いないけれど、そうした諸問題は、ことばや文化の視点からアイルランドに関わろうとしているぼくのような者には、手が届かないところにあるように思われる。アイルランドのジプシーについて調べてみようとしたぼくが、一番歯がゆいと思ったのは、かれらのようすが、環状交差路《ラウンドアバウト》の不法占拠者や不法滞留者の数としてしかあらわれてこないことであった。いくら調べても数字ばかりで、かれらの素顔が少しも見えない。そのもどかしさを知ったぼくは、小説家コラム・マッキャンが語る次のことばに深く共感した――

ロマは世界中に千二百万人から千四百万人いて、その人口はほぼユダヤ人の数と同じなのですが、わたしはそんなことさえ知らなかったのです。ユダヤ人の文化は、みずからの祖国を見つけ、自分たちの物語を先へ進め、大衆的な想像力の中で自分自身の歌をうまく歌えるようになりました。ところがもう片方の文化は、いまだに神秘のヴェールで覆い隠されたままなのですから、驚くほかありません。〔中略〕東欧へ行ったわたしは、それまで抱え込んでいた先入観が見事に崩れ去りました。そして、かれらの物語がまだほとんど語られていないことに気づいたのです。まとまった人口を持つひとびとの包括的な物語があまりにも語られていなさすぎるじゃないか、と。

マッキャンは、パウエルズ書店のウェブサイトに載せたこのインタビューの中で、アイルランド人である彼がスロヴァキアに長期滞在して、ロマの女性詩人を主人公にした小説『ゾリ』(*Zoli*, New York: Random House, 2007)を書いた経緯を語っている。かれらの物語を語るひとが少ないのなら、他者である自分がその役を買って出ようじゃないか、というのがマッキャンの動機だったのである。思えば、ぼくがレイ・パワーの〈パーネル通りのジプシー〉の絵に興味をひかれたのは、『ゾリ』をぼく自身が翻訳した(みすず書房、二〇〇八年)せいもあったに違いない。なにしろあの絵には、ロマの素顔が描かれているのだから。

問題の絵をフラットへ持ち帰ってからほぼ二カ月の間、現代アイルランドの絵画や写真や文学作品にロマが登場していないかどうか調べてみたのだが、結果はむなしかった。ロマたちはまだ、統計的な数字ではなく顔のある人間として表現される対象にはなっていないらしい。この国の社会にかれらが入り込んできてから日が浅いせいもあるだろうが、いつになったらかれらの存在に目を留め、〈厄介な問題を引き起こす元凶〉というレッテルを剥がし、かれらの物語に耳を傾ける表現者が出てくるのかはわからない。だとすれば、悲しげな母親と鋭い目で世界を見つめる娘を描いた〈パーネル通りのジプシー〉の絵は、アイルランドのロマに注目した最初期の芸術作品のひとつなのである。レイ・パワー、なかなかやるじゃないか!

ところがある日、よく知っているつもりの短編小説集を読み返していたら、思いがけずルーマニアからやってきたロマの父子に出くわした。映画『スナッパー』の原作を書いたロディ・ドイルの短編集『ザ・ディポーティーズ』(Roddy Doyle, *The Deportees and Other Stories*, London: Jonathan Cape, 2007)の表題作である。「ザ・ディポーティーズ」とは、「国外退去通告を受けた者たち」という意味で、ナイジェリア人のジャーナリストふたりが創刊した、ダブリンで最初の多文化系週刊紙『メトロ・エーラン』に、二〇〇一年から翌年にかけて連載された短編小説である。ドイルの文学世界では、おなじみの人物たちが異なる小説に登場して、複数の作品が一族物語《サーガ》をなしている。「ザ・ディポーティーズ」は『スナッパー』の主人公シャロンの弟、ジミー・ジュニア（父と同じ名前なのだ！）を主人公にした音楽小説で、外国から渡ってきたダブリンの新市民たちが、「国外退去通告を受けた者たち《ザ・ディポーティーズ》」という人を食ったネーミングのバンドを結成する物語である。

ダブリンに居着いた新移民を集めてバンドを結成し、自分はマネージャーをしようと思い立った音楽通のジミーはすでに三十六歳、三人の子持ちだが、調子に乗りやすいところが父親のジミー・シニアゆずりである。彼はまず、貫禄ありげなヴォーカリストをスカウトする。キング・ロバートと名乗るその男は、英語が達者な（のは至極当然な）ナイジェリア人。次々に集まってくるバンドメンバーは、モスクワからの留学生（ドラムス）、ニューヨーク出身の「白人じゃない」娘（ベース、ギター）、スペイン人の娘（ヴォーカル）、ロスコモン（というのはアイルランドの地味な内陸の州）からきた若者（ギター）、定住者と結婚したトラベラー（と呼ばれるアイルランドの非定住民）の男（六十歳、ヴォーカル）などだが、以前この小説を読んだときには、アコーデオンとトランペットの存在を読み飛ばしていた。ジミーはそのふたりと次のように出会う。「マラハイド」はダブリン北部の郊外のはずれ、「クーロック」はその手前の、空港にほど近い郊外の地域名。出会いの舞台は『スナッパー』と同じドイルの地元、あのなつかしい北《ノース》ダブリンである——

　試合に出るマーヴィンを乗せてマラハイドへ向かっていたとき、ルーマニア人を見かけた。ジミーがはっとしたのは、その男が背中にアコーデオンを背負っていたからだ。彼と同い年くらいのそのルーマニア人はクーロックの交差点で、赤信号で止まった車列に沿って、アイルランド版の『ビッグ・イシュー』を売っていた。ジミーはドアガラスを下げた。

――バンドに入らないか？　と彼が言った。

――雑誌買わないか？　と相手が言った。

――雑誌買ったらバンドに入るか？

――いいよ。ただし息子もだ。

そう言いながら、別の車線で雑誌を売っている少年を指さした。

――トランペットを演《や》る。うまいぜ。

――わかった、とジミーが言った。――ちょっと待ってろ、今、車止めるから。

〔中略〕

不思議だな。ジミーはその晩、そう思った。ベッドに横になり、ケータイは切ってあった。アコーデオンの男がアイルランド人だったら、ジミーは車でそいつを轢いていたかも知れなかった。ダンの背中のアコーデオンを見る前までは、あの楽器が大嫌いだった。アコーデオン奏者なんて虫ずが走るし、あの楽器にまつわるウンチクにも耳を貸さなかった。ところが、クーロックのポテチ工場の脇の路肩で、ダンがルーマニアのジグだか何だかを弾きはじめたとたん、ジミーはすげえと思ってしまったのだ。彼はダンとダン――かれらも父子同じ名前だった――にケータイの番号を渡し、相手の番号をポケットにしまうと、二、三日以内に連絡すると約束した。

(Doyle, *The Deportees*, pp. 44–45)

さすがはロディ・ドイル、彼の目にはロマの姿がちゃんと顔のある人間として見えている。もちろん〈パーネル通りのジプシー〉の絵も、ダンとダンの父子も、コラム・マッキャンが言う「包括的な物語」とはほど遠く、ジプシーが端役として登場するちっぽけな逸話、あるいはスナップショットみたいなものに過ぎない。とはいえ、すでに物語ははじまっていたのだ。そう思って町を歩きなおしてみたら、ロマの男たちがバスキングしている姿が目につきはじめた。わが目ながら頼りないことはなはだしいが、ロディ・ドイルを読み直してようやく、以前から目の前にあったはずのものが見えるようになった。テンプルバーやグラフトン通りの道端で、たしかにトランペットやホルンやアコーデオンを抱えた灰色の男たちがときどき、ものすごい速さでノコギリの目立てをするみたいな音楽を演奏している。ジミーが言う「ルーマニアのジグだか何だか」とはこれのことだったのだ！

ジプシーは物乞いをするだけでなく、アコーデオンとブラスに乗って疾走することもできる。ヨーロッパの他の国々ではあたりまえのことがアイルランドでもはじまった。この国には元来、おんぼろな身なりですごい演奏や歌やダンスを披露する人物を尊敬する気風があるから、音楽で自分の物語を語ろうとするロマたちのやりかたは、コミュニケーションへの有望な可能性をはらんでいる。ナイーブなオプティミズムと笑われてもかまわない。ぼくたちはたぶん、ダン父子とその仲間たちが奏でる音楽にしばらく耳を傾けてみるべきなのだ。（＊ここでまた一言――ダブリンの路上でバスキングをしているアイルランド伝統音楽のミュージシャンにこの話をしてみた。すると、ロマのミュージシャンたちの横紙破りな強引さがわかってきた。かれらは自分たちが演奏したい場所を見つけると、そこで演奏しているバスカーのすぐ脇に立って妨害演奏をはじめたり、あからさまにいやがらせのことばを投げつけてきたりするのだそうだ。長年にわたるコミュニケーションと経験の積み重ねによってマナーとルールを確立したアイルランドのバスカーたちにとって、ロマは手に負えない侵入者であるに違いない。宥和への道のりは遠いかも知れないけれど、あきらめずにウォッチしていこうと思っている。）

聞き耳をたてていたら、もうひとつ別の旋律が聞こえてきた。こんどは物語を語る歌だ。日本語の物語に吹き替えるとこんな感じになるだろうか――

旅芸人の馬車で生まれたあたし。母さんはダンスしておひねりを投げてもらった。父さんはできることならなんでもやった。福音のお説教して瓶詰めの〈ドクター・グッド〉を売りさばいた。♪ジプシー、無宿の盗人ども、町のひとはみなそう呼んだ。ジプシー、無宿の盗人ども、毎晩男たちが集まってきて、お金を置いて帰っていった。♪若い男を乗せたのはモビールのすぐ南だった。馬車に乗っけてあったかいものを食べさせた。あたしは十六、あいつは二十一、北のほうまで乗っけてやった。でもあいつがしたことを父さんが知ったら、撃ち殺してたに違いない。♪ジプシー、無宿の盗人ども、町のひとはみなそう呼んだ。ジプシー、無宿の盗人ども、毎晩男たちが集まってきて、お金を置いて帰っていった。♪あたしは学校ってものを知らない。あいつは南の口先男。あの子の母さんダンスしておひねりを投げてもらった。♪旅芸人の馬車で生まれたあの子。三ヵ月後にお腹がへん。あいつはどこなの。近頃見ないね。♪旅芸人の馬車で生まれたあの子。あの子の母さんダンスしておひねりを投げてもらった。祖父さんはできることならなんでもやった。福音のお説教して瓶詰めの〈ドクター・グッド〉を売りさばいた。♪ジプシー、無宿の盗人ども、町のひとはみなそう呼んだ。ジプシー、無宿の盗人ども、毎晩男たちが集まってきて、お金を置いて帰っていった。

アイリッシュ・ミュージックにアメリカ音楽の要素を加えて成功したバンド、ダーヴィッシュが二〇〇七年に出したアルバム〈旅芸人〉(*Travelling Show*)の一曲目に入っている歌である。旅暮らしのライフサイクルが何代も受け継がれていくさまを歌った、哀しくも美しい歌。螺旋階段を上っていくみたいな旋律に、旅暮らし特有の経験の連鎖が乗せられて、はてしなく続いていくようだ。ヴォーカルのキャシー・ジョーダンはライナーノーツにこう書いている――「シェールの七〇年代のヒット曲です。聞き覚えあるでしょ。アイルランドの伝統音楽風にアレンジしました。わたしにはこの歌、アイルランドで生まれたみたいに感じられるのです」

シェールの元歌（“Gypsies, Tramps and Thieves” 邦題は「悲しきジプシー」）の歌詞には「モビール」と一緒に「メンフィス」という地名も出てくるから、アメリカを旅するロマを歌っているのだとすぐわかる。そこを上手にぼかして、アイルランドに違和感なくとけこませたところがダーヴィッシュのお手柄。二〇〇七年にこの歌の歌詞をタイトルに据えたアルバムを出したのは、さすがに鋭いセンスである。父親のいない子を育てる娘といえば、『スナッパー』をついつい思い出すが、この歌を聴いて、〈社会の底辺から抜けられない《悲しきジプシー》の窮状〉を読み取るのか、〈誰の人生にも潜んでいる深い悲しみをぐっと呑み込んだ上で、泣かずに大笑いする《家族の底力》〉を読み取るのかは、聞き手であるぼくたちにゆだねられている。

「悲しきジプシー」の歌はあきらかにロマのステレオタイプを利用した歌である。だが、差し出された紋切り型のイメージをどの角度から見て、何を受け取るかは受け手にかかっている。小説『ゾリ』を書くためにおこなった東欧での長期滞在リサーチを振り返って、コラム・マッキャンが、先述のインタビューの中でこんな感想を述べていた――「結局、向き合わなければならないのは、自分自身の内側にある先入観なのだとわかりました。それを忘れれば、相手の文化への祝福だけを並べた目録か、悲惨ばかりを述べ立てた目録のどちらかをこしらえてしまう結果になる。外側の人間がある文化と対面しようとする場合、相手を感傷的な目線だけで見ることはできないし、残酷な見方に徹することも不可能です。真実が見いだされるのはその中間のどこかなのです」

小説家が語ろうとしている問題は、よそ者がジプシーを見るさいの立ち位置だけにとどまらない。よそ者であるぼく自身が、ジプシーばかりかアイルランドの文化を、どこからどう見るつもりなのかも問われているのだ。そのことに今ようやく気がついた。

メアリーは「できません！」と言った

「手持ちのディスクを聞きなおしていたとき，思いがけなくメアリー・マニングに再会した．アイルランドの労働運動関係の歌ばかり集めたＣＤをクローゼットの奥から掘り出して久々に掛けていたら，彼女の名前が耳に飛び込んできたのである——」

ダンの店《ダンズ・ストアズ》はアイルランドの津々浦々に店舗を持つ、一大スーパーマーケットチェーンである。ダブリンに住んでいたときには、市内数カ所にあるダンズで食料品や雑貨をよく買った。セロリやトマトやバターやミルクを籠に入れるぼくの耳の奥でしばしば聞こえていたのは、「ダンの店《ダンズ・ストアズ》の娘に惚れちまった／おいらの世界をあの娘が廻す」という歌の文句である。店のコマーシャルソングではない。ベテランシンガー・ソングライター、ジョン・スピラーンがギターをかき鳴らしながら、コークなまり丸出しで噛みしめるように歌っている。「ダンの店《ダンズ・ストアズ》の娘」と題されたこのラブソングが耳の奥で鳴り出すと、ダブリンの大都会ではなく、田舎町のスーパーで買い物をしているような気分になったものだ――「ダンの店《ダンズ・ストアズ》の娘とおいらは、手に手を取って通路を歩く／夢でも見てろと言い捨てた、あの娘の兄ちゃんはスキンヘッドで、おいらなんか死ねばいいとおもってる／そうだね夢でも見とくかな／ダンの店《ダンズ・ストアズ》の娘とおいらは、手に手を取って通路をまっしぐら」(John Spillane, "The Dunnes Stores Girl". *Hey Dreamer*, Dublin: EMI Music Ireland, 2005)。レジ係の娘と地元の若者の淡い恋愛を描いた掌編小説みたいな歌詞は、ぼくたちをつかのま牧歌的な世界へと誘う。今でこそ巨大チェーンになったダンの店《ダンズ・ストアズ》も、そもそもは南部の町コークで創業した一軒の衣料品店からはじまったそうだ。

ある日、いつものように日用品を買いに出て、歩行者専用ゾーンのヘンリー通り商店街を歩いていたら、舗道の一角に楕円形をした真鍮の銘板がはめ込まれているのに気がついた。いつからあったんだろうと考えながら文面を読んでみた――「国際女性デー百周年を記念してこの銘板をつくり、アパルトヘイトに反対して一九八四年から一九八七年までストライキの先頭に立ったアイルランド人の若い女性、メアリー・マニングに捧げる。彼女は平和と正義と、あらゆるひとびとのよりよい暮らしを求めて奮闘する、女性たちの勇気と献身を代表している。二〇〇八年三月八日、南アフリカ共和国大統領タボ・ムヴィェルワ・ムベキ」

ダブリンの商店街に、南アフリカ大統領のことばを刻んだ銘板があるとは珍しい。しかも、はめこまれたのはまだ最近である。数日後、たまたま友人が夕食に呼んでくれたので尋ねてみたら、「ああ、あそこにはダンズがあったんだよ。ノビも覚えてるだろ?」と言われた。そういえば、今は百メートルばかり西で営業しているダンズのヘンリー通り店はかつて、銘板がはめこまれた舗道の正面にあった。十年余り前にこの町で一年間暮らしたときには、旧店舗でよく買い物をしたのを思い出した。

「八〇年代半ばに、あの店でレジ係をしていた若い娘が、南アフリカ産のグレープフルーツをレジ打ちするのを拒否したんだ。差別・隔離政策《アパルトヘイト》に反対したわけさ。彼女が二年半ほど続けたストライキは世界の注目を浴びた。一九九〇年、二十七年間監獄で暮らしたネルソン・マンデラがついに解放されたとき、彼はまっさきにダブリンへやってきて、メアリー・マニングに会ったんだよ」

なるほど、そうか。ダンズのレジ係は、牧歌的な恋の相手になるばかりではなかったらしい。かくして銘板の謎は解けたものの、その後は帰国の準備で気ぜわしくなって、ヘンリー通りに刻まれた物語には深入りしないまま、東京へ戻ってきてしまった。ところが帰国後しばらくして、ダブリンで買い集めたCDの整理をしがてら、手持ちのディスクを聞きなおしていたとき、思いがけなくメアリー・マニングに再会した。アイルランドの労働運動関係の歌ばかり集めたCDをクローゼットの奥から掘り出して久々に掛けていたら、彼女の名前が耳に飛び込んできたのである――

さて、キルメイナムのメアリー・マニング、二十一歳、レジ係
翌朝、試練にさらされたとき、大きな声ではっきり言った
「お客様、このグレープフルーツは南アフリカ産です、お取り扱いできません！
わたしたち、アパルトヘイトに反対です」十人の若い女とひとりの男

騒ぎはみるみる広がって、脅しと野次と怒号の嵐
経営陣は口の端から泡を飛ばし、重役たちは青蠅みたいに群がった
「売りなさい、それが嫌なら休職処分、組合が決めたボイコットなど認めない」
お偉いさんには理解できない大義名分、十人の若い女とひとりの男

（Ewan MacColl, "Ten Young Women and One Young Man". Various artists, *Songs of Irish Labour*, Dublin: Bread and Roses Productions, 1998）

全部で七連ある新作バラッドで、「十人の若い女とひとりの男」というタイトルがついている。メアリー・マニングに賛同してストライキをおこなった店員が、全部で十一人いたのだ。二十世紀初頭から今にいたるまで労働運動が盛んなアイルランドで、労働歌が数多く歌われてきたのは知っていたが、こんな新作までつくられていたのには恐れ入った。作者は誰あろうイワン・マッコール。スコットランド系イギリス人として生まれ、一九五〇年代から六〇年代にかけて、フォーク・リバイバル運動の中心的なシンガー兼作詞作曲家として活躍した彼は、筋金入りの社会主義者だった。そのマッコールが最晩年、ダブリンの反アパルトヘイ

ト・ストライキを生きた伝説として語り継ぐべく、新作バラッドを書いていたのである。

さっそくインターネットで新旧の新聞記事を集め、それらを読み繋いでいくうちに、ヘンリー通りに刻まれたメアリー・マニングの物語のあらすじがわかってきた。一九八四年、不景気のまっただ中で起きた話である。この年の復活祭《イースター》におこなわれたアイルランド小売業店員組合の総会で、当時南アフリカでおこなわれていた有色人種にたいする差別・隔離政策《アパルトヘイト》に反対する一環として、同国産品のボイコットが決議された。七月、その決議にしたがって行動を開始するよう申し合わせた日の直後には、南アフリカからの輸入品のレジ打ちを拒否した店員は他のスーパーにもいたのだが、特に処分は受けなかった。ところがダンズでは経営側が強硬だった。

七月十九日、女性客がレジへ持ってきたグレープフルーツ二個の販売を最初に拒んだのが、たまたまメアリーだった。彼女は職場の幹部社員から態度を翻すようすすめられたが、「ノー」と言ったので即刻休職処分が言い渡された。仲間の女性店員九人が彼女に賛同して、ストライキがはじまった。本人たちは二、三週間で決着がつくだろうと思っていたようだが、そうは問屋が卸さなかった。一年後に男性店員がひとり加わって総勢十一人になったスト参加者たちは、ヘンリー通りのダンズの店頭で、南アフリカ産品のボイコットをアピールした。八七年一月、アイルランド共和国政府が南アフリカ産品の全面輸入禁止に踏み切ったのを受けて、四月にストライキは終わった。スト開始から数えて二年九カ月の時が流れていた。

〈イギリスに支配された時代、アイルランドではカトリック信徒がひどい差別を受けた歴史があるから、ひとびとは南アフリカの黒人の窮状に共感しやすかったのだ〉などとコメントして片づけてしまうのはたやすい。あるいはまた、〈八〇年代当時、北アイルランド紛争は出口が見えない状態が続いていたので、《北》で起きていた暴虐の収束を願うダブリン市民の感情が南アフリカに振り向けられたのだ〉と考えて、事情を理解したつもりになることもできる。だがそうした安易な概括は、何も明らかにしてはくれないだろう。

第一、ダブリンのひとびとは当時、アパルトヘイト問題にたいして無知だったというのだ。眉につばをつけたくなる話だが、メアリー・マニング本人が新聞記者に、スト中のエピソードをこう語っている――「ひとりの女性がわたしに近づいてきて、ねえあなた、南アフリカ産品の取り扱いを拒むのは正しいわよ、だって、黒人がさわったものをさわるなんて、あたしだって嫌だもの」(Mary Dundon, "Drops in Ocean that Turned Tide". *Irish Examiner*, 19 July 2004)。スト参加者が口々に回顧している声に耳を傾ければ、そもそもこれは政治的なアピールを意図してはじめたストではなかったことがわかる。彼女たちも、アパルトヘイト問題にたいする無知においては例外でなく、ストをはじめてから南アフリカの現実について学んでいったというのだ。メアリーは回顧する――「組合の指示書にしたがって行動しただけです。わたしたちはとりたてて政治的だったわけじゃありませんが、個人的には大きな犠牲を強いられました。百ポンド以上あった週給が、スト手当の二十一ポンドになってしまったんですから。わたしは実家に住んでいたし、家族も理解してくれたので、幸運でしたけどね」(Dundon, 19 July 2004)。運が悪かったのは当時二十七歳の主婦で、三歳児を抱えていたヴォニー・マンロウである。彼女は住宅ローンが支払えなくなり、自宅を手放さなければならなくなったが、それでもストをやめなかった。

週給二十一ポンドで糊口をしのぎ、自分たちの日常生活とは縁もゆかりもない遠国からの輸入品をレジ打ちしない権利を求めて、二年半以上もストライキを続けた若者たちの頑固さを、いったいどう説明したらいいのだろう。参加者が十一人以上に増えず、アイルランド労働組合会議がスト支持を決めるまでに一年もかかったのをみれば、世間のひとびとの無関心ないし冷ややかなまなざしが如実にうかがえる。しかもこのストは、メアリーが回顧したように、南アフリカの窮状にたいする共感や同情に突き動かされた行為でもなかった。だとすれば、衆を頼むのでなく、大義に殉ずるというたぐいの精神ともかけ離れた、かれらの無鉄砲なまでの意固地さは、いったい何を根拠にしていたのだろう？　引っ込みがつかなくなったのかもしれないし、はじめたことはやりとげると決めたのかもしれないが、ひとりひとりがそれぞれの筋道をとおして忠実であろうとした相手は、最終的に自分自身だったのではないか？　かれらの内なる良心に根を張って葉を茂らせていたのは、桁外れに楽観的な自分への信頼ではなかったのか？　ぼくはかれらの意固地さに、深い敬意と羨望をおぼえる。

ヘンリー通りの十一人がおこなった、むこうみずで無私な行為にいちはやく反応したのは、地元ではなく外国のメディアだった。八四年十二月、メアリーはスト仲間ふたりとロンドンを訪れ、ノーベル平和賞を受け取るためにストックホルムへ向かう旅の途上にあった、南アフリカのデズモンド・ムピロ・ツツ主教と会見した。翌年、スト参加者たちは主教の勧めを受けて、南アフリカの現状を見聞するためヨハネスバーグを訪問しようとしたが、現地の空港で入国拒否にあい、強制退去を余儀なくされた。帰途、ロンドンのヒースロー空港で待ち構えていた大勢の取材陣は、かれらが受けた不当な扱いを、マスメディアを通じて世界中に伝えた。

十一人の若者たちはいつにまにか有名人になってしまった。八五年夏、ポップソングのレコーディングに参加しないかとU2のボノから誘われたとき、かれらは耳を疑ったに違いない。アパルトヘイトに反対する総勢五十人を越えるミュージシャンが団結し、無償で制作した「サンシティ」という曲の録音に、かれらはコーラス隊として参加したのである。ロック、ラップ、ジャズなど幅広いジャンルから集まったアーティストたちの中には、ジミー・クリフ、ジョージ・クリントン、ブルース・スプリングスティーン、ホール・アンド・オーツ、マイルス・デイビス、リンゴ・スター、ルー・リード、ボニー・レイットなどが含まれていた。「サンシティ」は、ニューヨーク、ロサンゼルス、ロンドンなど各地で録音された歌と演奏が編集されて完成した。サンシティというのは南アフリカの、黒人がよそへ強制移住させられた地区にある白人専用の高級リゾートで、八五年当時は法外なギャラを提示して、一流アーティストを招聘することで知られていた。この曲では、「おれたちができるただひとつのことは／いいかよく聞いてくれ／サンシティでは絶対演奏しないっていうことだ」という歌詞が何度も繰り返される。

「サンシティ」は八五年のクリスマス前にCDで発売され、印税は政治犯の家族や亡命者、人種差別に反対する活動家などを支援する南アフリカ基金に寄付された。各地の録音風景を撮ったミュージックビデオと、それにともなうドキュメンタリービデオも同じく無償で制作され、MTVで放映された後、VHSが販売された。これらの作品はすべて、一九九四年に南アフリカにおけるアパルトヘイトが撤廃されて以降、絶版になっている。「サンシティ」プロジェクトに関係したひとすべてにとって喜ばしい絶版状態と言えるだろう。

外国からの注目にせきたてられるようにして、無関心だったアイルランドのひとびともストの意味を理解し、さまざまな形で支持するようになった。世論が徐々に動き、八七年には政府を促して、南アフリカ産品の輸入禁止措置を決定させた。だが目的を達成し、長いストライキをようやく終えた参加者たちの多くは、元の職場には戻れなかった。組合の職場リーダーでスポークスマン的な役割を果たしたカレン・ゲリン（ストがはじまったとき、メアリーと同い年の二十一歳だった）はトラブルメーカーの烙印を押され、ダブリンでは職を見つけられなかったため、南部のケリー州へ引っ越した。メアリー・マニングは職を求めてオーストラリアへ移民したという。

＊

わが家のクローゼットをさらに発掘調査したら、マッコールのバラッドとよく似た歌がもう一曲見つかった。こちらは作者不明だが、歌っている人物が負けず劣らずの超大物だったので驚いた。クリスティ・ムーア。過去四十年以上にわたって第一線でシンガー・ソングライターとして活躍し続け、アイルランド内外の社会や政治にたいして共和主義者《リパブリカン》の立場からコメントしてきた彼は、押しも押されもしない国民的歌手である。そのムーアが一九九一年に録音したままお蔵入りになっていた音源が、先年出たボックスセット(Christy Moore, *The Box Set 1964-2004*, London: Sony Music Entertainment, UK, 2004) ではじめて公開されたのだ。「ダンの店《ダンズ・ストアズ》」というその曲は、ヘンリー通りのストライキを語り伝えようとする作者不明のバラッドで、全体の流れはマッコール作のバラッドと同工異曲である。それをなんべんか繰り返して聞いているうちに、こちらの歌には聞き流せない一連が仕込まれているのに気がついた。全八連あるうちの六連目を、ダンズのコーマーシャルキャッチフレーズを使ったコーラスとともに日本語にしてみよう——

冷酷な、アパルトヘイトの法律はほんとに他人事なんだろうか？
金持ちが貧乏人を踏みにじってるのは、南アフリカだけなんだろうか？
ボスはボイコットなんかしない、ボスは聞く耳持ってやしない
ふところを肥やすことさえできるなら、売り場に何を並べてもいい

（コーラス）ダンの店《ダンズ・ストアズ》、ダンの店《ダンズ・ストアズ》、ダンの店《ダンズ・ストアズ》
セント・バーナードのブランドはお得、どこよりお得、負け知らず《ビーツ・ゼム・オール》

「もうかりさえすれば手段は選ばないのか！」という企業批判なら、ぼくたちは耳にたこができるほど聞かされている。だが三面記事に目を配っているアイルランド人がこの歌を耳にすれば、もっと具体的な背景事情が思い浮かぶはずだ。共和国の小売業の四分の一を占めるといわれるダンズが、上場企業でなく個人所有であることはよく知られている。ヘンリー通りのストライキに関する記事にもしばしば、背景にあった労使関係のこじれが指摘されている。同族企業を率いるダンズの「ボス」は敏腕だがワンマンで、労働者の立場を長年無視してきたという非難が、抜き身のナイフのように見え隠れしているのが、アイルランド人にはぴんとくるはずなのである。

とはいえ、この種の非難はしばしば一面的だからうのみにするわけにはいかない。少なくとも、クリスティ・ムーアがこの歌を録音したという九一年には、たったいま引用した一連の切れ味はほどほどの鋭さだったかもしれない。ところが翌年の二月以降、当時四十三歳の、歯に衣着せぬ物言いで知られていたダンズの「ボス」にたいする批判は、それまでと異なる意味を持つようになった。ムーアがその時期以降、「ダンの店《ダンズ・ストアズ》」をコンサートで歌ったかどうかぼくは知らないけれど、もし歌ったとすれば、歌詞の切れ味はぐっと増したに違いない。九二年二月二十日、ダンズの総帥ベン・ダンはゆゆしき醜態をさらして逮捕され、その人格への信頼を失墜させたからである。「ボス」はゴルフ旅行に出かけたマイアミでコールガールを雇い、コカインを吸引していたのである――

その晩、フロリダ州オーランドーのハイアット・リージェンシー・グランド・サイプレスの、一泊千二百ドルするメゾネット式スイートルームに宿泊したふたりは、麻薬をもちいて過ごした。彼女の新しい友人であるベンは、妻のメアリーが翌朝電話してくることになっていると話して聞かせた。ベンはいらいらしているようだった。午前八時頃には自制を失っていた。彼は金庫を開けようとしていた。中には三万四千アイルランドポンドと九千ドルが入っていた。金庫が上手く開かないとみると、彼は正気を失った。あいつらが金を盗もうとしてるんだ。ゴルフ友達だよ、あいつらどこにいる?

(Desmond Murphy, "Dunne and Dusted". *The Independent*, 13 December 1992)

こうして、金庫を開けられなかった「ボス」は錯乱し、半裸のままアトリウムを見下ろす十七階のバルコニーへ飛び出して、下のロビーに向かって大声で助けを求めたという。裁判の結果、彼にはコカイン所持の有罪が言い渡され、比較的軽微な刑が科せられた。

さてここに、またもや歌が登場する。作詞したのはフィンタン・ヴァレリー。アイルランド伝統音楽界指折りのフルート奏者・歌手であり、著書も多く、音楽研究者にして大学教授でもある。その彼がこの事件にからめて「ダンの店《ダンズ・ストアズ》もこれで終わり《ダン》か、あいつの話《ストーリーズ》は負け知らず《ビーツ・ゼム・オール》」という歌(原題は "Dunne(s) Stor(i)es Beats Them All") をこしらえた。どうやら歌びとの燃える魂は、伝統曲を演奏し、伝承歌謡を歌い、無難な研究をしているだけでは飽き足らず、自分の名声に傷がつくかも知れない社会批判をしてみせずにはいられなかったらしい。

ヴァレリーは、新作の風刺歌を紹介するに先立ってこんなコメントを書いている――「ダンは罪を認めた。その年の後半、裁判が終わり、自由の身になってから、彼はコルンバヌス騎士団(世界最大のカトリック信徒友愛団体）のご機嫌を取るかのように、コンドームの販売に反対するスーパーマーケット連盟に加盟した。そしていつもの口癖——「ダンズのお客様はそのようなものを喜ばない」「要望がないのだよ」——をまくしたてた」（Collected and introduced by Fintan Vallely, *Sing Up: Irish Comic Songs & Satires for Every Occasion*, Dublin: Dedalus Press, 2008, p. 98）。全十連からなる風刺歌はことば遊びが満載なので、日本語に訳すのはなかなか骨が折れるけれど、中程の一連だけ吹き替えにしてみよう——

ドラッグやったら普通はお終い《ダン》
刑務所行きか逃げるが勝ちか
マイアミバイスが帰したベン・ダン
ダンの 話《ストーリー》 は負け知らず《ビーツ・ゼム・オール》
旅商人が集まるタワーで悪ふざけした
セント・バーナード・ブランドの御曹司——
ベン・ダンの店じゃコンドームはボイコット
ダンの店《ダンズ・ストアズ》は負け知らず《ビーツ・ゼム・オール》

（Vallely, *Sing Up*, p.100）

ぼくは企業や個人にたいする批判の内容をあげつらいたいわけではない。興味が尽きないのは、歌い手たちが採用する手段のほうである。マッコールもムーアもヴァレリーも、マスメディアを使おうとは考えない。かれらは表現手段として基本的に肉声を選ぶ。同じ手段を選ぶ者たちが他にもたくさんいることは、ヴァレリーが編集した先述の歌本に、彼以外のひとびとがこしらえた新作の滑稽歌や風刺歌が並んでいるのを見ればわかる。ヴァレリーはたった今引用した風刺歌を先述の歌集に収めただけでなく、CD（Tim Lyons and Fintan Vallely, *Big Guns and Hairy Drums*, Whinstone Music, 2000）にも吹き込んでいるものの、この種の歌の流通規模はきわめて限定されている。マッコールやムーアにしても知名度は高いけれど、CDが売れる枚数は莫大ではない。にもかかわらずかれらの歌には、自分の声が必ずどこかへ届くという確信があふれている。この楽観はどこからきているのだろう？

ヘンリー通りの十一人がおこなったストライキと同様、バラッドや風刺歌に許される到達距離も生身の身体の制約を超えることができない。座り込みも肉声による歌唱も、行為するひとを取り囲めるくらいの人数にしか届かないのは明らかである。しかし生身をさらし、肉声を届かせる行為や歌が放つインパクトは、身体性を希薄にしがちな大ホールでのパフォーマンスをしばしば圧倒する。アイルランドでは近代になってからも、ほめ歌や呪い歌を流行らせることによって個人やグループをほめたりけなしたりする、高度に洗練された直接コミュニケーションの文化が生き残った。音響機材を駆使して、大ホールを埋め尽くす観衆に感銘をいっぺんにあてがうのではない。たくさんの身体を経由する口伝えで、歌や噂や物語を浸透させることによって、世間を徐々に動かそうとする、たいそう気の長いやりかたである。口コミに頼る社会において、人口に膾炙する歌をつくる技能を持つ風刺詩人や歌びとはかつて一目おかれ、恐れられさえした。マッコールやムーアやヴァレリーの歌いぶりに耳を傾けていると、かれらはそうした根強い言霊文化を今でも本気で信じ続けているとしか思われない。

個人の領分を超えぬよう自制しつつ、他人の侵入を許さない身の内においては自分自身をたのみにして、どこまでも頑固であろうとする胆力――ストライキをした若者たちとバラッドや風刺歌の歌い手たちは、みなどっしり肚が据わっている。かれらの度はずれた愚直さにおもわず触れて感電するとき、ぼくは自分自身のへなちょこさに気づかされて息を呑む。

# モノ語りのはじまり——あとがきにかえて

二〇〇九年から二〇一〇年にかけての一年間、勤務先の大学から研究休暇を与えられたので、ユニヴァーシティ・カレッジ・ダブリン（UCD）に籍を置かせてもらってダブリンに住んだ。ダブリンは我が偏愛の町である。勝手知ったる通りや路地をぶらつきながら、どんな研究ができそうか考えた。かつてこの町で、詩人たちにインタビューしてまわったのを思い出す。パブで演奏される伝統音楽を追いかけたこともあった。おかげで何人かの詩人たちとは今でもつきあわせてもらっているし、音楽パブ通いにもそれなりに年季が入ってきたように思う。

とはいえ、すでにやったことの〈続編〉を試みても、二番煎じか蒸し返しに終わってしまいそうだ。それじゃあいささか芸がない、などとぼんやり考えながら中心街を歩いていたある日、馬車を拾った。それがすべてのはじまりだった。その後のいきさつは本文中に書いたとおりで、古ぼけたモノについて調べていくうちに、〈図書館の天使〉（＝わが敬愛する詩人・小説家キアラン・カーソンの守護神）がぼくにもしばしば微笑んでくれた。大学図書館での調べものばかりでなく、小さな取材旅行をしたり、映画を見たり、友人や旅先で出合ったひとびとに聞き込みをしたりする作業も、モノの素性や正体を探るのに役立った。その報告を文章にしてみた。すると、書物と風景と歴史が思わぬところでつながったりとぎれたりしている路地をさまよい歩くような書き物になった。

　不思議なモノやあやしげな物体を拾ったり買ったりするのは昔から大好きなので、ダブリンのフラットにはだんだんその手の物品が増えていった。それらのモノたちが語る身の上話に耳を澄ましながら、時空をつなぐ路地歩きを続けた。調べ物をするのは大学教師の本分なので、さまざまな手を尽くし、工夫を凝らして路地のマップを描いてはみたものの、結局のところ、世の中で〈研究〉と呼ばれている営みのパロディをこしらえてしまったかもしれない。歩いても歩いても核心にたどりつけない遊歩と低回……。しかし、見通しが悪い路地の彼方に、ふいに息を呑む光景が開ける瞬間もないではなかった。そういうときには、これこそ〈研究〉の醍醐味かも、という思いが胸をよぎった。

　いずれにせよ、この本におさめた一連の文章を断続的に書き綴っていたおかげで、異郷でのひとり暮らしが心躍る謎解きの毎日へと様変わりしたのは確かである。ダブリンの匂いが染みついた文章に、東京へ帰ってから手を入れて一冊にまとめた。文中に引用した英語文献には邦訳のあるものも含まれているけれど、すべて原典からの拙訳を試みた。おりおりに撮りためた風景やモノの写真も見ていただくことにした。

　ダブリンでは、UCDのデクラン・カイバード教授にたいそうお世話になった。また、テオ・ドーガン、ポーラ・ミーハン、パット・ボラン、キアラン・カーソン、ジェラルド・ドウ、パッツィー・ダン・ロジャーズ、シェイマス・デ・バッラ、ショーン・オマーラ、本多麻里、ブルーノ・ヴェルディチ、村上淳志、村上恭子、レイ・パワー、リン・ウィルキンソン（みなさん、敬称略でお許しください！）から受けた友情と後押しとアドバイスは、かけがえのない宝である。

　書きたくて書いた文章は誰かに読んで欲しくなるものだ。話がひとつまとまるたびに、旧知の友人でみすず書房編集部の宮脇眞子さんに宛ててメールで送った。みやげ話の押しつけだったのに、心優しい宮脇さんはおもしろがってくれた。調子に乗って次から次へと長話を綴ることができたのは、ひとえに彼女の寛容さと機知に富んだコメントのおかげである。守田省吾さんと尾方邦雄さんのはげましも心に沁みた。「歌のごほうび」（『みすず』、二〇〇九年十月号）、「パーネル通り」（同誌、二〇〇九年十二月号）、「ふるさとはデンマーク」（同誌、二〇一〇年五月号）、「メアリーは「できません！」と言った」（同誌、二〇一〇年九月号）を次々に掲載してもらえたのは望外の喜びだった。

日本ケルト協会ケルトセミナー講義（福岡市、二〇一〇年四月二十五日）で、「ふるさとはデンマーク」の草案を披露する機会を与えられ、ライブヴァージョンというべき筆記録を会報誌『ＣＡＲＡ』（第十八号）に掲載してもらった。お世話くださった山本啓湖さんに感謝申し上げます。また、「ハープ氏の肖像」の初期稿の一部は、東京大学大学院の多分野交流演習（二〇一〇年六月四日）で披露するチャンスをいただいた。現代文芸論の柴田元幸教授に感謝申し上げます。

この本をまとめるにあたって、前著『声色つかいの詩人たち』に引き続き、先述の宮脇さん、守田さん、尾方さんのお力添えをいただいた。かたじけなく思います。宮脇さんの発案により、尊敬する旧友平野恵理子さんのイラストでこの本を飾ってもらえたことは特別な喜びです。皆さん、ありがとうございました。

ダブリン―東京、二〇〇九年―二〇一三年

栩木　伸明

## この本に登場する主な人物（生年順）

**聖パトリック**（St. Patrick, ？－493頃）

アイルランドの守護聖人．ローマ支配下のブリテンに生まれた．15歳のときアイルランド人にさらわれ，現在のアントリム州にあった農場で6年間働かされた．その後脱走してブリテンへ戻ったが，夢の中で呼び声を聞き，宣教のためにアイルランドへ再び渡った．彼は当地でおこなわれていた偶像崇拝を打破し，蛇を追放したと伝えられる．また，シャムロックの葉を用いて三位一体の教義を説明したとも伝えられるが，この伝承は意外にも近代の産物らしい．毎年3月17日の聖パトリックの祝日には，アイルランド人が住む世界各地で祝賀パレードなどがおこなわれている．

＊この人物は，「シャムロックの溺れさせかた」「ハープ氏の肖像」に登場しています．

**聖コルム・キレ**（St. Colum Cille, 521－597）

聖パトリック，聖ブリジッドとともにアイルランドの三大守護聖人のひとり．聖コルンバとも呼ばれる．名前は「教会の鳩」という意味．ドニゴール州ガルタンに生まれ，アイルランドとスコットランドの各地に修道院を建てて活動した．トーリー島にも修道院を建てたといわれ，聖人にまつわる伝承が島に言い伝えられている．

＊この人物は，「スズメバチと閉所熱」「絵語りの島」に登場しています．

**グレース・オマーリー／グラーネ・ニー・ウォーレ**（Grace O'Malley/Gráinne Ní Mháille, 1530頃－1603頃）

メイヨー州のクレア島を根拠地にしてアイルランド沿岸を荒らし回った海賊女王．剛胆で独立心旺盛なリーダーで，1593年にはエリザベス女王とロンドンで会見し，女王同士として対等に語り合った．彼女の居城と伝えられる古城がクレア島に現存する．ダブリンの北のホウス岬で領主の孫息子をさらった逸話は，海賊女王の剛直な人柄をよく物語る．

＊この人物は，「岬めぐり」に登場しています．

**オリバー・クロムウェル**（Oliver Cromwell, 1599－1658）

イギリスの政治家・軍人．ピューリタン革命のとき鉄騎隊を組織して，議会派の勝利に貢献した．アイルランドに根を張る国王派とアイルランド・カトリック同盟を打倒するため，1649年，議会軍を率いてダブリンへ上陸，各地で猛攻と虐殺をおこなって，カトリック勢力を叩きつぶした．

＊この人物は，「シャムロックの溺れさせかた」に登場しています．

**ターロック・オキャロラン／トゥールロホ・オー・カローラン**（Turlough O'Carolan, 1670－1738）

名前の綴りにはさまざまな異形があり，本文中に登場する碑銘にはキャロラン（Carolan）と書かれている．ハープ奏者にして「アイルランド最後の吟唱詩人」．18 歳のとき天然痘で失明したのをきっかけに，はじめてハープを手にした．21 歳のとき，馬と介添人をつけてもらって旅暮らしを開始，領主の田園屋敷をあちこち巡歴して自作自演をおこなった．曲につけられた詞章には，旋律に合わせて歌われた歌詞と，旋律をバックに朗読された詩の，二種類があったらしい．

＊この人物は，「シャムロックの溺れさせかた」に登場しています．

**エドワード・フィッツジェラルド卿**（Lord Edward FitzGerald, 1763－1798）

貴族にして共和主義者．初代レンスター公爵ジェイムズ・フィッツジェラルドの五男．若くしてイギリス陸軍に入隊した後，アメリカ独立戦争に従軍．帰国してアイルランド議会議員になったものの新大陸へ舞い戻り，1792 年，革命のまっただ中のパリへ飛び込んで共和主義に染まった．1796 年，ダブリンへ戻ってユナイテッドアイリッシュメンに入会．1798 年 5 月，武装蜂起を準備して潜伏中のところを逮捕され，獄中で死去した．

＊この人物は，「ハープ氏の肖像」に登場しています．

**ダニエル・オコンネル**（Daniel O'Connell, 1775－1847）

弁護士・政治家．ケリー州のカトリック信徒の家に生まれた．アイルランドにおけるカトリック信徒の〈解放〉に尽力した国民的英雄で，後年，ダブリン市長もつとめた．ダブリンのオコンネル記念碑，オコンネル大通り，オコンネル大橋に名前を残しているほか，グラスネヴィン墓地には，ケルト修道院にある円塔《ラウンドタワー》を模した巨大な墓碑がある．

＊この人物は，「シャムロックの溺れさせかた」「パーネル通り」に登場しています．

**ロバート・エメット**（Robert Emmet, 1778－1803）

ユナイテッドアイリッシュメンの一員．アイルランドがイギリスに併合された直後，独立運動を指導した．トリニティ・カレッジ・ダブリン卒業後，フランスに渡って共和主義への傾倒を深め，1803 年，ダブリンで武装蜂起を決行した．相次ぐ番狂わせや不手際の中，わずか百人の無規律な集団を率いて，アイルランド総督府が置かれていたダブリン城攻撃を企てたが，失敗に終わる．ダブリン山中へ逃亡した後，市内の潜伏先へ戻ったところで逮捕され，公開処刑された．遺体がどこに埋葬されたかはいまだに謎である．

＊この人物は，「ハープ氏の肖像」に登場しています．

**モーガン夫人**（Lady Morgan［旧姓名 Sydney Owenson］, 1783 頃－1859）

小説家．ダブリン生まれ．生年は 1776 年頃，または 1781 年頃とする説もある．住み込み家庭教師として働いた後，小説『アイルランドのじゃじゃ馬娘』を書いて好評を得た．イングランドへ渡り内科医モーガン卿と結婚，ダブリンへ凱旋．文学サロンを開き，強烈なナショナリズムを標榜した．

＊この人物は，「シャムロックの溺れさせかた」に登場しています．

**ジョン・ミッチェル**（John Mitchell, 1815－1875）

ナショナリスト．北部デリー市近郊のプロテスタントの家に生まれ，長じて弁護士になったが，不利な立場に置かれたカトリック信徒の弁護を多く手がけた．過激な発言が国事犯と認定され，ヴァン・ディーメンズ・ランド（タスマニア島）へ流刑となったが，アメリカへ脱出．以後も波瀾万丈の人生を送り，60 歳で死去した．

＊この人物は，「歌のごほうび」に登場しています．

**パトリック・ウェストン・ジョイス**（Patrick Weston Joyce, 1827－1914）

歴史家，古物研究家，音楽収集家．リムリック州とコーク州が接する州境の伝統文化が色濃く残る地域に，アイルランド語を母語として生まれた．イギリス植民地時代の教育改革に手腕を発揮した後，王立アイルランド古事古物研究協会会長などを歴任し，古物・古伝承の保存に尽力した．著書の多くは現在も版を重ねている．

＊この人物は，「歌のごほうび」に登場しています．

**チャールズ・スチュワート・パーネル**（Charles Stewart Parnell, 1846－1891）

政治家，アイルランド国民党党首．ウィックロウ州の裕福な地主（プロテスタント系）の家に生まれ，ケンブリッジ大学を卒業してイギリス下院議員に選出された．アイルランドの自治拡大を要求し，カトリックの小作農の土地所有に道を開いて，「王冠なき国王」とまで呼ばれるほど期待を集めた．ところが，同僚議員の妻キャサリン・オシェイとの長年の事実婚を政敵に利用された結果，人気が一挙に凋落し，失脚した．

＊この人物は，「シャムロックの溺れさせかた」「パーネル通り」に登場しています．

**オーガスタ・グレゴリー／グレゴリー夫人**（Lady［Isabella］Augusta Gregory, 1852－1932）

劇作家・伝説研究家．ゴールウェイ州南部のクール荘園と呼ばれる大領地に建つ居館に暮らした．35 歳年上の夫ウィリアム・グレゴリー卿は，かつてセイロン総督をつとめた人物．W・B・イェイツの盟友として，アイルランド演劇運動を推し進めた．伝説に取材した多くの劇作で知られる．また，民話・伝説・神話を収集し，アイルランド語から英語へ翻訳した著作は今でも広く読まれている．

＊この人物は，「真鍮のボタン」に登場しています．

**アーサー・ヴィカーズ卿**（Sir Arthur Vicars, 1862－1921）

系譜学・紋章研究家．イングランド生まれだが，アイルランドにあこがれて移り住んだと伝えられる．ダブリン城の紋章官在任中の 1907 年，聖パトリック騎士団勲章紛失事件に関わった疑いにより解任され，それ以降はケリー州の屋敷に隠遁した．アイルランド独立戦争の最中，IRA により射殺された．

＊この人物は，「ハープ氏の肖像」に登場しています．

**W・B・イェイツ**（William Butler Yeats, 1865－1939）

詩人・劇作家．ダブリンのプロテスタント系の家に生まれた．父は画家のジョン・バトラー・イェイツ．母の実家があった北西部の港町スライゴーにしばしば帰省し，妖精伝承やバラッドにめざめた．少年時代はダブリンの北のホウス岬で暮らした．美術学校を卒業後，詩人を志し，アイルランド文芸復興運動の中心人物となった．さらに劇作も手がけ，盟友グレゴリー夫人らとともに演劇運動も推進した．グレゴリー夫人の所領クール荘園に毎夏長期滞在して文学的刺激を与え合い，後年にはもと所領内の古塔をサマーハウスにした．1923 年，ノーベル文学賞受賞．墓はスライゴー郊外，ドラムクリフ村の教会墓地にある．

＊この人物は，「ふるさとはデンマーク」「シャムロックの溺れさせかた」「歌のごほうび」「岬めぐり」に登場しています．

**モード・ゴン**（Maud Gonne, 1866－1953）

政治活動家，女優，フェミニスト．イギリス軍人を父に持ち，母と早く死に別れた後父に育てられた．ホウス岬のベイリー灯台にほど近い崖上の家で幼少期を過ごす．たぐいまれな美貌と長身にめぐまれた彼女は，詩人 W・B・イェイツの永遠の恋人であった．イェイツは度重なる求婚を断り続けた彼女に宛てて，山ほどの恋愛詩を書いている．

＊この人物は，「岬めぐり」に登場しています．

**ロバート・アーシュキン・チルダーズ**（Robert Erskine Childers, 1870－1922）

小説家・政治家．ロンドンの学者の家に生まれたイギリス人だが，アイルランド自治権獲得のために奮闘した．所有するヨット〈アスガルド〉号でドイツから密輸したライフル約千丁は，独立に向けた武装闘争の中で使われたと伝えられる．小説家としては，ドイツがイギリス侵略を企てているとするスパイ小説『砂州の謎』を書き，広く読まれた．

＊この人物は，「岬めぐり」に登場しています．

**ジャック・B・イェイツ**（Jack Butler Yeats, 1871－1957）

20 世紀アイルランドを代表する画家のひとり．詩人・劇作家 W・B・イェイツの弟．兄ともども田舎町スライゴーの風物に想像力を養われて，初期には伝統的な風俗や行

事に取材した水彩小品や版画を多数描いた．後期は表現主義的な作風に変貌を遂げ，人間存在の不安感をにじませる油絵を残した．
＊この人物は，「歌のごほうび」「岬めぐり」に登場しています．

ジョン・ミリントン・シング（John Millington Synge, 1871－1909）
劇作家．ダブリンのプロテスタント系の家に生まれたお坊ちゃん．W・B・イェイツのすすめにしたがってアラン島を訪れ，島人たちが保持する口承文化に惚れ込んで紀行文『アラン島』を書いた．若くして病没したが，アイルランド演劇運動の功労者のひとり．『海へ騎りゆく者たち』をはじめとする戯曲は古典的地位を獲得している．
＊この人物は，「ふるさとはデンマーク」「スズメバチと閉所熱」に登場しています．

マイケル・ジョセフ・オラヒリー（Michael Joseph O'Rahilly, 1875－1916）
ケリー州生まれ，アイルランド独立運動の志士．アイルランド語への愛着と共和主義を標榜し，「俺こそがオラヒリー」（the O'Rahilly）を自称した．1916年，〈イースター蜂起〉の最中にイギリス軍の機関銃掃射により負傷して死亡．ダブリンの路地に，遺書を拡大したレリーフの記念碑がある．W・B・イェイツは晩年，「俺こそがオラヒリー」という詩を書いた――勇猛果敢を讃えているようにも，猪突猛進を皮肉っているようにも読める詩である．
＊この人物は，「パーネル通り」に登場しています．

フランシス・シャクルトン（Francis Shackleton, 1876－1941）
ダブリン城における聖パトリック騎士団勲章管理の副責任者．アイルランド生まれの高名な南極探検家アーネスト・シャクルトン卿の弟．勲章紛失事件に関わった後，別の詐欺罪で服役し，出所後イングランドで死去．
＊この人物は，「ハープ氏の肖像」に登場しています．

ロバート・グレゴリー（Robert Gregory, 1881－1918）
グレゴリー夫人とウィリアム・グレゴリー卿の一人息子．オックスフォード大学卒業後，美術学校へ入りなおし，画家・舞台装置デザイナーとして活躍した．他方，乗馬やクリケットにも秀でた文武両道のひと．第一次世界大戦中に戦闘機乗りとして活躍し，イタリア上空で戦死した．
＊この人物は，「真鍮のボタン」に登場しています．

ジェイムズ・ジョイス（James Joyce, 1882－1941）
英語で小説を書いた最も重要な作家のひとり．ダブリン生まれ．小説にはダブリンのことばかりが詳しく出てくるにもかかわらず，作品のほぼすべてはヨーロッパ大陸で書かれた．アイルランドから「自発的に亡命」した彼は，トリエステ，チューリッヒ，パリなどヨーロッパ大陸各地を転々として，最後はチューリッヒで死去した．代

表作『ユリシーズ』の物語は1904年6月16日のダブリンに設定され，この町でくりひろげられる種々の人間模様や背景となる街並みのあれこれが，百科全書的に描き込まれている．小説の主人公の名前にちなんで，ダブリンでは6月16日を「ブルームズデー」と名付け，毎年この日にさまざまな記念イベントをおこなっている．
＊この人物は，「遠足は馬車に乗って」「岬めぐり」に登場しています．

**ロバート・J・フラハティ**（Robert J. Flaherty, 1884－1951）
アメリカの映画作家．父がアイルランド系．すぐれた記録映画を数々残し，ドキュメンタリー映画の父と称えられる．セミドキュメンタリー映画『アラン』（1934年公開）を監督・撮影した．
＊この人物は，「ふるさとはデンマーク」「スズメバチと閉所熱」に登場しています．

**ジェイムズ・ディクソン**（James Dixon, 1887－1970）
トーリー派民衆絵画《フォーク・ペインティング》の創始者で，漁師兼農夫．島へやってきたイギリス人画家デレク・ヒルに教えられて油絵を描くようになった．
＊この人物は，「スズメバチと閉所熱」「絵語りの島」に登場しています．

**ジョン・フォード**（John Ford, 1894－1973）
アメリカの映画監督．アイルランド系で，本名はジョン・マーティン・フィーニー．西部劇の『駅馬車』も名作だが，『静かなる男』（1952年公開）は監督のアイルランドへの憧憬が色濃くあらわれた傑作．
＊この人物は，「ふるさとはデンマーク」「遠足は馬車に乗って」に登場しています．

**パトリック・カヴァナー**（Patrick Kavanagh, 1904－1967）
詩人・小説家．モナハン州の農村に生まれた独学のひと．学校教育は13歳までしか受けなかった．自らが育った小さな世界とその向こうにある大きな世界を見比べながら詩を書き続けた国民的詩人．「ラグラン・ロードで」をはじめとする彼の詩の数々は民衆に根強く愛誦されている．老いた母と同居しつつ農作業に専念する男の不毛な生を描いた長詩『大飢餓』が代表作．独特の風貌と酒席での座談のうまさはダブリンの小さな文学界で巨大な存在感を持ち，今に語り継がれている．
＊この人物は，「シャムロックの溺れさせかた」「遠足は馬車に乗って」に登場しています．

**イワン・マッコール**（Ewan MacColl, 1915－1989）
スコットランド系イギリス人のシンガー兼作詞作曲家．社会主義者．1950年代以降，伝承歌謡の復興を推進するとともに，時事的な話題にコメントする歌詞のフォークソングを多数つくり，自ら歌った．
＊この人物は，「メアリーは「できません！」と言った」に登場しています．

**デレク・ヒル**（Derek Hill, 1916－2000）
　肖像画家・風景画家．イギリス生まれ．1950年代からドニゴール州に家を持ち，アイルランド北西部の風景を油絵で描いた．1956年頃からトーリー島をひんぱんに訪れ，かつて信号所として使われていた小屋をアトリエにして大自然を描いた．彼はまた，島の漁師兼農夫ジェイムズ・ディクソンに油絵を描くことを教えた．
＊この人物は，「スズメバチと閉所熱」に登場しています．

**アーサー・C・クラーク**（Arthur C. Clarke, 1917－2008）
　イギリス生まれのSF作家．代表作は『幼年期の終わり』，『2001年宇宙の旅』など．第二次世界大戦中はイギリス空軍将校として，レーダー技師・教官をつとめた．
＊この人物は，「もの言わぬ気球たち」に登場しています．

**トマス・キンセラ**（Thomas Kinsella, 1928－）
　詩人．ダブリン市内南西地区のギネス工場に近い下町に生まれ，公務員として働きながら大学を卒業した．最初は比較的伝統的な詩風だったが，ある時期から前衛的な詩風に転じた．30代半ばで専業詩人となり，アメリカの大学でしばらく文学を教えた後，アイルランドへ戻った．ダブリン市名誉市民．
＊この人物は，「ふるさとはデンマーク」に登場しています．

**シェイマス・ヒーニー**（Seamus Heaney, 1939－）
　詩人．北アイルランド，デリー州の農村に生まれ，地元の田舎暮らしをみずみずしい抒情詩に描いて脚光を浴びた．泥炭地やじゃがいもを〈掘る〉農夫として生きた父祖を引き継ぐかのように，彼の詩は歴史や人間の精神を深く〈掘り下げて〉いく．1995年ノーベル文学賞受賞．
＊この人物は，「ふるさとはデンマーク」「シャムロックの溺れさせかた」「もの言わぬ気球たち」に登場しています．

**ルーク・ケリー**（Luke Kelly, 1940－1984）
　ザ・ダブリナーズのリードボーカル．詩人パトリック・カヴァナーに「ラグラン・ロードで」を持ち歌とすることを認められた人物．父は，1914年に起きた〈バチェラーズ・ウォーク河岸虐殺事件〉における最年少の負傷者であった．
＊この人物は，「シャムロックの溺れさせかた」「岬めぐり」に登場しています．

**クリスティー・ムーア**（Christy Moore, 1945－）
　シンガー兼作詞作曲家．アイルランドのフォークミュージックを革新したプランクシティ，ムーヴィング・ハーツというふたつのバンドで活躍した後，ギター一本で自作自演するソロ活動をおこない，国民的アーティストとなった．
＊この人物は，「メアリーは『できません！』と言った」に登場しています．

パッツィー・ダン・ロジャーズ／パッツィー・ダン・マック・ルアリー（Patsy Dan Rodgers/Patsaí Dan Mac Ruaidhrí, 1945－）
ドニゴール州の孤島トーリー島の〈王〉《キング》．画家，アコーデオン奏者，伝承歌謡の歌い手，語り上手として活躍し，離島の振興に尽力している．
＊この人物は，「スズメバチと閉所熱」「絵語りの島」に登場しています．

フィンタン・ヴァレリー（Fintan Vallely, 1949－）
フルート奏者・歌手，伝統音楽研究家，大学教員．ダブリン在住．編著 *Companion to Irish Traditional Music* はアイルランド音楽研究の基本図書．
＊この人物は，「パーネル通り」に登場しています．

テオ・ドーガン（Theo Dorgan, 1953－）
詩人，ノンフィクション作家，テレビ・ラジオキャスター．コーク生まれ，ダブリンの北，バルドイル在住．詩の振興機関ポエトリーアイルランド所長を勤めた後，帆走術を学び，スクーナー船で数回の大航海を試みた．
＊この人物は，「岬めぐり」に登場しています．

ポーラ・ミーハン（Paula Meehan, 1955－）
詩人．ダブリン生まれ，バルドイル在住．朗読の名手．1990年代以降アイルランド女性詩の新潮流をつくってきたひとり．
＊この人物は，「岬めぐり」に登場しています．

メアリー・マニング（Mary Manning, 1963？－）
ダブリンのヘンリー通りのスーパーマーケット，ダンの店《ダンズ・ストアズ》でレジ係として働いていた女性．1984年から1987年まで，彼女が先頭に立って，南アフリカのアパルトヘイトに反対するストライキを店頭でおこなった．1990年，監獄から解放されたネルソン・マンデラがダブリンを訪れて彼女に感謝した．
＊この人物は，「メアリーは『できません！』と言った」に登場しています．

コラム・マッキャン（Colum McCann, 1965－）
小説家．ダブリン生まれだが長年ニューヨークに暮らす．アイルランドのローカルカラーに頼らない作風は「国際的な雑種」を自称する新世代に属する．小説『ゾリ』は，第二次世界大戦後を生き抜いたジプシーの女性詩人の一代記．
＊この人物は，「パーネル通り」に登場しています．

## 著者略歴

（とちぎ・のぶあき）

1958年東京生まれ．上智大学大学院文学研究科英文学専攻博士課程単位取得退学．現在，早稲田大学教授．専攻はアイルランド文学・文化．主な著書に『アイルランド現代詩は語る——オルタナティヴとしての声』（思潮社），『アイルランドのパブから——声の文化の現在』（日本放送出版協会），『声色つかいの詩人たち』（みすず書房），『アイルランド紀行——ジョイスからU2まで』（中公新書）他，訳書にキアラン・カーソン『琥珀捕り』『シャムロック・ティー』『トーイン』（以上東京創元社），J. M. シング『アラン島』，コラム・マッキャン『ゾリ』，ブルース・チャトウィン『黒ヶ丘の上で』（以上みすず書房），ウィリアム・トレヴァー『聖母の贈り物』『アイルランド・ストーリーズ』（以上国書刊行会），コルム・トビーン『ブルックリン』（白水社），W. B. イェイツ『赤毛のハンラハンと葦間の風』『ジョン・シャーマンとサーカスの動物たち』（平凡社）などがある．
本書は第65回読売文学賞（随筆・紀行賞部門）を受賞した．

栩木伸明
アイルランドモノ語り

2013年 4月19日　第1刷発行
2017年 3月15日　第3刷発行

発行所 株式会社 みすず書房
〒113-0033 東京都文京区本郷5丁目32-21
電話 03-3814-0131(営業) 03-3815-9181(編集)
http://www.msz.co.jp

本文印刷所 萩原印刷
扉・表紙・カバー印刷所 リヒトプランニング
製本所 誠製本


ISBN 978-4-622-07741-1
[アイルランドモノがたり]